李查德作品

LEE CHILD

LEE CHILD

李查德

命懸一線

王瑞徽 譯

THE MIDNIGHT LINE

他們都愛浪人神探！

完美展露李查德才華的代表作……李查德是情節布局的大師……
這是他截至目前為止最深刻動人的一部作品……
它不只是一篇精采的故事，更是一篇帶有明確目標和深層訊息的故事。
——赫芬頓郵報

李奇是當代最有魅力、最受歡迎的小說人物之一……
本書一如其他李查德的小說，節奏明快，劇情的轉折令人驚嘆，角色活靈活現，對話精準，情節極具說服力，太精采了！本書是本系列最出色的作品之一，
你可以從任何一本開始讀起，因為每一本都自成一格。
——華盛頓時報

極為機靈巧妙的小說……提出了本系列其他作品不曾出現的東西：
李奇流浪生涯中一種如影隨形的哀傷，在懷俄明州廣袤空曠地景的襯托下，
和典型美國英雄人物的獨特孤寂感十分近似，
而這種形式的回歸也暗示著一種亟待拓展的嶄新領域。
——寇克斯評論

每年李查德都會推出一本李奇系列的新作，而我每年也都會卯起來讀，真的愛死了！
這次的新作不僅好看，也極具顛覆性，我不知道還有哪個作家有這種本事，
可以讓我沉浸其中、欲罷不能！

——**泰晤士報**

李奇是當代懸疑小說人物中最純粹的白馬騎士化身，
這本布局精妙的小說充滿了令人心碎、讀罷仍久久難以釋懷的人物。

——**《懸疑現場》雜誌**

這次李查德打破他的一貫模式，表現精采亮眼。
這位一向極少展現軟心腸的剛毅主角在感情上挨了重重的一擊。

——**圖書館雜誌**

一本切合時事、充滿懸疑、具有道德複雜性的驚悚之作，
這是今年我讀過最棒的小說之一！

——**華盛頓郵報**

處理驚世駭俗題材的多面向小說……
引人入勝！李奇跳下巴士，李查德則躍上《紐約時報》暢銷排行榜。

——**《書單》雜誌**

我剛讀完這本李查德所寫的傑克·李奇系列的新作……
一如以往地精采好看，這個系列我一本都沒錯過！
——**暢銷作家／麥爾坎·葛拉威爾**

傑克·李奇儼然已成為當代的偶像級小說人物！
——**《時尚健康》雜誌**

維持了我們所期盼的李查德風格。
——**紐約時報**

難能可貴的傑作！
——**芝加哥論壇報**

令人懾服，觸動人心……大膽、懸疑！
——**美聯社**

讀來讓人欲罷不能！
——**出版家週刊**

目前美國史上有將近兩百萬人獲頒紫心勳章，
謹以本書獻給每一位得主。

1

傑克・李奇和米雪兒・張在密爾瓦基待了三天。到了第四天早上，她走了。李奇端著咖啡回到房間，發現她枕頭上有一張字條。他見過這種字條，內容千篇一律，要不直接要不迂迴。張的字條是迂迴型，而且比大部分人來得文雅。不是形式上的文雅，畢竟那只是用原子筆隨手寫在又皺又潮濕的旅館便條紙上的；而是表達上的文雅。她打了個比方，解釋、拍馬屁、道歉一次完成。她寫著，**你就像紐約，我喜歡去，但不會想住下來。**

他的做法也和以往相同：放她走。他能理解，不需要道歉。他沒辦法定居在一個地方，他這一生就是個過客，誰能忍受他這點？他喝了他的咖啡，還有她的，然後拿了浴室玻璃架上的牙刷，出了旅館，左彎右拐繞過錯綜的街道，朝巴士站走去，她應該會搭計程車，他猜，搭到機場，她有金卡和手機。

到了車站，他和以往一樣，買了最早發車的第一班巴士的車票，不管它開往哪裡。結果車子是往西、往北一直去到一個偏遠的絕境，蘇必略湖畔。基本上走錯了方向，因為非但沒有更暖和，還更冷。可是老規矩不能破壞，於是他搭上了車，坐下來，望著窗外。威斯康辛州吁吁飛過，草原空曠，立著一捆捆乾草，牧草已經枯竭，樹木暗沉而單調，夏天走到了盡頭。

許多事情走到了盡頭，她問了那個老問題，其實骨子裡是一種表態。一年她可以體諒，沒問題，一個在海外軍營長大的小伙子，後來又展開海外的軍營生活，中間只隔了四年的西點軍校生活——這可不是一個公認有太多閒暇的機構——顯然這樣的男人肯定得花個一年到處走走，增長見識，然後才會定下來。也許兩年，可是頂多就這樣了，不能一直這麼下去，面對現實吧，這傢伙症狀挺嚴重。

一席話說得充滿關切，不帶半點指責，沒什麼大不了，只是一場兩分鐘的談話。可是傳達的訊息再清楚不過：這算是一種否定。他問，否定什麼？他打從心底不覺得自己的人生有什麼不妥。

問題就出在這裡，她說。

於是他搭上前往一個遙遠絕境的巴士，而且本來想一路坐到終站的，因為老規矩不容改變，只是他在下一個公路休息站溜達了一下，在一家當舖的櫥窗看見一枚戒指。

巴士在傍晚抵達下一個公路休息站，來到某個小鎮的荒涼地帶，也許是郡政府的所在地，或者它的部分單位。也許郡警局總部就設在這裡，鎮上有監獄，這點可以肯定。李奇看見保釋代理辦公室，還有一間當舖。服務周到，一次解決，就在盥洗區後面的一條老舊街道上兩兩並排。

他因為坐太久，現在筋骨僵硬，他掃描著盥洗區後面的街道。他走了過去，沒什麼特別理由，只是散散步，活動一下筋骨。當他走近，數了一下當舖櫥窗裡的吉他，七把，肯定都有個悽慘的故事，每一把，就像鄉村音樂電台播放的歌曲、未完成的夢想。櫥窗較低的位置是陳列著較小物品的玻璃層架，形形色色的首飾，包括戒指，包括畢業紀念戒，各個高中的都有，只有一枚除外，這是一枚西點軍校二〇〇五年畢業紀念戒。

非常漂亮的一枚戒指，老舊的造型，老舊的風格，精細的金絲裝飾，加上黑色寶石，也許是半寶石，也許是玻璃，連著頂端刻著West Point、底部刻著二〇〇五字樣的橢圓形指環。老式字母，以經典為訴求，若不是基於對往昔的尊重，就是缺乏創意。西點的紀念戒都是自己設計的，好壞隨他們，這是一種老傳統，或者一種舊權利，也許因為西點軍校是最早設計出畢業紀念戒的學校。

非常小的一枚戒指。

李奇無論用哪一根手指都不可能把它戴上，就連左手小指也一樣，連指甲都套不進。反正第一節指關節絕對穿不過，太小了。這是一枚女人的戒指，也許是送給女友或未婚妻的複製品，這種事也是有的，類似禮物或紀念品。

但也可能不是。

李奇打開當舖大門，走了進去，收銀機後面的男人抬起頭來。一個高頭大馬的傢伙，邋裡邋遢的。大約三十五、六歲，深色髮膚，大骨架上包裹著可觀的脂肪。這人的眼神帶著幾分機巧，顯然足夠讓他對突然上門來的六呎五吋高、兩百五十磅重的訪客做出無懈可擊的反應，純粹出於本能，這傢伙沒在怕。他的櫃台底下肯定有一把上了子彈的手槍，除非他是傻子，看來又不像，總之這傢伙不會拿性命作賭注，擺出好鬥的姿態，但他也不會獻殷勤，事關自尊。

因此他說：「還好吧？」

老實說，李奇心想，不太好，這時候張應該已經回到西雅圖了，照常過她的日子。

可是他說：「沒得挑剔。」

「需要我效勞嗎？」

「我想看一下畢業戒指。」

那人小心翼翼把層架上的托盤拿出來，放在櫃台上。那枚西點紀念戒像顆小高爾夫球那樣翻了過來，李奇把它拿起，它的指環內側刻了字，這表示它不是復刻品，不是送給未婚妻或女友的。復刻品不會刻字，這是一項老傳統，沒人知道為什麼。

不是禮物，不是紀念品，是真品，學員自己的戒指，苦熬四年才得到的東西。自豪地戴上，顯然是。你要不是以那所學校為榮，就不會買戒指，沒人規定非買不可。

它的銘刻寫著S.R.S. 2005。

巴士喇叭響了三聲，準備啟程了，可是少了一名乘客。李奇把戒指放下，說：「謝了。」然後走出店鋪。他匆匆越過盥洗室區，探入車門內，對司機說：「我要留在這裡。」

「不能退車票錢。」

「沒關係。」

「你的行李帶了吧？」

「沒有行李。」

「祝你愉快！」

司機拉下操縱桿，車門在李奇面前刷地關上，引擎隆隆作響，少了他的巴士開走了。他轉身步出柴油濃煙，朝當舖走回去。

2

當舖那傢伙有點犯嘀咕，才剛把戒指托盤放回去，這會兒又要把它拿出來。但他還是做了，而且擺在櫃台上的同一個位置。那枚西點紀念戒又翻了過來，李奇把它拿起。

他說：「你可還記得把它拿來典當的那個女人？」

「怎麼可能？」那傢伙說。「我店裡東西太多了。」

「有紀錄嗎？」

「你是警察？」

「不是。」李奇說。

「我的東西都是合法的。」

「我不管，我只想知道拿這東西來給你的女人叫什麼名字。」

「為什麼？」

「我和她是校友。」

「哪裡的學校？北部？」

「這兒的東邊。」李奇說。

「你們不可能是同學，不可能是二〇〇五年的，恕我說得直白。」

「沒的事，我是早幾屆的，可是那學校變化不大，也就是說我能了解她付出了多少努力才得到這戒指。所以我覺得奇怪，到底是什麼樣的不幸遭遇，讓她把它捨棄。」

那人說：「是什麼樣的學校？」

「他們都教些實用的東西。」

「類似職業學校？」

「有一點。」

「說不定她出意外死了。」

「也許吧。」李奇說。也可能不是意外，他想。當時有伊拉克戰爭，還有阿富汗，二〇〇五年想畢業可沒那麼簡單。他說：「不過我很想弄清楚。」

「為什麼？」那人又問。

「我也說不上來。」

「和榮譽感有關？」

「可以這麼說。」

「職業學校也講究這個？」

「有些學校是這樣。」

「沒有什麼女人，這戒指是我買來的，連同一堆別的東西。」

「什麼時候的事？」

「大約一個月前。」

「向誰買的？」

「我不會把我的業務告訴你，我幹嘛這麼做？這全都是合法的，全都正正當當，州政府說的。我有執照，而且所有檢查我也都通過了。」

「既然這樣，有什麼不能說的？」

「這是個人隱私。」

李奇說：「要是我買下這戒指？」

「五十塊錢。」

「三十。」

「四十。」

「買了。」李奇說。「現在我有權知道它的來源了。」

「這裡可不是蘇富比拍賣會。」

「就算是吧。」

錢。」

那人頓了一下。

接著他說：「是從一個幫慈善團體忙的人那兒買來的，大家會捐贈東西來抵稅，大都是車子或船之類的，不過也有別的東西，那人給他們一張報稅用的浮報收據，然後用各種方法把東西盡可能脫手，然後開一張支票給慈善團體，我向他買了一些小東西，希望能掙點錢。」

「所以，你認為有人把這戒指捐給慈善團體，以便得到所得稅扣除額？」

「說得過去，如果這二〇〇五年畢業的傢伙死了，遺產的一部分。」

「我不這麼認為，」李奇說：「我認為親人應該會把它留著。」

「如果這位親人過得還不錯的話。」

「你這裡也有不順的時候？」

「我還好，但是這家當鋪全靠我撐著。」

「不過大家還是會捐贈東西給好的機構。」

「來換取假收據，到頭來減少的稅收還是由政府吃下，算是另一種福利。」

李奇說：「這個幫慈善團體忙的人是誰？」

「我不能告訴你。」

「為什麼？」

「這不干你的事，話說回來，你到底是誰啊？」

「只是一個走了一整天霉運的人。當然，這不是你的錯，不過要是你問我，我恐怕得說，夠聰明的話就別來火上添油，不然你可能成為壓垮駱駝的最後一根稻草。」

「你這是在恐嚇我？」

「比較像是氣象預報，公共服務，類似龍捲風預警，提醒你準備找地方躲起來。」

「給我滾出去。」

「幸虧我頭痛已經好了，我的腦袋挨過拳頭，不過現在已經好多了，有個醫生說的。一個朋友硬拉我去看醫生，看了兩次，她很替我擔心。」

當鋪老闆又頓了一下。

接著他說：「這到底是什麼學校的戒指？」

李奇說：「是一所軍校。」

「那是，對不起，問題少年，或者恕我直言，心裡有病的孩子讀的學校。」

「我不怪那些孩子，」李奇說：「瞧瞧他們的家庭。不瞞你說，我們學校有不少家長還殺過人哩。」

「真的？」

「相當普遍。」

「所以你們會一路團結下去？」

「我們不會撇下任何人不管。」

「那個人絕不會和陌生人說話。」

「他有沒有執照，有沒有通過州政府的所有檢查？」

「我做的生意都是合法的，我的律師說的，只要我真心相信他說的，我的確相信。這真的是慈善團體的東西，我看過文件，很多人都這麼做，他們甚至在電視上打廣告。多半是汽車，有時也有船隻。」

「可是這傢伙不會見我？」

「會才是怪事。」

「他是不是很沒禮貌？」

「我不會邀他一起野餐。」

「他叫什麼名字？」

「吉米鼠。」

「你是說真的？」

「大家都這麼叫他。」

「哪裡可以找到鼠先生？」

「去找門口停了至少六輛哈雷機車的酒吧，吉米就在裡頭。」

3

這個城鎮算相當小，荒涼地帶再過去是一個再過五年就會走入荒涼的區域，也許更久一點，也許十年，還是有希望的。是有一些用木條封起的店家，可是不多。多數商店都還步調悠閒做著生意，許多大型貨卡車緩緩駛過，有一家撞球場。街燈稀稀落落，天漸漸暗了，鎮上的建築有種特色，顯示這裡是酪農集中地，商店的形狀看來就像老式的擠奶農舍，同樣的ＤＮＡ到處可見。

一間獨棟木造房子裡有一家酒吧，房子外面有一片長了雜草的碎石地可供停車，碎石地上停了七輛哈雷，整齊地排成一列，看樣子應該不是地獄天使（Hell's Angels）機車黑幫，也許是其他類似的小幫派之一。摩托車騎士就跟浸信會一樣分裂得厲害，全都一樣，但又不同，顯然這幾個傢伙喜歡黑色皮革流蘇和鍍鉻車牌，喜歡身體向後仰、兩腿張開、兩腳大刺刺伸到前面騎車。也許這樣比較涼爽，也許有其必要，這些人通常穿著厚重的皮革背心，還有長褲，靴子，全都是黑色。夏末很悶熱的。

這些機車全都漆成閃亮的深色，四輛畫有橘色火焰，另外三輛是有著銀色輪廓、類似北歐符文的符號。酒吧老舊暗沉，有些屋瓦脫落了，有一扇窗戶裝了空調，正吃力運轉著，滴下的水在地面形成水窪。一輛警車緩緩駛過，輪胎嘶嘶滑過柏油路面，郡警局。也許把它的前半段值班時間用在拿著雷射測速器在公路上抓違規，以便刺激市政收益，這會兒跑到歸它管轄的小鎮後街來巡邏，來個下馬威，留意一下治安死角。車子裡的警員轉過頭來，打量著李奇。這人和當舖老闆完全不同，打理得整整齊齊，臉龐精瘦，眼神聰穎，以直挺的姿勢坐在方向盤後方。他的髮型俐落清爽，緊貼頭皮的小平頭，也許是昨天剛剪的，不會超過兩天。

李奇筆直站著，看著車子駛過，他聽見遠遠傳來機車排氣管的聲音，越來越近，越來越大聲，沉重得有如鐵鎚，第八輛哈雷繞過街角而來，速度慢得幾乎違反重力，巨大的重機，噗哧噗哧響著，騎車的人身體後仰，踩著踏板的雙腳遠遠地伸在前方。他傾斜著轉了個彎，在碎石地上放慢速度。他穿著黑色T恤搭配黑色皮革背心，他把車停在車隊的尾巴，怠速空轉的車子發出類似鐵匠敲擊鐵砧的聲音。他熄了火，立好機車腳架，四周又靜了下來。

李奇說：「我想找吉米鼠。」

那人瞄了下其他幾輛機車中的一輛，不由自主的動作。但又補上一句「不認得。」說完弓著一雙僵硬的O形腿，朝酒吧門口走過去。他有著梨形體格，四十歲左右。大約五呎十吋高，相當壯碩，泛著灰黃的黝黑膚色，就好像皮膚用機油擦過，他拉開門，走了進去。

李奇待在原地，剛才這傢伙瞄了一眼的機車是三輛漆了銀色北歐符文的當中的一輛。

和其他車子同樣巨大笨重，不過比起別的車子，它的腳踏板和把手稍微往座椅靠近了點。例如，比最後這傢伙近了兩吋左右，這表示他的身高大約五呎八吋，也許很瘦，和他的名字相匹配，或許帶了傢伙，刀或手槍，或許是個狠角色。

李奇走向酒吧門口。他拉開門，走了進去，裡頭的空氣陰暗悶熱，有股啤酒滿溢出來的氣味。空間是長方形，左邊是貫穿整個房間的黃銅吧台，右邊是一些桌位。內側牆有一道拱門，通往一條狹窄的走廊，裡頭有盥洗室、付費電話和一道消防門、四扇窗戶，總共有六個緊急出口，一個退休軍警免不了會注意這些。

那八個機車騎士在靠窗的兩張並在一起的四人桌周圍擠成一堆，他們開了好幾瓶啤酒，厚重的玻璃杯濕淋淋的結滿水珠，新來的那傢伙硬塞進去，在椅子上攤成梨子形，面前的杯子還滿滿的，其餘有六個，就體格、身形和給人的粗略印象來說，可以歸為同一類型，另外一個比較遜，大約五呎八吋高，身材瘦削，有著細窄的臉和游移不定的眼神。

李奇停在吧台前，點了杯咖啡。

「抱歉，」酒保說：「沒有。」

「那邊那位是吉米鼠嗎？那個小個子？」

「你跟他有過節，到外面解決去，可以嗎？」

酒保說著走開，李奇等著。不久那夥人之一喝光杯子裡的啤酒，站了起來，往走廊內的盥洗室走去。李奇越過房間，在他的空椅子坐下，椅座感覺很燙。第八個人意會過來，他凝視著李奇，然後瞥了下吉米鼠。

吉米鼠說：「這是私人聚會，我們沒邀請你。」

李奇說：「我是來打聽消息的。」

「哪方面？」

「慈善捐贈。」

吉米鼠面無表情，接著他想了起來。他瞥了下門口，當鋪就在門外的某個地方，他曾經作出保證的地方，他說：「滾吧，兄弟。」

李奇把左拳頭放桌上，足足有超市全雞的大小，指關節隆起有如核桃的又長又粗的手指，襯著夏天曬黑的皮膚，復原中的舊傷口和疤痕泛著白色。他說：「我不管你搞些什麼詐騙勾當，或者你的冤大頭是誰，或者你都向誰買贓物，我對這些不感興趣，我只想知道，你從哪弄來這戒指？」

他打開手掌。那枚戒指躺在他掌心。West Point 2005。金絲裝飾，黑色寶石，小尺寸。鼠先生沒說話，眼神卻有些異樣，讓李奇相信他認出了這件物品。

李奇說：「西點軍校又叫美國軍事學院，頭兩個字就有點意思了，這件事是屬於聯邦層級。」

「你是條子？」

「不是，不過我有兩角五分硬幣可以打電話報警。」

離席的傢伙從盥洗室回來。他站在李奇椅子後面，一臉茫然攤開兩隻手臂，那樣子像是說，到底在搞什麼鬼？這傢伙是誰？李奇一眼盯著吉米鼠，另一眼瞄著他旁邊的窗玻璃，從裡頭他可以看見映出他背後的一抹淡淡的身影。

吉米鼠說：「那椅子有人坐了。」

「是啊，我坐了。」李奇說。

「給你五秒鐘。」

「在你回答我的問題以前，我愛坐多久就坐多久。」

「你今晚福星罩頂是吧？」

「沒那必要。」

李奇把右手擱到桌上，這隻手比左手稍微大一點，這在慣用右手的人很正常。上頭同樣有傷口和疤痕，包括一個看來像蛇咬、其實是鐵釘造成的白色V形污斑。

吉米鼠聳聳肩，似乎壓根沒把這場對話當一回事。

他說：「我只是供應鏈的一環，我的東西從別人那兒來，他們的東西又從其他人那兒來，那枚戒指可能是人家捐贈或賣掉或典當但是沒贖回去的，我就只知道這麼多了。」

「這東西是從什麼人那兒得來的？」

吉米鼠沒說話，李奇用左眼瞄著窗戶，用右眼看見吉米鼠點了下頭。窗玻璃映出他後面那傢伙高高掄起一記迴旋右拳，顯然打算往李奇的右耳朵劈下。也許想把他推下椅子，起碼挫挫他的氣焰。

沒成功。

李奇選擇了阻力最小的對策。他把頭壓低，讓那人的拳頭在他頭頂凌空劃過，接著他彈回原位，以兩腳為支點，身體一扭，利用手肘向後墜落的動能，往那傢伙的腰腎——剛好在這時轉了回來——撞過去，非常扎實的一擊。那人重重倒在地上。李奇跌回椅子上，啥事都沒發生過似地坐在那裡。

吉米鼠盯著看。

酒保吆喝：「到外面解決，老兄，我說過了。」

他的口氣似乎很認真。

吉米鼠說：「這下你麻煩大了。」

他的口氣似乎也很認真。

這時候張應該正在採買晚餐的食材，也許就在她家附近的小雜貨舖，有益健康但又簡單的那種，她可能很累了。

走霉運的一天。

李奇說：「我有六個胖子和一個矮子得對付，可真是輕鬆愉快啊。」

他站起，轉身，一腳踩在地上那傢伙身上，然後越過他走向門口，到了外面的碎石地，面對一整排閃亮的機車。他轉身，看見其他人跟著走了出來，不怎麼漂亮體面的七人組。大半有僵硬的八字腿，而且由於啤酒肚和不良姿勢，身體歪七扭八的。不過，加起來的重量依然相當可觀，加上十四隻拳頭和十四隻靴子。

說不定還是鋼頭靴。

也許真的是倒楣到家的一天。

可是說真的，管他呢！

七個人散開成半圓形，三個在吉米鼠左邊，三個在他右邊。李奇不斷移動，依著心中的盤算繞著他們兜圈子，背對著街道。他不想被困在某人的後院圍牆上，不想被擠進角落，也不打算逃跑，可是多一個選項總是好的。

七個人把半圓縮小，但還不夠小。他們和他保持大約十呎的距離，彼此之間有一碼多的間距，這使得頭尾的兩個人特別顯眼，他們會腳步蹣跚地走過來，慢吞吞地，或許還一邊咕噥，怒瞪著眼睛。李奇會迅速移動，出拳衝破那道人牆，之後所有人會轉過身來，接著李奇面對的將是一個倒轉過來的半圓形，只是人數變成了六個。接下來洗牌重來一次，把人數減少成五個，但是他們不會上三次當，因此這時候他們會蜂擁上來，吉米鼠除外，李奇不認為他會動手，他太狡猾了，到頭來將是一場四對一的近距離混戰。

倒楣的一天。

對某人來說。

「最後一次機會，」李奇說：「要那個小矮子回答我的問題，然後你們可以全部回家去喝啤酒。」

沒人答腔，他們把圈子縮得更小，彎下身子，蹲伏著，緩緩向前移步，兩手張開，準備迎戰。李奇挑好第一個攻擊目標，然後等著，他要等他們來到五呎外，一步可及的，而非兩步。省點力氣留著待會兒用。

接著他聽見路上再度傳來輪胎聲，在他前方，那七個人紛紛直起身子來張望，眼睛睜得老大的臉充滿無辜。李奇轉身，看見剛才那輛警車，同一個人，郡警車。車子緩緩停下，裡頭的人久久打量著，他按下副駕駛座的車窗，探過身子來，一眼對上李奇的眼睛，說：「先生，請過來一下。」

李奇照做，但不是走向副駕駛座的一側，他不想背對那群人，因此繞過車尾，來到駕駛座車窗外。警員手上拿著槍，鬆垂著握在腿上。

警員說：「要不要說一下這裡有什麼狀況？」

李奇說：「你是陸軍還是海軍陸戰隊退役？」

「為什麼認為我是這兩個軍種？」

「這種地方的條子大部分都是，尤其是會特地跑到最近一家陸軍消費合作社（ＰＸ）理髮店去剪頭髮的。」

「我是陸軍。」

「我也是，這裡什麼狀況都沒有。」

「你得說得詳細點，待過陸軍的人太多了，我不認得你。」

「傑克・李奇，陸軍第一一〇軍事警察連，少校退役，幸會。」

警察說：「我風聞過第一一〇特調組。」

「希望是好的方面。」

「你們總部在五角大廈，對吧？」

「不是，在維吉尼亞州岩溪，五角大廈往西北再過去一點，我在那裡有過好幾年很棒的公職生涯，這算是安全盤查？」

「你通過測試了，是在岩溪沒錯，現在告訴我這是什麼狀況，你似乎準備和那些傢伙幹一架的樣子。」

「目前還在談判階段，」李奇說：「我問他們事情，他們說他們寧可跟我到外面來談，我也不懂為什麼，也許他們擔心有人偷聽吧。」

「你問他們什麼事？」

「這戒指是哪來的。」

李奇把手腕放車門上，攤開手掌。

「西點。」警察說。

「那些傢伙賣給當舖，我想知道他們是從誰那兒拿來的。」

「為什麼？」

「我也說不上來，也許我想知道背後的故事。」

「那些人不會告訴你的。」

「你認識他們？」

「我們找不到證據。」

「可是？」

「他們的東西是經由明尼蘇達從南達科塔州拿來的，兩個州以外，可是聯邦警局一直沒興趣把它當跨州案件處理，而且也沒能吸引南達科塔的警探上飛機調查，他們幾乎可說是高枕無憂。」

「南達科塔的哪裡？」

「不清楚。」

李奇沒說話。

「你最好上車，他們有七個人。」

「我沒事的。」李奇說。

「不介意的話，我可以逮捕你，看起來比較逼真，可是你得離開這兒，因為我得走了，我不能把值班時間全耗在這裡。」

「不必替我擔心。」

「也許我橫豎還是得逮捕你。」

「什麼理由？就為了還沒發生的事？」

「為了你的安全。」

「我生氣了，」李奇說：「你似乎不怎麼擔心他們的安全，你說得好像我一定會輸給他們。」

「上車，就當策略性撤退吧，戒指的事可以另外想辦法。」

「有什麼辦法可想？」

「那就把它忘了吧，我敢說你根本沒機會打贏。也許這傢伙畢業返鄉後日子過得悲慘不如意，只好想辦法盡速把戒指脫手，拿來租活動拖車。」

「這裡有這種事？」

「很常見。」

「你混得不錯。」

「各人情況不同。」

「不是什麼傢伙，這戒指太小了，是女人的東西。」

「女人也會住活動拖車。」

李奇點頭，說：「同意，這事八成沒什麼，不過我想弄清楚，以防萬一。」

靜默了一陣子。只有引擎呼呼地空轉，和電話線路的微弱雜音。

「最後機會，」警察說：「放聰明點，上車吧。」

「我不會有事的。」李奇又說。他後退，直起身子，警察誇張地搖了搖頭，等了一下子，最後放棄，緩緩開車離去，輪胎嘶嘶輾過柏油路面，排氣管呼嘯著。李奇目送著直到他繞過街角，然後回到人行道上。在這裡，身穿黑衣的半圓形人牆重新整隊將他包圍。

4

七個騎士重拾之前的陣仗，再度蹲下來擺出戰鬥姿勢，雙腿張開，兩手左右開弓準備迎戰。可是他們卻文風不動，他們不想動手，暫時還不想。從他們的角度來看，情況摻入了新的元素。他們的對手顯然是個瘋子，他已經證明了這點，郡警局給了他一個優雅退場的機會，而他竟然拒絕，準備留下來決戰到底。

為什麼？

他們不知道。

李奇等著。他猜這時候張應該已經抱著大包小包到達家門，把東西丟在廚房流理台上，整理著她的食材。從抽屜拿出廚刀，也許打開爐子，張羅一個人的晚餐。寧靜的夜晚，大概很輕鬆愜意吧。

那群騎士仍然沒有動作。

李奇說：「你們改變想法了？」

沒有回應。

李奇說：「回答我的問題，我就放你們一馬。」

沒有動作。

李奇等著。

最後他說：「耐性比我差的人或許會覺得，此時不動手，更待何時。」

還是沒有回應。

李奇笑笑。

他說：「看來我真的是福星高照，簡直就像在賭城贏了吃角子老虎，叮叮叮！七個娘娘腔在我面前站成一排。」

總算有了反應，可說順了他的意。動作是他的好友，他需要移動質量加上動能，他要他們動怒然後亂成一團。不出他所料，那群人彼此對望，氣呼呼的，但又不想頭一個或者最後一個行動。接著，基於某種無聲的默契，一群人全部衝向前，突然間變得兇猛無比，卯起來準備拚命，毫無防備。李奇開始執行他最初的盤算，它仍然是好對策，仍然是最簡單的方法。他等到他們來到五呎外，然後猛地向前衝，突破人牆，邊用平舉的手肘撞向第一個目標的臉，然後迅速轉身，再次發動攻擊，沒有一點延誤，一邊蹬腳消除舊動能，找到新動能，用手肘掃向新空隙右邊的傢伙，那人一個轉身正好對上，一陣慌亂中正好面向前方，像公路上的迎面車禍那樣撞上他的手肘。

撂倒兩個。

李奇再度轉身，筆直站著。剩下的五人組成新的半圓形。李奇退後一大步，只為了評估他們的意向。其實再明顯不過，吉米鼠往後退，其他四人向前走。

李奇通過了陸軍大部分的專家格鬥訓練課程，這些專家大部分在舊邦聯大樓任職，而且全部配置了曾經出生入死的灰髮退休老兵副手。這類訓練的結果就是一堆藏在秘密檔案裡的秘密紀錄和一堆瘀傷，或許再加上骨折，根據類似陣仗的經驗法則，當你面對四個對手，就得盡快把它縮減成三個，接著盡快縮減成兩個，這麼一來就勝利在握了，因為任何能夠從這類課程結業的學員顯然都能輕鬆應付一對二的局面，否則就表示訓練師沒有盡到責任，當然在陸軍來說這是絕無可能的事。

李奇以為他們會展開反擊，那四個傢伙再一次全部蹲下，雙手攤開，外八字腿，兩腳大張。也許他們認為這樣的姿勢很有威嚇作用，在李奇看來他們就像一堆活靶子。他衝向前，一腳踢中最左邊那人的卵蛋，輕鬆把他拿下，接著轉身九十度跳開，和他們成一直線，如此一來另外那三人必須繞過末尾的傢伙才能近他的身，可是這時那傢伙早已折腰倒下，氣喘吁吁，乾嘔、狂吐不止。

李奇再度後退。後面那三人兜著圈子向他衝過來，第一個從右邊，第二個左邊，第三個還是右邊。這給了李奇空檔，讓他可以從整排機車後面繞過去，溜到另一頭。這也使得那三個傢伙必須作出抉擇。顯然其中兩個得從一邊追過來，另一個從另一邊，問題是誰走哪一邊？顯然落單的人風險最大，他是弱點，勢必會第一個挨揍，而且被揍得最慘，誰願意吃這種虧？

李奇瞥見吉米鼠在人行道上看著他。

那三人分成兩股，兩個繞到李奇右側，落單的傢伙從左側過來。李奇迅速迎向他，心思放在背後那支分散開來的隱形幾何隊形上，估計他約有三秒不到的時間，可以在那兩人從他背後逼近之前進行一對一單挑。

三秒相當充裕，落單的這傢伙以為他準備好了，其實不然。他完全錯估了情勢。他的潛意識告訴他最好別妄動。天性，數百萬年演化的結果，接著他的前腦袋告訴他不對，既然衝突是免不了的，那麼照理說，對他最有利的做法就是盡量靠近支援部隊展開行動，因此他應該盡快趕上另外兩人，而不是和他們拉開距離。

這傢伙腦子裡忽停、忽開的脈衝讓他猛地向前傾斜，讓他一下子衝過頭了，他的腦波頻寬一下子被關於位移的問題佔滿：時間和空間，他沒空考慮該如何防衛自己。等他想到已經太遲了，而且顯然也缺乏創意，他已經見識過手肘和腳下工夫，因此臨機應變出一套全方位戰鬥姿態，準備應付這兩種攻擊，可是李奇沒採用其中任何一種。他冷不防一個箭步到了那人面前，直接將他的鐵頭往那人的鼻樑撞過去，移動質量和動能。當機立斷，輸贏立判，只花一秒半。

李奇迅速轉身，發現另外兩人已經繞到整排機車後面，大約十二呎遠，這會兒正半積極、半義務性地以中等速度衝過來。李奇後退，從他的鐵頭功受害者身上跨過去，繞回成排機車面對街道的那一側，他看著剩下的那兩人跟過來，看著他們執行計畫。只見他們沿著橢圓形跑道奔走，也許可以就那麼繞一整個晚上。

他們分開來，一邊一個。他們互掃一眼，停下來，調整動作，他們等在那兒，一個在左側最後一輛機車的後面，一個在右側最後一輛後面，兩個倖存者，兩個強者。當然也是最機伶的，與其打前鋒，不如殿後來得穩當。

接著，默默數了三下，他們走上前來。擺出的陣仗不算太糟，他們的速度正確，角度也正確。格鬥教科書會說，李奇挨揍的可能性非常之高。不管是哪一個方向，幾乎都逃無可逃，他們會一起到達，而他將任他們宰割。

這時候張大概已經坐下來吃晚餐了，親手做的，在她的餐桌前，配上一杯紅酒，或許小小慶祝一下，安安穩穩窩在家裡。

挨揍對李奇而言是非常罕見的狀況，而且他打算繼續維持下去。不單是虛榮，挨揍也很不符合效益，會折損未來的表現。

他走上前，在這同時那兩人繞過了整排機車的兩端。這時角度變得平緩，比較接近直線而不是三角形。他深吸一口氣，那兩人走得更近了，一個從他左邊，一個從他右邊，踩著小碎步，一步一步走過來，不時掃視著前方的相對位置，估算好要一起到達。

人類的天性，數萬年演化的結果。

李奇衝向左邊，這時有兩件事發生了，左邊那傢伙突然往後跳，因為他大吃一驚，而右邊那人加速向前衝，想縮短距離，因為他正處於最激烈的狩獵模式，而他的獵物就要脫逃了。

李奇當即轉身，右邊那傢伙正好全速衝向他劈下的手肘。於是李奇再次轉身，發現他多出半秒鐘可用，因為左邊那傢伙花了不少時間，將他向後閃避的動能轉化成繼續向前衝的動力，這讓李奇有空檔挑選他的攻擊部位，他猛踢那人的膝蓋，痛得他臉朝下趴倒在碎石地上，砰一聲，接著李奇踹他的腦袋，但是改用左腳，他較弱的一側。這對慣用右手的人來說是很自然的事，也很恰當。不必做得太絕，笨又不是什麼重罪，不是罪，只是一種小缺陷。

他吐了口氣。

毫髮無傷。

人行道上，吉米鼠說：「舒服點了？」

李奇說：「嗯。」

「願意的話，你可以替我辦事。」

「不想。」

「為女人的事心煩？」

李奇沒回答，他從最近兩輛機車的把手之間擠過去，腿一跨，坐上吉米鼠的機車。他在坐墊上往後挪動，舒服坐著，一腳踩在踏板上。

「喂，」吉米鼠說：「你不能這樣，你不能坐在別人的機車上，這很不尊重，很嚴重的。」

「有多嚴重？」

「最高守則。」

「所以，你打算怎麼處理？」

吉米鼠沒說話。

李奇說：「回答我的問題，我馬上走人。」

「什麼問題？」

「我要知道南達科塔的一個地點和一個人名，這戒指的來源。」

沒有回應。

李奇說：「我很樂意在這裡坐一整晚，現在還沒有目擊證人，不過遲早會有人過來，他們會看見我坐在你的機車上，而你拿我一點辦法都沒有，像個娘娘腔，不像老鼠，到時你就完了。」

吉米鼠環顧了下周遭。

他說：「那個人不好惹。」

「你也是，」李奇說：「不過我還是來了。」

車聲從一個街區外傳來。也許是一輛貨卡車，緩緩駛過，吉米鼠看著街角。它會不會繞過來？結果沒有。它嘶嘶地消失在遠方，四周恢復寂靜。

李奇等著。

又一輛車子的聲音，另一邊的街區。

吉米鼠說：「他在雷皮德市一家自助洗衣店進行交易，叫亞瑟蠍子。」

平行街區外的車子慢了下來，即將繞過街角朝他們過來，距離轉角還有三十秒。李奇下了機車，再度從兩輛機車的把手之間擠出來，回到人行道上，吉米鼠走向另一頭，繞過整排機車，進入大樓後面的暗處，也許進了後門。

就在這時，那輛車出現在轉角，是那輛郡警車，又來了。

5

警員頓了一下，一腳踩下煞車踏板，轉動方向盤，把車停在之前停過的同一個路邊位置。他按下車窗，掃視了下現場，六個人，全躺平了，有些人蠕動著，加上李奇站在人行道上，站得筆直。

警員說：「先生，請過來一下。」

李奇走了過去。

警員說：「恭喜。」

「恭喜什麼？」

「你在這裡的成就。」

「不，那完全是他們內部的事，我只是旁觀者。他們彼此間發生了激烈衝突，似乎是有人誤坐了別人的機車。」

「這是你的故事版本？」

「你不相信？」

「只是理論上，我應該相信嗎？」

「當鋪老闆的律師說，你相信的話對我們所有人都好。」

「我要你離開本郡。」

「沒問題，我正打算去搭第一班巴士。」

「不夠快。」

「你要我偷機車？」

「我開車送你去。」

「你這麼急著要我離開？」

「這可以省掉不少公文往來，無論是對你或對我。」

「你打算送我到哪？」

「我猜他們已經回答你的問題了，所以這會兒你應該往西走，那裡的郡界線可以直達九十號州際公路的上匝道。當地人很友善，會讓你搭便車。」

於是李奇上了警車。經過平靜無事的四十分鐘，他在一個荒無人煙的地方下車，在一條昏暗的雙線公路上，一旁的路標顯示他即將離開一個郡，進入另一個郡。他向警察揮手道別，然後向前走，一百碼，兩百碼，然後停下來，回頭看。警察閃了幾下車燈，然後倒車，開走了，李奇目送他的尾燈消失，然後繼續往前走，來到一個路肩稍微寬一點的地方，他在那兒等著，前方是約莫六十哩長的雙線公路，接著是九十號州際公路，這條公路往西經過明尼蘇達進入南達科塔州，穿過蘇族瀑布市一直到雷皮德市。

接著繼續往前，一路可以到西雅圖，如果他想去的話。

這時候，遠在一千五百多哩外，米雪兒・張正在家中廚房吃著外送披薩，搭配一杯水，而不是紅酒。沒有慶祝什麼，只是一堆卡路里。她忙了一下午，把擱置了一星期的雜務給處理完畢。她累極了，一方面很慶幸回到一個人的日子，但又不盡然，她猜想李奇接下來應該會前往芝加哥，從那裡有很多地方可去。她很想念他，但他們不會有結果的，這點她很清楚，這是再明白不過的事。

在這同時，遠在將近七百哩外，雷皮德市警局侵犯財產罪小組辦公桌上的一具電話響起。接電話的是一個名叫葛洛麗・中村的警探。嬌小黝黑的她，到職三年，不是菜鳥了，但也還不算資深，現在距離執勤結束還有一小時。她說：「侵財罪小組，我是中村。」

是電腦犯罪小組的一名技術人員來通風報信的。他說：「我在電話公司的人來電，說有個叫吉米的人剛傳了封語音電郵給亞瑟蠍子，威斯康辛州的號碼，寄到他的私人手機，試圖警告他。」

中村說：「哪方面？」

「我把信寄給妳。」

「欠你一次。」中村說，掛了電話，他的郵件叮一聲進來。她打開電郵，點選一個檔案，點了下音量鈕。她聽見了像是酒吧大廳的聲音，接著是一個急躁的聲音。它說：「亞瑟，我是吉米，有個傢伙剛向我打聽了一樣我從你那兒拿來的東西，他似乎打算沿著供應鏈一路追查下去，我什麼都沒告訴他，可是他有辦法找到我，所以我估計他遲早也會找上你。萬一他找上你，千萬要認真看待，這是我的忠告，這傢伙活像從森林跑出來的大腳怪，機警點，懂吧？」

接著是類似老式大型話筒掛回聽筒架的窸窣雜音，也許是壁掛式付費電話，在威斯康辛州的某家酒吧裡。亞瑟蠍子的相關檔案已經有三吋厚，一直缺乏證據可以定他的罪，可是雷皮德市的刑事調查組（CID）始終沒放棄。所有大小情報都一一紀錄列檔，遲早會有結果的，中村開始寫報告，在敘述摘要之後，她加註：沒有確鑿證據，不過關於供應鏈存在的說法十分可信。接著她打開搜索引擎，輸入大腳怪。她有了粗略概念：一種傳說中的多毛猿類生物，七呎高，源自西北部森林。她重新打開文件，補了一句：也許大腳怪能打開僵局！她傳了封副本給副局長。

之後她感覺驚嘆號用得不好，很孩子氣，可是非這樣不可，她真心希望副局長看了她的意見之後，能馬上下令重新展開監控行動，以防這名即將去找蠍子的訪客有什麼重大發現。威斯康辛州的吉米說他什麼都沒告訴那個人，顯然是在撒謊，這說法太不合理了。一個人會嚇到會用語音電郵要朋友提高警覺，肯定也會害怕到有問必答。那個人肯定已經上路了，因此時間非常緊迫，可是她的上司把行政權抓在手上，催促他只會得到反效果。因此她故意加點轉移焦點的傻氣，來消除他的不快，讓他覺得那一直都是他自己的決定。

接著晚班值勤警員到了，中村回家去，她決定明早到蠍子的自助洗衣店拜訪一下。在上班途中順道過去，花個半小時或一小時，只是去看一下，到時大腳怪或許也已經到了。

當那位郡警說西威斯康辛的居民相當親切友善，李奇沒有理由質疑他的話。問題出在量，而不是質，這是一條荒僻的鄉間公路，人煙稀少，加上這時候已近傍晚。路上沒有車子，說得更準確點，幾乎沒有。因為剛才有一輛道奇小貨卡夾帶著一股熱氣呼嘯而過，五分鐘後又有一輛福特F-150放慢速度來瞄了幾眼，然後停也沒停，加速開走了，這時東方的地平線黑壓壓、靜悄悄一片，可是李奇依然樂觀。只要遇上一輛就夠了，他多得是時間，沒有戰略上的急迫性，那枚戒指已經在當舖待了一個月，沒有近期的線索需要追蹤。

這背後十之八九沒什麼精采故事。

李奇等了又等，最後總算看見遠遠的東邊亮起車燈，有如遙遠的星子那樣閃著微光。有好一陣子燈光似乎原地不動，因為迎面透視的緣故，可是接著畫面變得清晰。是一輛貨卡，他猜想，或者休旅車，從大燈的高度和間隔來判斷。他站在車道內一碼的地方，豎起大拇指。他半側著身子，像好萊塢明星的姿勢，讓他的臉斜斜對著前方，讓他的體型乍看下縮小了好幾號，身高改變不了，但至少別那麼嚇人。他有豐富的搭便車經驗，知道自己遭到拒絕的可能性不小。

是一輛貨卡，大型車，雙排座駕駛室，日製，大量鍍鉻配件，大量閃亮的烤漆。車子放慢速度，向他接近。駕駛人的臉被儀表板映得紅通通的，沒指望了，李奇心想。駕駛是個女人，瘋了才會答應。

貨卡車停下。

是一輛本田，暗紅金屬色。車窗嘶地打開，後座有一隻狗，很像德國牧羊犬，但是大了點。約莫有一隻小馬的大小，也許是稀奇的變種，牠的齒列大得像一排步槍子彈。女人越過前座中央扶手靠過來，她有一頭往上梳成圓髻的深色頭髮，身穿暗紅色襯衫，四十五歲左右年紀。

她說：「你想去哪裡？」

李奇說：「我要到九十號州際公路。」

「上車吧，那兒距離我要去的地方很近。」

「真的？」

「關於我要去的地方？」

「關於要我上車，從安全觀點考量，妳又不認識我。實際上我並不危險，但無論如何我都會這麼說，對吧？」

「我車上有惡犬。」

「我說不定帶了槍，最可能的做法是先給那隻狗一槍，或者割了牠喉嚨，接著再對付妳，要是我的話就會有這些顧慮。我是說，就專業的角度來說。」

「你是警察？」

「待過軍事警察部隊。」

「你帶了槍？」

「沒有。」

「那上車吧。」

她是農夫，她說，在大片土地上養了大群乳牛。經營得不錯，李奇猜想，從她的車子看來。它的內部和悍馬（Humvee）軍用越野車差不多寬敞，有著皮革填充座椅，行進時和大轎車一樣安靜，兩人閒聊著。他問她是否一直都務農，她說沒錯，她是第四代，她問他是做什麼的，他說他待業中。那隻大狗在後座一路盯著他們談話，邪惡的腦袋一下子轉這邊，一下子轉那邊。

一小時後她停車，讓他在九十號州際公路交叉橋下車。他向她道謝，然後揮手送她駛離。她是個好人，是成就他浪跡天涯的許許多多偶然邂逅之一。

然後他走向西行坡道，故技重施，側著身子站在那裡，一腳在路邊振動帶上，另一腳在公路線道上，伸長手臂豎起大拇指。

將近七百哩外的雷皮德市，在自助洗衣店後面的辦公室內，亞瑟蠍子正在整理手機裡的當天簡訊、電郵和語音電郵。他開啟吉米鼠的訊息，聽見我什麼都沒告訴他，可是他有辦法找到我，所以我估計，他或許遲早也會找到你。這話，轉換成白話文，意思就是說，我告了你的密，有個人就要找上你了。所以，從長遠來看，他不會再和吉米鼠有生意往來；就眼前來說，或許得做些防禦措施。

蠍子打電話給在家裡的秘書，她就要上床休息了。他問她：「大腳怪是什麼東西來著？」

她說：「那是一種生活在森林中的巨大猿人，在西北部的山坡上。大約七呎高，全身毛茸茸的，吃熊和牛群，有個牧場主在過去幾年損失了一千頭。」

「這東西在哪？」

「沒有在哪，」秘書說：「那只是虛構的，就像神話故事。」

蠍子說：「喔。」

他掛了電話，又打了兩通，都是他信得過的人，接著他給洗衣店上鎖，獨自開車回家。

6

將近午夜，李奇搭上一輛閃亮的不鏽鋼貨車，這車子載著一只裝了五千加侖有機牛奶、形狀像艇尾型子彈的儲存槽。它正要前往蘇族瀑布市，這座酪農場送貨範圍的最西邊。可是那裡到雷皮德市還有三百五十多哩遠。別擔心，車主說，從那裡要搭便車就容易多了，那兒有個卡車休息站，各式各樣的車子都有，日夜川流不息，一個像是全球交通大樞紐的地方。

車子行經明尼蘇達的途中，李奇不斷引誘那人說話，他覺得那是他的任務，類似安非他命的作用，聊什麼都行，只要能讓那人保持清醒，只要能避開那個老笑話：**我想要像我爺爺那樣在睡夢中平靜地走，不要像搭他車的人那樣恐怖尖叫**。結果話題一發不可收拾，酪奶業的制度不公被揭露了，一肚子委屈也抒發了，接著那人說他想聽聽戰爭故事，於是李奇編造了一些。大卡車休息站果然很快就到了，那人並沒有誇大其詞。那裡有一座一英畝寬的加油站，一家足足有一百碼長的佔地廣大的兩層樓汽車旅館，和一家外頭閃著霓虹燈、裡頭亮著螢光燈的倉庫大小的家庭式餐館，十八輪大卡車一輛接一輛進進出出，還有各式各樣的汽車、貨車和廂型運輸車。

李奇下了奶罐車，直接走向汽車旅館登記室，在那裡訂了一個房間，儘管不久就要天亮了。沒道理拖著一身疲憊抵達雷皮德市，而且也沒道理恰恰在人家的意料中到達。不用說吉米鼠一定打了電話給亞瑟蠍子，演一齣你最好搶先一步保護自己的戲碼，例如**老實說，不是我，不過我認為有人洩了你的底**。不必然會得到全面的信任，但肯定會起作用，被當作一種遙遠的預警。**發生狀況了**，人類歷史中最古老的一種恐懼。蠍子肯定馬上安排了人站崗，所以反過來，李奇打算讓他們先乾耗一整天，讓他們覺得無趣，提不起勁，讓他們哈欠連連，眼皮沉重，最好是在自己選定的時機交戰。於是他在吵鬧的餐館吃了東西，然後回旅館房間，沖了澡，剛好在太陽升起時上床睡覺，那枚迷你西點紀念戒就在他身邊的床頭桌上。

這時候，在西邊三百五十多哩遠的雷皮德市，警探葛洛麗．中村早已起床活動。她在天亮前醒來，沖澡、換衣服而且吃了早餐。此時她正準備出門，提前整整一小時去上班，但不是馬上。

她開自己的車子通勤，一輛中型雪佛蘭小轎車，淡藍色，和租車一樣不起眼。她開車經過市中心，然後離開主道路，轉往亞瑟蠍子的地盤，他擁有一整個街區。他的自助洗衣店就在中心建築物內，算是主力商店，這個街區正對著布滿裂痕的水泥交叉道路，中間隔著條立著一棵樹穴乾涸的枯樹的狹窄人行道，沿著街區後部有一條送貨和清運垃圾用的業務巷道。

她先觀察了下巷子，裡頭又黑又窄，頭頂一團混亂纏繞的電線和電話線從傾斜的電線杆向左右兩邊延伸。洗衣店後門外站著一名男子，倚在牆邊，兩手盤在胸前，只穿著件黑色短外套對抗黎明的寒涼，裡頭是黑色運動衫，搭配黑色長褲和黑鞋子。他起碼有六呎高，十分壯碩，體格幾乎有中村的兩倍大，看起來十分清醒警覺。

她想用手機拍張照片，準備列入沒完沒了的檔案，但又不能做得太惹眼。她老闆那裡還沒有任何表示，監控行動尚未重新獲得批准。因此她調出手機的拍照功能，靠著車窗，將手機放到耳邊，佯裝打電話的樣子，然後把車子緩緩開進去，眼睛看著前方，邊迅速點著大拇指，**喀嚓！喀嚓！喀嚓！**直到那個哨兵遠遠落在後面，接著她左轉出了巷道，再度左轉，從大樓正面駛過。

大門口也有人看守，同一類人。靠在牆上，雙臂交叉戒備著。一身黑衣，很像夜店的看門保鑣，只差沒有VIP紅繩，中村將手機放在耳邊。**喀嚓！喀嚓！喀嚓！**然後在街區盡頭右轉，把車停在那人看不見的街上。

她察看了下照片，兩組都拍得歪斜模糊，而且主體都嚴重偏離畫面中央。可是大樓辨識得出來，情境大體上也清楚，故事內容不言可喻。蠍子收到威斯康辛的訊息，馬上雇請了保鑣，當地人手，兩個，一個守正門，一個守後門。

因為別的不說，蠍子對大腳怪多少有些擔憂。

他在哪裡？

快來了吧，中村心想，一定的，那人似乎決心順著供應鏈一路追查。她下了車，沿著來時的路回頭走，轉入蠍子所在的街道，她待在對街人行道上。洗衣店門口的人看見她了，她感覺被他的目光盯著，他動也不動，只是盯著瞧，她繼續往前走，幾乎就在洗衣店對面有家早餐店。不屬於蠍子，是他鄰居的，那家店的正面有一扇小窗子，不過如果坐在第一個桌位，在位子上伸長脖子，就能將對街一覽無遺，中村曾經在裡頭一待就好幾小時。

她推開店門。

那個桌位已經坐了人，這人面前擺著被推到一旁的吃剩的培根蛋早餐，和一杯躺在托盤裡的半滿咖啡。是一名外表整潔精實的男子，穿戴著襯衫、領帶和一件用實穿耐磨布料製成的深色傳統套裝，頭髮梳理得很整齊，年過五十，可是究竟過了多少很難說。他的一頭褐髮尚未發白，有一張看不出年紀的精瘦臉龐，有可能六十來歲，也有可能七十來歲。

他正透過窗口注視著自助洗衣店。

一定是的，從他的姿態便可看出來，他沒有在位子上伸長脖子，因為儘管他不高，但起碼比她高。即使如此，他的背部不自然地直挺著。非這麼做不可，好讓視線越過窗台，而且他的目光轉來轉去，始終沒往下看。他憑著觸覺拿杯子，看也沒看將它舉起，眼睛越過杯緣啜著咖啡。

他是大腳怪？

千萬要認真看待，威斯康辛傳來的語音這麼說。坐在窗口桌位的男人看來確實輕忽不得，骨子裡似乎相當強悍能幹。乍看並非如此，因為他的表情很親切。可是他耐性有限，誰也別想招惹他，這點可以確定。理論上你可以把他想成是悶不吭聲的厲害對手，也可以把他想成是那種會讓人寄出一封向友人通報風聲，包含緊急警告意味和簡略外型描述的語音電郵的人，可是這外型描述應該不會是從森林跑出來的大腳怪，這說法不適合這個人。應該會把他形容成像是間諜電影裡頭，那種匿名混入人群的蘇聯情報局殺手之類的，應該會提到他有多麼乾淨俐落，體格有多麼不引人注目。他幾乎可以稱得上短小精幹，恰恰和大腳怪相反。

所以，這人是誰？

有個方法肯定可以得到答案。

她在他對面坐下，從皮夾拿出警徽，它裝在警局分發的黑膠皮夾內，和一張放在透明夾層裡的照片身分證件相對。警探，葛洛麗．中村，還有她的簽名和照片。

那人從衣服裡層口袋掏出一副玳瑁邊框眼鏡來戴上。他瞄了下證件，然後別開眼睛。他從另一個裡層口袋拿出一本小筆記簿，用拇指把它翻開。他看著，又翻了幾頁，然後別開目光。

他說：「妳是侵犯財產罪小組的人？」

「你的筆記本列有我們所有人的名字？」

「沒錯。」他說。

「為什麼？」

「我喜歡弄清楚地方上的每個人的職務。」

「你在這裡做什麼？」

「工作。」

「你叫什麼名字？」

「布拉摩，」那人說：「泰倫斯．布拉摩，不過妳可以叫我泰利。」

「你的工作是什麼呢，布拉摩先生？」

「我是一名私家偵探。」

「從哪來？」

「芝加哥。」

「是什麼風把你吹到雷皮德市來的？」

「一樁私人調查案。」

「調查亞瑟蠍子？」

「我恐怕多少得遵守保密規定，除非我確定已經有或者即將有犯罪行為發生，目前我倒是還沒發現。」

中村說：「我要知道你是贊同還是反對他。」

「這人果然有問題，對吧？」

「他不會當選年度模範市民。」

「我的客戶不是他，如果妳是這意思。」

「那麼是誰？」

「不能說。」

中村問。「你有沒有同伴？」

「感情上？」布拉摩說：「或者工作上？」

「工作上。」

「沒有。」

「你是否和其他人一起行動？」

「問這做啥？」

「我們聽說有個人正要趕來，不是你，另有其人。昨天他還在威斯康辛，我在想他會不會是你的同事。」

「與我無關，」布拉摩說：「我是獨行俠。」

中村從皮夾掏出一張名片，放在桌上，靠近布拉摩的咖啡杯。她說：「需要幫忙時給我電話，或者你決定把保密規定撇到一邊，或者需要建議的時候。蠍子是危險人物，千萬別忘了這點。」

「謝了。」布拉摩說，眼睛望著窗口。

中村回到車上，洗衣店門口的傢伙一路緊盯著她。她開車去上班，很早就到達警局。她打開電腦，開啟搜索引擎，她輸入**芝加哥私家偵探泰倫斯．布拉摩**，得到大量搜索結果。那人六十七歲，從調查局退休，一段漫長而出色的職業生涯，經手過許多成功案子，屬於高級探員，得過不少勳章獎章。想找他不容易，他很昂貴，是真正的專家。他只提供一種服務，專門尋找失蹤人口。

7

估計午餐尖峰時段差不多過了，李奇自行醒來。經過前一晚的折騰，他覺得還好，沒有嚴重的痠疼或痛楚。他到鏡子前察看，額頭有一處輕微瘀傷，是用頭撞那第四個傢伙造成的。右前臂有點疼，它獨力解決掉了他們當中的三個，整整一半。骨頭倒是沒看見有瘀青什麼的，不過皮膚腫得足足有正常皮膚的兩倍厚。而且發紅，到處是細小的刺傷，甚至連襯衫袖管都穿透了。這是常有的事，通常是牙齒，或者鼻樑的斷裂或眼窩的碎屑，附帶損害。但其實沒什麼好擔心的，他的狀況還不錯，依舊是老樣子，依舊是孤獨的一天。

他沖了澡，穿上衣服，然後前往空蕩無人的餐館，叫了份全日早餐，他要店家找給他幾枚兩角五分零錢，然後走向門口附近的付費電話，他憑著記憶撥了一個多年前的舊號碼。

電話響了兩聲，有人接聽。

「西點軍校，」一個女人的聲音說：「校長辦公室，我能為您效勞嗎？」

「下午好，女士，」李奇說：「我是西點校友，我想查詢一件事，我相信這通電話遲早會被轉到你們辦公室，所以我想不如就直接打過去。」

「可否請問先生大名？」

李奇報上名字，連同出生日期、服役編號和畢業年份，他聽見那女人把它記下。

她說：「你想查詢什麼事呢？」

「我想確認二〇〇五年畢業的一位女性學員的身分。她的姓名縮寫是S.R.S.，個頭嬌小，我就只知道這些。」

他聽見她把它寫下。

她說：「你是記者？」

「不是的，女士。」

「你在執法機關工作？」

「目前不是。」

「那麼你為何需要確認這個人的身分？」

「我有她的遺失財物要歸還。」

「你可以把它寄到這兒來，我們會轉交給她。」

「我知道你們會，」李奇說：「我也知道你們為什麼建議大家這麼做，最近你們有太多安全問題要考量，還有隱私問題，已經和我那個年代大不相同了，這點我完全能理解。其實妳什麼都不該告訴我，沒關係的，相信我，我真的不希望讓妳為難。」

「這麼說來我們似乎有了共識。」

「只請妳答應我，查一下她，也查一下我，然後考慮一下所有可能的狀況。到時妳要不覺得慶幸妳沒告訴我名字，要不就會後悔。我會再找時間打電話給妳，純粹出於好奇，妳可以告訴我是哪一種。」

「為何我會後悔自己按常規做事？」

「因為到頭來妳會發現，有個姓名縮寫S.R.S.的西點校友正陷入困境，也許正落單而且急需救援，而這場談話是這件事的第一絲風聲，日後妳會後悔一開始沒把它當一回事，妳會遺憾沒有早一點告訴我。」

「你到底是誰？」

「查一下就知道了。」李奇說。

女人說：「再打給我。」

李奇越過汽車旅館的範圍，走向加油站附近的一個區域，這裡正進行著一種不成文的搭便車生意，經營者是一個身穿用繩子繫牢的外套、看來像街友的男子。他會把每一個新來的搭便車客想要前往的地點收集起來，然後他會四處走動，向那些排隊等著加油的車主叫喊這些地名。遲早總會有一、兩個車主揮手，同意前往某個目的地，而那位幸運的搭便車客便會賞給那個叫喊的傢伙一塊錢，然後上車。

不錯的生意，李奇很樂意付出一塊錢，倒不是說他需要幫忙或運氣。因為每個駕駛人都正要前往雷皮德市。該市距離這兒三百五十哩，但它是第一站，在那之前一片荒涼，在那之後選擇就多了。懷俄明、蒙大拿、愛達荷，但在那之前每個人都得先經過雷皮德市。

大約一分半鐘不到，他便搭上了車，一輛拉著白色密閉式活動拖車的巨大紅色卡車。車廂的座椅後方備有四人份睡鋪，比李奇住過的某些軍營宿舍還要寬敞，這是為了一些橫越鄉野的房屋遷移業務的需要，駕駛人說。方便整組工作人員睡在車上，省下汽車旅館錢。

和許多卡車駕駛一樣，這人年紀很大。也許這一行已經沒落，也許這工作越來越辛苦了，李奇心想最後一個西部邊疆社區也會跟著消失，這些傢伙是最後一代了，DNA的結束，現在的人只想每天晚上窩在家裡。

這人說到雷皮德市要花五小時五分鐘，他說這話時帶著一種已經累積了千百回經驗的自信。於是他們出發，高高坐著，將地平線看得一清二楚，接著車子開始換檔加速，加速再加速，直到以七十多哩時速飛馳於大地之上，下斜坡時速度就更快了，里程路標一個個掠過，五小時五分的說法看來極為可信。

和往常一樣，車主想要了解他的臨時乘客想去哪裡，以及原因。有如付費的概念，長旅程得用長故事來換取，不知為何李奇把實情告訴了他。當鋪、戒指、他心中那股想要找出其中關聯的衝動，連他自己都解釋不出個所以然。

整整十哩路車主靜靜咀嚼著這話。

然後他說：「我老婆會認為你心中懷有某種愧疚。」

李奇沒回話。

「她常看書，」車主說：「她很有想法。」

「我根本不認得這個女人，連她的名字都不知道，我從來沒見過她，怎麼會因為她而覺得愧疚？我只知道她把戒指賣掉了。」

「不見得和她有關，有個名詞，移情作用，好像是，或者投射，雖說這兩者可能不太一樣，我老婆會說你對另外一件事懷著愧疚。」

「必須是有關聯的事嗎？」

「多多少少吧，但不一定是你曾經讓某個女人賣掉她的首飾之類的事，不必然那麼直接。我老婆會說，你可能遭遇過別的挫敗或不公不義。」

李奇沒說話。

「我老婆會問你，有沒有妻子或女友可以一起討論事情。」

這時張回去工作之後的第一個全天上班日應該已經過了一半，說不定有了新案子，說不定已經回機場。

「要你老婆繼續看書，」李奇說：「她似乎是極為聰明的女人。」

和以往一樣，從高速公路下到城區是旅程中最艱難的一段。對市區來說這輛紅色卡車太龐大了。經過整整五小時五分鐘，晚上七點五十分，李奇在交叉橋下車，他舒展四肢、深呼吸，接著打算在當地搭輛便車。這裡的車輛來往頻繁，有很多貨卡車、休旅車和普通汽車，問題出在車主的心情，他們全都剛從高速公路下來，全都到了旅途的最後一段，全都快抵達家門了。他們全都疾馳著經過，沒人有心情順道載別人一程。時機不對，沒那打算，讓人搭便車這種事是在旅程剛開始的時候，不是結束。

像這種情況，最好是遇上一個在前面三百哩的地方搖頭拒絕過，一路上懊悔不已的車主，主要是自我形象的問題，不過這些人酷得很。這種人會在最後幾哩路停車，也許是暗暗希望他的短程搭載會遭到別人的無奈拒絕，不花任何代價便平撫了自己的良心，但一方面又微妙地樂於真的讓人上車，送他一程。根據李奇的經驗，假設車流密度不變，大約每隔二十或二十五分鐘便會出現一個這樣的人，關鍵是可見度，他們越早看見你，你的機會越大，因為有更多時間讓他想起要耍酷，有足夠空間讓他從容悠緩地停下車來，面帶笑容探身到車窗外。

結果花了四十分鐘，八點半整，一輛道奇雙排座貨車開過來，駕駛人裝出一臉慷慨但又充滿歉意的表情，說他最遠只到市中心。李奇說太好了，說他想到有便宜汽車旅館的地方去，那人說他會從那一帶經過，大約就在兩條街外，到時可以指給他看。

市中心的廉價商業地帶十分昏暗，天色早已暗下，部分路口的周邊有街燈，有些亮著，但顯然不夠亮。李奇下了道奇車，往西走了一長條街區，只有大約一碼的能見度，主要憑感覺摸索，接著又一個街區，還是同樣情況，接著左轉，果然依約找到兩家並排的汽車旅館。同一塊土地上還有一家餐館、一座加油站和一家輪胎商店，可能意謂著這是一條車輛進出城必經的道路，右手邊的旅館立著一支高聳閃亮的招牌，上面像堆圓木那樣垂直堆疊著各種誘人的優惠訊息：**免費早餐，免費有線電視，免費Wi-Fi，免費客房升級**。

左手邊的旅館寫著：**一概免費**。

這讓李奇很懷疑，客房本身當然不可能免費，但是不入虎穴，焉得虎子。櫃台後面有位老太太，長得纖瘦優雅，她有一頭藍色頭髮，像細緻的棉花糖那樣飛散開來。她年約八十歲，也許是旅館在古早年代的創業老闆。李奇提出他的問題，她笑著說，沒錯，他必須付客房的錢，但是這錢包括其餘所有設施，她說這話時帶著半逗趣的眼神，抬起接著下垂，他感覺她所謂的**一概免費**，一方面是為了回應隔壁同業的誇大吹噓，不管在觀看者眼中是幽默、揶揄或犀利，但另一方面也在表達一種無奈和沉痛，因為這年頭，無論你多努力打拚，人世間總會有人把價格壓得更低，免費之後還能怎麼做？

李奇付錢訂了房間。

他問她。「我該把衣服拿去哪裡洗？」

「什麼衣服？」她說：「你又沒有行李袋。」

「從理論上來說，假設我有。」

「你應該找家自助洗衣店。」

「你們這兒有多少家？」

「你需要多少家？」

「有些洗衣店可能比較好一點。」

「你是不是擔心臭蟲？這倒不必，自助洗衣店就是這點好，把乾衣機調到高溫，蟲子全部死光光，我這裡洗床單就是這麼做的。」

「長知識了。」李奇說：「雷皮德市有多少家自助洗衣店？只是好奇，沒別的，我喜歡探究各種事物。」

她想了一下，幾乎要回答了，但又止住，因為生性謹慎，不想單憑著記憶貿然回答，她需要佐證。她從抽屜拿出一本薄薄的黃頁簿，查閱「自助洗衣」欄，接著「投幣式商店」

欄，尋找投幣式洗衣店。

「三家。」她說。

「妳知道店主是誰嗎？」

她又想了一下，先是露出狐疑的樣子，好像這問題問得怪異，她怎麼可能認識那些人呢，可是接著她臉色一變，彷彿想起久遠以前的業務往來，本地的企業競爭，還有乏味的會議，還有雞尾酒會。

她說：「事實上，我確實認得其中兩位。」

「他們叫什麼名字？」

「這重要嗎？」

「我想找一個名叫亞瑟蠍子的人。」

「他剛好是那第三個，」她說：「我完全不認識他。」

「不過妳聽過這名字。」

「這是個小地方，大家會閒聊八卦。」

「然後呢？」

「他的名聲不太好。」

「怎麼說？」

「只是傳言，我不該多說什麼。不過，我有個朋友的姪孫在警局工作，他說他們手上關於蠍子先生的檔案足足有三吋厚。」

「他在經營失竊財物的買賣生意，」李奇說：「據我聽說是這樣。」

「你是警察？」

「不是，我只是個普通人。」

「你找亞瑟蠍子做什麼呢？」

「我有個問題想請教他。」

「你千萬要小心，蠍子先生是出了名的好鬥。」

「我會客氣點問他的。」李奇說。

黃頁簿的前面有一張雷皮德市街道地圖，老太太小心翼翼把它撕下，在她的旅館還有蠍子洗衣店的位址上做了記號。她把黃頁對折再對折，然後交給李奇。明早吧，她無疑這麼以為，可是他卻直接跑去，將近晚上十點。他步行經過一個個黑漆漆的狹長街區，一發現亮著的燈泡就趕緊察看老太太的地圖，接著看見前方有發亮的霓虹燈，是一家位在街角的夜間便利商店。根據老太太的地圖，蠍子的自助洗衣店就在對街再過去半個街區的地方。

李奇果然循著位址找到了它，就在一棵枯樹後方，這家店位在街區中央，一棟橫跨整條街道的大建築物內的核心商店。目前沒營業，沒開燈，門也鎖著，門把還上了掛鎖鍊子，店門是玻璃門，旁邊有一道較寬的窗子，裡頭一片昏暗，一整排堆疊的洗衣設備靠著一面牆羅列，陰森的白色而且體積龐大，另一道牆邊有一排塑膠涼椅，上方是硬幣兌換機、肥皂、衣物柔軟精和乾衣紙，每樣東西都要價一塊錢的樣子。

對街的左邊過去是那家亮著燈的便利商店，再過來是一家鞋類直營店，再過來是幾家空店鋪，就在正對面，接著中央偏右一點是一家早餐店，道地的廉價小餐館。它的正面窗口很小，但視線應該相當不錯，餐點或許也不錯，還有咖啡，李奇暗暗把它記下。

接著他步行繞過街區，在一條巷子裡找到洗衣店的後門，那是一片單調的金屬防火厚板，制式工業產品，沒什麼特別之處。也許是市區規劃的要求，或者安全措施，門鎖上了。

他往回走，慢慢繞過大樓側面，從巷子走回街道。太長了，大約是他從洗衣店窗口所能看見的兩倍深度，這表示後部還有另一個房間，大約同等大小。也許是儲藏室，或者辦公室，引發流言的生意就在那兒進行。

他在黑暗中繼續站了一分鐘，然後沿著來時的路往回走。在對面街角，他順道進了那家便利商店，他想來杯咖啡應該不錯，或者三明治，他餓了。店裡有另一個和他有相同意圖的顧客，那人正站在熟食櫃台前啜著杯外帶咖啡，一個小個子，外表整潔俐落，穿戴著深色套裝領帶，他顯然點了一份包含煎蛋和大量乳酪絲的複雜餐點，顯然不擔心膽固醇的問題。服務員完成餐點，把鬆軟的成品先用紙包起來，再包一層鋁箔，他把餐點遞給客人，穿套裝的男子轉身，從李奇身邊繞過，朝店門走去。

李奇點了外帶，烤牛肉和瑞士乳酪，附帶美乃滋和芥末，搭配白麵包，外加咖啡。服務員轉身，啟動切肉片機。李奇問他。「你對前面街區那家自助洗衣店了解多少？」

那人轉過身來，他背後的刀片呼嚕呼嚕地轉動。

他先是一臉困惑，接著露出些微敵意，像是懷疑有人在開他玩笑，接著他出神想著事情，彷彿苦思著一道艱難的數學題，結果得到一個他喜歡但沒把握的答案。

他說：「剛才那人也問了同樣的問題。」

李奇說：「那個買了煎蛋三明治的傢伙？」

「可是像他那種人用得著自助洗衣店嗎？套裝都是送乾洗店，襯衫漿燙要花一元五角，對吧？」

「我馬上回來。」李奇說。

他走出店門，來到人行道上。

那個穿套裝、打領帶的傢伙已沒了蹤影。

沒有寂涼的深夜腳步聲。

李奇掉頭，回到櫃台前，正在替他做三明治的服務員說：「他可能需要洗內衣，還有襪子，可是所有旅館的衣櫃都備有洗衣袋，像他那種人才不會乾坐在那裡，看肥皂泡打轉。」

「你認為他住在旅館裡？」

「他不是本地人，你有沒有仔細看他？他是某一類專業人士，我猜是律師，到鎮上來爭取一個大案子，可是他又不像很有錢的樣子，所以我在想可能是國稅局官員之類的，政府機關的人員。然後現在你又問了同樣的問題，關於那家自助洗衣店的。我想你應該不是國稅局的人，你說不定是警察，所以我在想亞瑟蠍子八成大難臨頭了。」

「你對這有什麼感想？」

「看情況。」

「什麼情況？」

「能不能辦得成，蠍子先生以前也曾經被警方盯上，卻沒有一次被逮到證據。」

8

次晨，天剛亮，李奇便離開他那間並非免費的客房。他循著前一晚的路徑，一直走到最後幾個街區，他遠遠地繞過那些地方，直到超越那一帶。接著他繞回來，從較遠的那端走向蠍子的後巷，往裡頭探看。

有個人守著洗衣店後門。倚在牆邊，雙手環胸，黑色短外套、黑色運動衫、黑長褲和黑鞋子。大約四十歲，六呎二吋高，兩百一十磅重。

李奇離開巷口，保持和之前同樣的距離，遠遠地繞大圈子，直走兩個街區，再橫越兩個街區，以便能不被察覺地從後方接近那家早餐店，他猜這家店的後面應該也有自己的巷子，就像蠍子的店鋪。這是必要措施。廉價小餐館總會製造大量垃圾、蛋殼、咖啡渣、各式包裝、廚餘，還有一桶桶用過的油脂。而既然有巷子就必然有後門，而且通常是敞開的，幾乎可以確定是法律規定，門必須在營業時間內保持開啟狀態。做為廚師的火災逃生門，另一種必要措施，廉價餐館的廚房一旦起火可說和汽油彈沒兩樣。

李奇找到巷子，找到後門，他從廚房通過，進了用餐區。他定睛留意著窗口，往左移動以便得到更好的視野。

洗衣店正門也有人看守，同一類人，同樣的姿勢，靠在牆上，一身黑衣。

亞瑟蠍子採取了防備措施。

發生狀況了。

李奇回頭，環顧著餐館內部，他看見前一晚見過的那傢伙。在便利商店，穿戴著深色套裝和領帶的，他坐在窗口的桌位，正往外看。

葛洛麗・中村重複前一天的作息，天亮前起床，沖澡穿衣、吃早餐，然後提前整整一小時出門去上班，但不是馬上。她在老地方停車，然後走到蠍子所在的街道，感覺洗衣店門口的傢伙一路緊盯著她，她來到早餐店，走了進去。

她的桌位又被佔走了，就前一天那傢伙。芝加哥私家偵探泰倫斯·布拉摩，同一套深色套裝，換了襯衫和領帶。

而站在房間中央的正是大腳怪。

毫無疑問。這人塊頭真大，不到七呎，但也近了，幾乎要碰上天花板，而且非常壯碩，從肩頭到另一側肩頭看來就像她念高中時學校體育館架子上的四顆籃球，他的拳頭則有感恩節火雞那麼大，這人穿著帆布工作褲和一件超大的黑色T恤。他的兩隻胳膊傷重掛彩，頭髮蓬亂，就好像用毛巾擦乾但沒好好梳理，就好像連支梳子都沒有，他有好幾天沒刮鬍子，瘦骨嶙峋的臉上布滿鬍碴，他的眼睛是淡藍色，和她的車子同色，而現在他正直勾勾盯著她。

李奇看見一個身穿像是制服的黑色裙子套裝、個頭嬌小的亞洲女人，頂多五呎高，全身浸透大約也只重九十五磅，年紀約三十歲。黑色長髮，深色大眼睛，可愛到爆，可是沒有笑容，只是一臉嚴肅，彷彿正擔負著某種重任。彷彿唯有一臉嚴肅才擔負得了這重任。也許吧，當你只有五呎高、九十五磅重的先天條件，但無論如何，她倒是一點也不害臊。她正眼注視著他，大剌剌地，細細打量著他，從頭到腳，從左到右，眼裡帶著某種恍然大悟的神色，這他就不懂了，一開始是如此。他非常確定他從來沒見過她，不然他肯定會記得，接著他想到，吉米鼠在那通他八成打了的警告電話中，一定也包括對他的描述，也許這個亞洲女人是亞瑟蠍子的手下，也許她已經被告知目前的緊急狀況。

也可能她是個上班族，起床氣還沒消。

他別開頭去。

打領帶的傢伙仍然望著窗外，他的神情充滿耐性和自制，而且恬靜。他看來似乎是那種會客氣回答別人的理性問話的人，但也許只是專業的偽裝，就好像他是某種需要用老式客套做為潤滑劑來推動的階級組織的成員，他讓李奇想起他認識的一些陸軍上校，儀表堂堂、沉默寡言，帶著幾分灰暗滄桑，但被某種無聲的內在活力和自信驅策著。

李奇選了個有點遠的靠牆桌位，從這裡他可以越過那人的頭看見窗外。目前沒看見任何狀況，那個守衛仍然靠在洗衣店牆邊沒有動靜。裡頭的燈亮著，還沒有顧客進出。

一位女服務生過來，李奇點了簡單早餐，咖啡加上幾片搭配雞蛋、培根和楓糖漿的鬆餅。咖啡先來，黑咖啡，熱呼呼的，新鮮夠勁，真不錯。

那個亞洲女人在他的桌位坐下。

她從手提袋拿出一只小黑膠皮夾，把它打開來，舉到面前讓他察看，左邊是一枚金色警察徽章，右邊是一張裝在透明夾層裡的照片身分證件，上頭寫著**雷皮德市警局警探葛洛麗・中村**。那是她的照片，深色眼珠，神情嚴肅。

她說：「你昨天是不是在威斯康辛？」

這下李奇確定吉米鼠果真打了電話，而雷皮德市警局正監控蠍子的電話線路，這表示相關的調查工作正積極持續地進行，也許吉米鼠那通電話錄音的文字檔資料已經被歸在三吋厚檔案夾的最上層。

可是他卻大聲說：「就算是警察，妳有權問這種問題嗎？我有隱私權，有權去任何地方，這是憲法第一修正案給我的保障，還有第四修正案。」

「你拒絕回答我的提問？」

「恐怕我沒得選擇，我待過陸軍，曾經立誓維護憲法，無論如何不能違誓。」

「你叫什麼名字？」

「我姓李奇，名傑克，沒有中間名。」

「你在陸軍擔任什麼職務，李奇先生？」

「我是一名軍事警察。和妳一樣，是警探。」

「目前你是私家偵探？」

她說話時瞄了眼穿套裝的傢伙。

李奇問她。「那人是私家偵探？」

她說：「我拒絕回答你的問題。」

他笑笑。

他說：「我不是私家偵探，只是普通市民，妳從威斯康辛那兒得到什麼情報？」

「我不確定應該告訴你。」

「就當同業交換訊息，畢竟我們都是警察。」

「我們是嗎？」

「如果妳不嫌棄的話。」

她將證件放回手提袋，拿出手機，她調出錄音檔，選了其中一個，點了螢幕上的一個按鍵。他聽見窸窣不清的酒吧人聲，接著是吉米鼠的聲音，李奇馬上就聽出是他，語氣相當快速急躁。它說：「亞瑟，我是吉米，有個傢伙剛向我打聽一樣我從你那兒拿來的東西，他似乎打算沿著供應鏈一路追查下去，我什麼都沒告訴他，可是他有辦法找到我，所以我估計他遲早也會找上你。」

中村點了暫停鍵。

李奇說：「憑什麼說那就是我？」

她又點了播放鍵。

吉米鼠說：「萬一他找上你，千萬要認真看待，這是我的忠告，這傢伙活像從森林跑出來的大腳怪。機警點，懂吧？」

中村按了暫停。

「大腳怪？」李奇說：「這可不太厚道。」

她說：「是什麼東西？」

「有關係嗎？我只是想請教蠍子一個問題，然後就走人。」

「要是他不回答？」

「威斯康辛的吉米回答了。」

「蠍子有人保護。」

「威斯康辛的吉米也有。」

「是什麼東西？」中村又問。

李奇在口袋裡摸索，拿出那枚戒指。West Point 2005。黃金細絲裝飾，黑寶石，小尺寸。他把戒指放桌上，中村把它拿起。她試戴了一下，右手無名指，輕易便戴上了，甚至有點鬆，可是她只有五呎高，九十五磅重，她的手指幾乎和鉛筆一樣細。

她把戒指摘下，放在掌中掂著重量，然後看著指環內側的銘刻。「S.R.S.是誰？」她問。

「不知道。」李奇說。

「到底是怎麼回事？」

「我在威斯康辛一個小鎮的當舖發現這東西，這不是你會輕易割捨的那類東西。這女人苦熬了四年才得到它，他們每天拚命阻撓她，逼她放棄，西點軍校就是這麼回事。加上九一一事件剛發生不久，那幾年真的特別嚴酷，之後情況更慘，伊拉克、阿富汗。她或許會賣車，或者她姨媽送她當聖誕禮物的手錶，可是她說什麼都不會賣掉她的戒指。」

「這個叫吉米的是當舖老闆？」

李奇搖頭。「他是當地的一個機車騎士，人稱吉米鼠，這戒指是他連同一堆小飾品成批售出的，他告訴我東西是從亞瑟蠍子那兒來的，就在貴寶地雷皮德市。所以我想知道亞瑟蠍子是從誰那裡拿來的，我只想問他這個問題。」

「他不會告訴你的。」

「當初當舖老闆也是這麼說吉米鼠。」

中村沒回應，窗外沒有一點動靜，這時女服務生送來李奇的餐點。鬆餅、蛋、培根、楓糖漿，看來很可口。他又要了些咖啡，中村點了熱茶和一個麥麩鬆糕。

李奇將戒指放回口袋。

窗外仍然沒有動靜。

穿套裝的男子起身離去。

李奇問。「他是哪一種私家偵探？」

中村說：「我沒說他是。」

「我對妳坦白，妳也該對我坦白。」

女服務生送來中村的鬆糕。那東西足足有她的頭那麼大，她挖下豌豆大小的一口吃下。

她說：「他是從芝加哥來的，名叫泰利‧布拉摩，退休調查局探員，專門尋找失蹤人口。」

「他到這兒來找什麼人？」

「不清楚。」

「難不成蠍子也是綁架犯？」

「我們不這麼認為。」

「然而芝加哥來的布拉摩先生卻在偵察他的地盤，而且不單是今天早上，昨晚他也在這附近，我在便利商店看見他。」

「你昨晚就來了？」

李奇點頭。「深夜才到。」

「你直接從威斯康辛趕來，可見你很看重這件事。」

「我本來可以早點到的，我在蘇族瀑布市歇了歇腳。」

「你到底是如何從吉米鼠口中問出亞瑟蠍子這個人的？」

「我很客氣地問他。」

她沒吭聲，他繼續吃他的早餐，她啜著熱茶，兩人沉默了好一陣子。

接著她說：「亞瑟蠍子在我們局裡名聲不太好。」

「了解。」李奇說。

「不過基於職責，我還是得嚴正警告你，別在我們轄區內做出違法的事。」

「放心，」李奇說：「我只不過想請教他一個問題，不犯法。」

「要是他不肯回答？」

「理論上這的確有可能。」

她從手提袋取出一張名片，放在桌上，貼近他的咖啡杯。她說：「這上面有我的電話號碼，局裡的和手機，想找人聊的話不妨打給我。蠍子是危險人物，千萬別忘了這點。」

她將五塊錢放桌上，付茶和鬆糕的錢，然後起身離去。出了店門，沿著人行道逐漸走遠。

窗外仍然沒有動靜。

她的鬆糕沒帶走，除了豌豆大的一小口之外幾乎沒動過，於是李奇把剩下的吃完，搭配一杯追加咖啡，然後他叫服務生來結帳，要他們多找一些兩角五分硬幣。他來到盥洗室走廊，這裡有一具壁掛式付費電話，就跟威斯康辛那家酒吧一樣，吉米鼠就是用它打電話給亞瑟蠍子的，電話錄音中的背景雜音足以證明。

之前李奇看見他繞過整排機車，到了大樓後部，他肯定從那裡進了後門，肯定看見了牆上的電話，肯定決定馬上打電話警告蠍子，當場即時行動，那時候李奇還在外面，和郡警察談話。

緊急通報。

李奇靠在牆邊，從這裡仍然可以看見面對街道的窗口，他撥了那個記憶中的舊號碼。同一個女人來接聽。

「西點軍校，」她說：「校長辦公室，我能為您效勞嗎？」

「我是李奇。」他說。

「請稍等，少校。」

她知道他的軍階，她查了他的檔案，他聽見喀啦一聲，接著安靜好一陣子，接著又一聲喀啦，一個男人的聲音傳來。「我是校長。」

校長，大老闆，其他學校都這麼稱呼校長。

李奇說：「早安，上將。」客氣但含糊，因為他不清楚這位校長的名字，他沒有留意校友的動態，不過校長通常由上將擔任，通常聰明又有教養，有時相當先進，但絕不是簡單人物。

那人說：「你昨天的詢問非常不合常規。」

「是的，長官。」李奇說，純粹基於習慣，在西點，類似情況只准有三種回應方式：是的，長官；不是的，長官；您說得是，長官。

那人說：「我想聽聽你的解釋。」

於是李奇把剛才對中村說過的事情原委複述一遍，關於當舖、戒指以及他心中揮之不去的不安感。

校長說：「原來是為了一枚戒指。」

「情況似乎相當嚴重。」

「昨天你暗示有個前學員可能正身陷險境。」

「很有可能。」

「可是你並不確定。」

「她把戒指拿去典當，或者把它賣了，或者被偷了，無論是哪一種情況，都顯示她遭到某種不測，我覺得我們應該查清楚。」

「我們？」

「她是我們的人，上將。」

那人說：「我看過你的檔案，相當不錯，但還沒有出色到可以在校園裡立銅像，反正你也沒那資格，主要因為你老是走偏鋒。」

「您說得是，長官。」李奇說，純粹基於習慣。

「我有個淺顯的問題，你目前從事什麼工作？」

「沒有工作。」

「這是什麼意思？」

「說來話長，上將，不值得花時間討論。」

「少校，相信你也了解，本校大約有十九種法規嚴禁我們提供前任或現任軍事人員的個人資料，這種事只有一種可能，就是由一個西點人以非正式的極機密方式，悄悄透露給另一個西點人，純粹基於善意。我們經常被人家指控的那類辦公室醜聞就是這麼來的，因此你和我必須面對相互信任的問題，這對你或許沒那麼重要，要是你願意讓我多了解你一點，我會比較安心。」

李奇沉默片刻。

「我很容易不安，」他說：「我不能老待在同一個地方，如果你給退伍軍人管理局（VA）足夠時間，他們會告訴你這種症狀的名稱，說不定我還能向政府申請補助。」

「是醫療問題？」

「有些人是這麼說的。」

「會困擾你嗎？」

「反正我也不想老待在同一個地方。」

「你有多常到處移動？」

「沒有間斷過。」

「你覺得西點人過這種生活恰當嗎？」

「我覺得非常恰當。」

「怎麼說？」

「軍人是為自由而戰，而所謂自由就是這麼回事。」

那人說：「賣掉戒指的理由有千百種，或者典當，或者遺失，或者莫名被偷走，總之並非全都是不好的理由，這事很可能一點問題都沒有。」

「很可能？你好像不太確定呢，上將。看來你似乎沒什麼把握，儘管你看了她的檔案，顯然她的檔案沒能讓你真正安心，因此現在你暗示我必須用耳語傳播的方式，因為你開始擔心了，我猜你其實很想把她的名字告訴我，所以讓我猜猜，她脫掉綠色軍裝，目前失聯了。」

「已經三年了。」

「之前做了什麼？」

「到伊拉克、阿富汗出了五次艱難任務。」

「從事什麼？」

「都是些不堪的事吧，我想。」

「她很嬌小嗎？」

「小鳥依人。」

「是她沒錯，」李奇說：「現在你得下決定了，上將，你打算怎麼做？」

校長沒回應。

這時李奇看見窗外出現一輛黑色轎車，它在對街的路邊停下，就在自助洗衣店外面。駕駛座車門打開，一個人下了車，這人長得高高瘦瘦，大約五十歲年紀，有一頭剪得極短的灰髮，他身穿黑色套裝，白襯衫鈕釦扣到領口，可是沒打領帶，他在人行道上站了一下，朝門口的守衛投去詢問的眼神。守衛搖了搖頭，像是說沒有狀況，老闆。

亞瑟蠍子。

他向守衛點頭回應，然後從他身邊走過，進了大門。

守衛朝反方向走過人行道，上了蠍子的車然後把它開走。大概去停車吧，停在後街或巷子裡，或許會消失個五分鐘，這是他每天消失兩次的第一次，因為接近商店關門的時間他又得去開車過來，每天會開兩次五分鐘的天窗。

好消息。

李奇聽見西點校長說：「說不定她不想被找到，你可曾想過這點？沒有人能全身而退，出了五次任務，不可能。」

「我不是要向她推銷墨西哥度假套房，只要遠遠看見她沒事，我馬上走人，再也不去煩她。」

「你究竟要怎麼找到她？她已經失去聯絡，知道她的名字有什麼用？」

「但也沒有壞處，」李奇說：「尤其在最後階段，我會一路追蹤戒指的流向，直到遇上聽過她消息的人。」

校長說：「她的名字是莎琳娜・蘿絲・桑德森。」

9

窗外，那個大門守衛去幫蠍子停車之後再度現身，他重拾之前的姿勢，靠在洗衣店門口左側的牆邊，兩手叉在胸前，面無表情。

他離開了五分鐘多一點。

裡頭仍然沒有顧客。

李奇對著電話說：「莎琳娜・蘿絲・桑德森是哪裡人？」

「學員時期她登記的家鄉地是懷俄明，」校長說：「我們只知道這麼多，你認為她回家去了？」

「不一定，」李奇說：「對某些人來說，家是他們的第一個歸所，對另一些人來說卻是最後一個，她是什麼樣的人？」

「當時我還沒到任，」校長說：「不過她的檔案非常完整，幾乎可以稱得上傑出，就差那麼一點點，沒拿過前五名，但總是在前十名，她就是這樣的人，她配屬步兵部隊。在二〇〇五年，這被認為是女性相當聰明的一種選擇，她知道自己看不見戰鬥，可是她推測混亂的局勢會把她推到相當接近的境地，我相信實際上也就是如此，接近前線的支援單位總是忙得不得了，經常得開車往返補給物資，也就是說得運送大量簡易爆炸裝置（ＩＥＤ）。加上車輛維修工作，勢必會讓她時常暴露在野外。不值勤的時間她也總是隨身帶著槍械，我知道她在消防隊，這些單位總是死傷慘重，和其他單位沒兩樣，她得過銅星勳章和紫心勳章，可見她在服役過程中受過傷。」

「軍階？」

「少校除役，」那人說：「和你一樣，服役的最後一年她執行了一項重大任務，帶領士兵表現出色，在名義上她為學校增光不少。」

「好的，」李奇說：「謝謝你，上將。」

「就去做吧，但千萬要小心。」

「別擔心。」

「我很擔心。」

「為什麼？」

「我看過你的檔案，」那人又說：「如果把它向右傾斜，對著陽光，你會看見沒寫在上面的東西，你很有戰力，但是思慮不周。」

「是嘛？」

「你自己應該很清楚，只是你每次都僥倖脫身。」

「有嘛？」

「一次又一次惹禍，但最後總是化險為夷。」

「那麼你應該下正確的結論，上將，我並非思慮不周。我依賴的是一些曾經成功而且很可能再度成功的法則，我覺得我正好是思慮不周的相反，事實上，比起大多數人，我的思慮盤算只會更多更周詳，不會更少。」

「再打給我，」校長說：「我想知道桑德森的狀況。」

葛洛麗・中村連續兩天提早去上班，她停好車子然後走上台階，警探室門口的女義警告訴她副局長要見她，馬上，緊急但不危急，女義警說他在電話裡的口氣還可以，不算太激動。

中村將手提袋往辦公桌一丟，沿著長廊走過去，副局長的辦公室是位在樓層另一端的一個角落房間，他從癌症生還，消瘦到只剩皮包骨，然而某種狂熱的內在精力透過薄薄的皮膚將他整個人照亮。他已經多活了好幾年，接下來他還要好好利用接下來的人生，他要完成幾件大事。中村私底下認為，和死神擦身而過讓他產生了頓悟，他害怕被人遺忘。

他正在辦公桌前看電郵。

他說：「妳寄了亞瑟蠍子的東西給我。」

她說：「威斯康辛的語音電郵，沒錯，老闆，事情有進展了。」

「大腳怪來了沒？」

「據我了解已經來了，老闆，可是有個芝加哥的私家偵探比他早到一步。」

「他想調查什麼？」

「他不肯說，不過我查了一下這個人，他是尋找失蹤人口的專家，索價極高。」

「誰失蹤了？」

「全國大約有一百萬人。」

「可有跡象顯示其中一個在蠍子的洗衣店洗短褲？」

「沒有監聽到這方面的內容。」

「說說大腳怪的事。」

「他是一個名叫李奇的退伍軍警，他在一家當舖發現一枚西點紀念戒指，正在追查它的來源。」

「是基於個人興趣？」

「不是，是基於軍人的榮譽感，像是一種道義責任，在我看來，幾乎可說是感情用事。」

「怎麼會跟蠍子扯上關係？」

「那枚戒指可能是蠍子賣給一個叫吉米鼠的威斯康辛機車騎士的失竊贓物，後來又被吉米鼠轉賣給一家當舖，大腳怪就是在那裡發現它的。大腳怪說當舖老闆告訴他吉米鼠的名字，吉米鼠告訴他亞瑟蠍子的名字，目前他正試圖從蠍子口中問出下一個人的名字，就這麼沿著供應鏈一路追蹤下去，大腳怪想把戒指還給它的合法主人，這是我的判斷。」

「蠍子什麼都不會告訴他的。」

「我認為他會，我不確定大腳怪把發生在威斯康辛的事全部如實告訴了我。我不認為一個靠買賣失竊贓物掙錢的機車騎士會輕易透露什麼，至少不會說出上游供應者的名字，總之不會是自願的，你該聽聽那段錄音，吉米鼠聽來十分害怕。」

「怕大腳怪？」

「我見過他，老闆，你應該把他關進動物園。」

「妳認為蠍子也會怕他？」

「無論如何，我覺得肯定有重大犯罪事件會發生，也許大腳怪會逼得太過火，或者蠍子會反擊得太激烈。」

她等著。

副局長說：「我想我們應該恢復監控行動。」

她說：「遵命，老闆。」然後吐了口氣。

「妳單獨行動，全天候監視，不必躲躲藏藏，直接在他門口進行。」

「我可能會需要後援，我可能必須介入。」

「不，」他說：「不要介入，就順其自然發展，這是穩贏不輸的局面。要是蠍子傷了那傢伙，那敢情好，我們總算有個理由可以辦他。妳就是我們的重傷害罪目擊證人。反過來，要是那傢伙傷了蠍子，同樣對我們有利，而且傷得越重越好，況且事後妳可以把那傢伙逮捕歸案，如果妳想的話，同樣是以重傷害罪名。我是說，如果妳想讓自己的季業績漂亮點的話。」

李奇從廚房門離開早餐店，沿著小巷子溜走，他不想被正門的守衛看見，還不到時候。大腳怪的描述肯定會讓那傢伙一眼認出他來，而且立刻向店內的蠍子報告，最好別太早驚動他們。

因此他以安全距離繞了一大圈，然後前往市區，開始尋找比他住的汽旅好一點的旅館，一個從調查局退休的偵探看得上眼的地方。不是跳蚤窩，但也不會太時髦，也許是中價位的全國性連鎖旅館，那傢伙說不定持有優惠卡。

李奇找到四家符合條件的旅店。他走進去第一家，問櫃台職員有沒有一位個頭矮小、外表整潔精練、穿套裝打領帶、名叫泰倫斯・布拉摩的客人。如果他開車來，應該是掛伊利諾州車牌，女職員敲了幾下鍵盤，看著螢幕，說她很抱歉，目前他們沒有叫這名字的客人。

到了第二家，他們告訴李奇，泰倫斯・布拉摩剛於三十分鐘前退房。

或許沒那麼久，職員說，或許只有二十分鐘。她打開已經關閉的帳目來校準她的記憶，結果是二十七分鐘前。那人出現在櫃台前，穿套裝打領帶，一手提著皮革旅行袋，另一手拎著皮革公事包。他付了帳，然後到外面去開車，車子停在停車棚，是一輛掛伊利諾州車牌的黑色休旅車。布拉摩放妥行李，上車離去，朝州際公路前進，但沒人知道在那之後是往東或往西。

「妳有沒有他的手機號碼？」李奇問。

女人看了下螢幕，左手邊的欄目，李奇猜想，大概在往上三分之二的地方。

女人說：「我真的不能說。」

李奇指著她背後的牆角。

「那是一隻蟑螂吧？」他說。

她回過頭去看，他靠在櫃台上，彎下脖子。左手邊的欄目，往上三分之二的地方。十位數，不需要驚人的記性。

他挺直身子。

她轉過頭來。

「我什麼也沒看見。」她說。

「虛驚一場，」李奇說：「抱歉，大概只是黑影。」

李奇在一家全天候中式餐館的大廳找到一具付費電話，是安裝在紅色絲絨牆上的鍍鉻裝置，近看就沒那麼華麗了，鍍鉻塗層出現凹痕，絲絨也有磨損油膩的痕跡。

李奇撥了布拉摩的手機號碼，電話響了又響，沒人接聽。不奇怪，那傢伙或許正在州際公路上，可能是凡事安全第一的類型。八成是，才能從調查局一路熬過來。

沒有回應。

電話轉入語音功能，邀請李奇留言。

他說：「布拉摩先生，我叫李奇。昨晚我們一起在超商排隊，今天早上又碰巧在同一家早餐店一起待了一陣子。我猜當時你是為了調查某件失蹤人口的案子，在監看亞瑟蠍子的洗衣店，我則是為了追查一件失竊贓物的來源而監看那個地方。我認為我們兩人應該碰個面，搞清楚狀況，說不定事情不像表面上那麼單純，就算不是兩相得利，或許也對一方有好處，你不能回電給我，因為我沒有手機，因此我晚一點會再打給你，謝了，再會。」

他掛斷電話。

他離開絲絨大廳，到了人行道上。

亞瑟蠍子的黑色轎車停在路邊。

就在他身邊，和他的臀部同高。

車窗唰地打開。

大門守衛說：「上車。」

10

那人佩了槍，一把左輪，看來像一把老舊的首長護衛型槍枝。一把史密斯威森製造的點三八口徑五發裝手槍，短槍柄，在那人右手中顯得格外小巧。他在方向盤後方半扭轉身體，斜側著拿槍指向打開的副駕駛座車窗外，手臂彎曲，右肩膀被擠壓著。

「上車。」他又說。

李奇筆直站著，他有許多選擇，人生充滿了選擇，最簡單的一種就是掉頭走開，沿著人行道直直往前走，和這輛車的行駛方向相同。這種幾何位置會對一個坐在左駕駛座、慣用右手的槍手造成實際操作上的問題，擋風玻璃擋在中間，不能透過它開槍，因為子彈會偏斜，打不中，而且事後擋風玻璃上會出現一個彈孔，很麻煩。雷皮德市無疑是治安不算太好的一個老城鎮，但畢竟不是洛杉磯南區，清晨的槍擊肯定會有人報警，尤其是市中心旅館和餐廳的附近，巡邏警車會馬上趕到，關於擋風玻璃上出現彈孔的問題恐怕不好回答。

因此那傢伙勢必得移動位置，他得先變換傳動系統，把腳從煞車踏板移開，解開安全帶然後將扶手扳起，匆忙橫越前座的長椅，把他的右手臂從副駕駛座窗口伸出去。這些動作多少得耗去一點時間，在這當中李奇已經越走越遠了，再說那傢伙手上只有一把槍柄兩吋半長的點三八口徑左輪，不是什麼厲害武器，以李奇的走路速度，射偏可說是意料中事。

因此較保險的方式是直接從駕駛座車窗射擊，就在旁邊，迅速多了，問題是怎麼做？那傢伙勢必得在駕駛座椅上斜斜半蹲著，然後讓上半身整個探出窗外，掙扎著把右手臂伸出去，像穿上一件緊身毛衣那樣，讓整個人鑽出窗外直到腰部。接著他必須扭身，瞄準然後射擊，只是在這一瞬間，他同時也會失去平衡，難保不跌出車窗外。一把不夠精準的槍械，一個掛在車窗玻璃上、手忙腳亂的槍手，不值得太過擔憂。

這表示那傢伙的最佳做法是下車，從敞開的車門後方展開攻擊，就像警察。問題是，李奇一聽見車門鉸鏈的吱嘎聲，就會立刻躲進最近的商店或巷子裡，消失無蹤，要是他聽見車子離開路邊並且朝著他而來，也是同樣的情況，一場僵局，拿槍要人上車的情節在電影中顯得相當酷，然而在街頭基本上毫無強制力，有太多選擇空間，保持冷靜然後走開，留一條命來日再戰。

可是李奇留在原地不動。

他說：「你要我上車？」

那人說：「馬上。」

「那就把槍放下。」

「不然呢？」

「不然我就不上車。」

「我可以先給你一槍，然後把你血淋淋拖上車。」

「不，」李奇說：「你不可能做得到。」

他只要往左邊移動一步，這麼一來那人還是會射穿窗玻璃，或者擊中車體B柱，或C柱。加上他的肩膀被安全帶繫牢在座椅上，沒辦法轉動，加上警察還是會趕來，警車警示燈和警笛，一堆問題。那傢伙將沒辦法脫身。

這人是業餘保鑣。

這點很令人鼓舞。

「把槍拿開。」李奇又說。

「我怎麼知道你一定會上車？」

「我很樂於和蠍子先生會面，他有訊息可以提供給我，我正打算晚一點去拜訪他，可是既然你來了，不如現在就去吧。」

「你怎麼知道我是蠍子派來的？」

「魔法。」李奇說。

那人靜默了會兒，然後把槍放回外套口袋。李奇打開副駕駛座車門，這輛車是一輛老式林肯城市車，方方正正的舊車型，常在電視節目上被撞被燒的，因為這種車便宜得跟什麼似的。座椅是紅色絲絨，質感和中式餐館大廳的牆壁不相上下，有點磨損黏膩。李奇勉強擠進座椅，將手肘放在扶手上，足足有餐盤大小的左手鬆垂著。那人盯著看了幾眼，指關節大如核桃的又長又粗的手指，已經癒合的舊傷口和疤痕泛著白色。那人別開眼睛，神氣不起來了，對一個以靠在牆邊唬人為業的人來說，這是未知的領域。

「開車吧，」李奇說：「我可沒時間整天耗在這裡。」

車子啟動，左彎右拐繞過市中心的街區，回到平價商業區，他們在自助洗衣店外面停車，那人把槍拿出來，為了在蠍子面前留點面子，李奇任由他去。有何不可？他又不會少塊肉，他等著那人繞過車子，替他開門。他下了車，那人朝洗衣店入口點了下頭。李奇率先進入，迎面而來的是一股污水排放和冷肥皂泡的氣味，還有靠在一台洗衣機上的後門守衛，還有坐在塑膠涼椅上、像一個被嘩嘩水流翻攪聲催眠的顧客的亞瑟蠍子。

近看之下，他有一張痲臉，而且白得很不自然，像是被化學藥劑處理過。蒼白的臉色讓他的眼睛顯得格外黝黑，他的身材高瘦，大約六呎二吋高，一百六十磅重，意思是如果他口袋裡裝了百來枚一分錢硬幣的話，因為他瘦得皮包骨，而且和手扶梯一樣笨拙不靈活。

後門守衛離開洗衣機，向蠍子走去，就近站著，開車的傢伙從後面走上前。

蠍子說：「你想怎麼樣？」

「你賣了一枚戒指給吉米鼠，」李奇說：「我要知道是誰賣給你的。」

「你完全找錯人了，我這裡是自助洗衣店，不認識什麼吉米鼠。」

「洗衣店經營得如何？」

「我過得相當不錯。」

「而且謙虛，你不只過得不錯，你的金流進出大到必須雇用兩名保鑣來看守。只不過我實在不懂為什麼，這裡連半個顧客都沒有。」

「你是在暗指我從事不法？」

窗外，一輛淡藍色車在對街路邊停下，一部國產車，也許是雪佛蘭，規格簡單，不是時髦車，車上坐著個嬌小的亞洲女人，黑髮，深色眼睛，神情嚴肅，中村。她就只是坐在那裡，引擎熄火，轉頭觀察著。平視，越過停在店門口那輛蠍子的林肯車的車頂，她的視線穿過兩層玻璃和三十呎的距離，對上李奇的眼睛。

李奇回頭，對蠍子說：「吉米鼠傳給你一封語音電郵，所以你才雇用了這兩個保鑣。他通知你我會來找你，這會兒我來了，我會待多久全由你決定。」

蠍子說：「首先，我不懂你在說些什麼。再者，你可知道坐在對街那輛藍色車子裡的是誰？」

「她是警察，中村警探。」

「她老是來騷擾我，這會兒你也看見了，捏造各種莫名其妙的理由，可是這次她終於能發揮一點用處了，你這是非法侵入，她可以過來把你帶走，畢竟我繳了稅。」

「你繳稅？」

「你這是指控我什麼？」

「我沒有非法侵入，是你邀請我來的，而且相當堅持。」

「我的意思是說，你大可到那些不見光的地方去唬人，你要待多久由我決定？警察就在外面監看，你敢怎麼樣？」

「我知道她的名字是因為我們聊過，她告訴我，你在他們局裡不怎麼受歡迎。」

「彼此彼此。」

「我們之間有默契，說淺白點，就是我可以扯下你一條臂膀，然後用它把你揍到沒命，他們非但不會來攔我，還會賣門票請人來參觀。」

「什麼默契？你也是警察？外地來的？」

「你在等外地警察？不是我，我只是來請教你問題的普通人。告訴我答案，我馬上走人。」

「你一直沒問我是怎麼找到你的。」

李奇說：「不需要問，我已經猜到了，從你的人出現的地方來判斷，餐館人員，你塞了點錢給他們，他們全都經常互相聯繫，他們全都有手機，他們都常傳簡訊。小小的聯絡網，低酬勞，不為人知，收到吉米鼠的語音留言之後，你放話給他們，留意一個從森林跑出來的大腳怪，吉米就是這麼說的，對吧？」

「我不認識叫吉米的人，我就這麼一句，我會坐在這裡否認一整天，有警察在外面監看，諒你也不敢對我怎麼樣。」

「說不定她會離開。」

「不會的，她已經在那裡坐了一整天了，我們會比她先離開，到時你能怎麼辦？去追我們？這是我的另一個重點，希望你在鎮上的第一晚碰上好運，因為你絕對找不到地方用餐，連杯酒都沒得喝，也找不到地方過夜，我掌控的聯絡網可不只一個。」

「相信你是公認的黑幫老大，」李奇說：「只不過你開的是全世界最爛的一部車。」

「滾蛋，你這是在浪費大家的時間，你什麼都不能做，因為有警察在看，不管什麼默契不默契，全是鬼扯，這裡是美國。」

「我們可以測試一下，」李奇說：「我給你的嘴巴一拳，然後我們計時，看看她多久會趕到。」

兩個守衛走上前。沒掏槍，沒有碰撞推擠，他們不敢，因為中村在監看。他們只是分別站在蠍子涼椅的兩側，趨前一步，稍微擋住它，把它隔離開來。李奇面對兩人，不到一條手臂長的距離，三人成一個扁平的小三角形。

他說：「她還在監看嗎？」

蠍子說：「盯得緊呢。」

「你要不要回答我的問題？」

「你根本找錯了對象。」

「好，」李奇說：「了解。」他輕拍了下空氣，一種懷柔的手勢，像是被擊敗了，像是要求暫停，或者重新設定，或者重新啟動，總之對他有益的東西。「要是——」推測的口氣，可是沒把話說完。反之，他一手貼著一邊眉毛，揉搓著，像在舒緩頭痛或者思索某句話，接著舉起另一手，像要甩掉雜念那樣讓手指迅速來回滑過頭髮，接著把手放低，手指伸直，兩手合成類似尖塔狀，放在緊閉嘴唇的上方，一種冥想的手勢，接著揉搓兩隻眼睛，然後將手指緊貼著兩邊太陽穴，像個快要解出一道數學難題的人。

這些動作讓他把雙手舉到了眼睛的高度，沒人起懷疑。

這時他將右手迅速彈出又收回，像蛇信那樣地，出手時手指縮成拳頭，一拳命中右手邊那傢伙的臉。沒使多大力氣，頂多把鼻樑打碎吧，只是這樣，但這也就夠了，因為他的目的只是在讓這傢伙瞬間無法動彈，如此而已。而右手在縮回的當中，藉著腰部和肩膀的激烈扭轉，形成強勁的右鉤拳，擊中左手邊那人的喉嚨。沒有骨頭，比命中臉部好。

左手邊那傢伙砰一聲倒下，像一片甩上的門板。

在這同時，李奇的身體迴轉，並且順勢轉變成對等、反向的左鉤拳，擊中了右手邊那傢伙的喉嚨。

完全對稱。

從頭到尾三秒不到。

加上技術得分。

右手邊那人倒得太遲又太慢，像一盞在車禍中被撞倒的路燈，李奇聽見他啪地撞上亞麻地磚，加上骨頭重擊聲。

他沒事似地站在那裡。

他說：「現在只剩你和我了。」

蠍子沒說話。

李奇說：「那位女警下車了嗎？」

蠍子沒吭聲。

李奇彎身，一左一右將那兩人口袋裡的槍拿走。兩把都一樣，都是史密斯威森首長護衛型左輪，看來都比他還要老，他把槍放進自己口袋。

他說：「她下車了沒有？」

蠍子說：「沒。」

「她在講電話嗎？」

「沒。」

「無線電？」

「沒。」

「那她在做什麼？」

「光是在那兒看。」

「記得我說做個小測試的話吧？」

蠍子沒回答。

中村看見蠍子前方的嚴密守衛陣仗，他本人坐在涼椅上，有如高踞在寶座上的帝王，李奇面對他們三人，非常靠近，只隔著一條手臂長的距離。只見他們之間有一些言語往返，兩問兩答，字句簡短，簡單明瞭。接著李奇搔了搔腦袋，接著他似乎有一連串猛烈的肢體動作，然後兩名守衛不知為何就倒在地上了。

他動手打了他們。

她摸索著車門把手。

但又停住。

對我們同樣有利。

千萬別介入。

她深吸一口氣，繼續監看。

李奇在蠍子身邊的涼椅坐下，他伸展身體，找到舒服的姿勢，然後筆直注視著一台靜止不動的美泰克洗衣機，蠍子靜靜坐在他旁邊，兩人有如一起觀看足球賽的老先生。兩個守衛躺在地上，吃力地喘著氣。

李奇從口袋掏出西點紀念戒，放在掌心掂著。他說：「我要知道你從誰那裡弄來這個？」

「我從沒見過這東西，」蠍子說：「我是洗衣店業者。」

「你口袋裡放了什麼東西?」

「怎麼?」

「你得把它們全部掏出來,因為我要把你塞到滾筒式乾衣機裡,鑰匙、硬幣之類的東西會對機器造成損傷。」

蠍子朝一台滾筒式乾衣機瞄了一眼。

不由自主。

他說:「我進不去。」

「你進得去。」李奇說。

「我從沒見過這枚戒指。」

「你把它賣給了吉米鼠。」

「沒聽過這個人。」

「溫度設定在幾度全看你了,剛開始會低一點,然後慢慢調高,有人告訴我,它的最高溫度可以殺死臭蟲。」

蠍子沒說話。

「我了解,」李奇說:「你是雷皮德市先生,你是一方之霸,你有大規模的情報網絡。這正是你的問題,也許他們之間也都互相聯繫,這麼一來,一個問題可能導向別的問題,整件事也許就曝光了,你絕不能讓這種事發生,因此設下了重重防堵措施,我了解,這完全可以理解。問題是,你得記住兩個重點,首先,我不在乎。我不是警察,我沒別的問題要問你。再者,我真的會把你塞進乾衣機。因此現在你可說是進退兩難,你得發揮一下創意才行,你看書嗎?」

「當然。」

「哪一類書？」

「和登陸月球有關的。」

「那是非虛構小說類。還有另一種，叫虛構小說。你可以編造故事，也許為了說明某種重大的真相。以你的例子來說，也許你可以告訴我一則關於某個可憐街友的故事，也許是外地來的，拿衣服到自助洗衣店來洗，但是他沒錢，除了一枚戒指之外身無分文。你勉強讓他換取了幾個熱水洗衣行程，使用了幾次乾衣機，外加剩餘的一點錢可以吃頓像樣的飯，找到過夜的地方，這一切全出自你的一片善心，相當不錯的故事，中村警探勢必無話可說。」

「這麼一來，我便得承認自己把這枚戒指賣給了吉米鼠。」

「這完全是合法的，你經營自助洗衣店，常抱著一堆兩角五分硬幣到銀行兌換。你不知道該如何處理一枚戒指，幸虧有個騎機車經過這裡的傢伙願意把它買下，結果他是壞蛋又不是你的錯，你又不是你兄弟的保母。」

「你認為這樣的故事夠好了？」

「我認為是相當不錯的故事，」李奇又說：「只要你還記得那位外地人的名字。」

「外州人，」蠍子說：「事實就是這麼回事，差不多啦，有個窮光蛋從懷俄明到鎮上來，我幫了他一把。」

「什麼時候的事？」

「大約六週前。」

「從懷俄明的哪裡來？」

「好像是一個叫騾子叉口的小鎮。」

「這人叫什麼名字？」

「好像是叫西摩・波特菲爾，記得他告訴過我，大家都叫他小西。」

11

對街的中村還在監看。李奇站起，從左手邊的守衛身上跨過去。他察看一台滾筒式乾衣機，比一般人家裡的大上許多，很適合用來烘乾羽絨被和其他大件衣物，他或許真的會把蠍子塞進那裡頭。

他說：「你要我從後門離開嗎？」

蠍子搖頭。

「不，」他說：「從正門。」

於是李奇從右手邊的守衛身上跨過，到了外面的人行道上，空氣十分清新暖和。他右轉，開始步行，他聽見中村的車子啟動，聽見它呼呼地掉轉方向，輪胎吱嘎吱嘎輾過地面，緩緩來到他身邊接著停車，和蠍子的車相仿，只是低矮一些，藍一些。

車窗打開。

黑髮，深色眼珠，神情嚴肅。

她說：「上車。」

「妳生我的氣了？」

「我告訴過你，別在我的轄區內犯罪。」

「我們是在自助洗衣店裡，那也算嗎？」

「這麼說太不公道了，我們很努力的。」

李奇打開副駕駛座車門，上了車。他把座椅往後調，以便騰出腿的空間。他說：「我道歉，我知道你們很努力，蠍子這人很不好對付。」

「他對你說了什麼？」

「這枚戒指是從懷俄明一個叫小西・波特菲爾的人那兒來的，大約在六週前。蠍子幾乎等於承認了在那之後，他和威斯康辛的吉米鼠有所接觸。所以說，他是從西到東橫跨九十號公路走廊的供應鏈的一環。」

「這點無法證明。」

「他還收買餐廳工作人員，要他們通風報信，他承認那只是他掌握的許多情報網當中的一個，也許他是社區裡的簽賭王，也許他常貸款給鄰居。」

「這些也都無法證明。」

「不過，我不確定他到底做得多成功，他的私人座車是一部頂多值一百塊的破車，他那兩個打手的配槍的年紀比妳還要大。」

「他的車能用嗎？」

「大概吧。」

「他們的槍能用嗎？」

「也許吧，左輪手槍通常相當耐操。」

「這裡是南達科塔，人們十分節儉，我想蠍子的事業做得相當成功。」

「好吧。」

「他們的槍現在在哪？」

李奇從口袋掏出兩把槍，把它們扔到後車座。

她說：「謝謝。」

他說：「另外我覺得他的後面房間有點可疑，照理說他應該要我到那裡頭談話才對，照理說他也應該要我從後門離開。他應該曉得妳會把我攔住，找我問話，因此我最好是從巷子出去，免得被妳逮到，可是他沒要我那麼做，妳應該去看一下。」

「那必須要有搜索票。」

「你們一直在監聽他的電話，他說不定會說出什麼蠢話，這會兒他八成正打電話給懷俄明州那個叫波特菲爾的傢伙。」

「你打算到那裡去嗎？」

「等我找到地圖就去，那是一個叫騾子叉口的地方，聽都沒聽過。」

中村拿出手機，滑了幾下，鍵入幾個字然後等著，接著她說：「在該州南方的拉勒米附近，一個小城鎮。」

她將手機拿給他看。

她說：「那裡屬於八十號公路走廊，不是九十號公路。」

他說：「從這裡以西的人口密度一路陡降，供應鏈勢必得像樹枝那樣拓展開來。說不定那裡有許許多多的波特菲爾，分布在懷俄明、蒙大拿和愛達荷，就像一個河流系統，全都供貨給蠍子，妳有沒有監控他的訪客？」

「我們不時會留意，我們見過巷子裡有汽車和機車，有些是掛別州車牌，不少人在他的後門進進出出。」

「你們得察看一下他的後面房間，那裡頭放的絕對不會是一桶桶備用的洗衣精，這點我敢擔保，那傢伙連半個顧客都沒有。」

中村沉默了會兒。

接著她說：「謝謝你提供情報。」

「不客氣。」他說。

「要不要我送你去哪裡？」

「公車站吧。我打算搭任何一輛往西到九十號公路的巴士，在水牛城下車，然後往南到拉勒米。」

「那你得搭往西雅圖的巴士。」

「對，」李奇說：「我想也是。」

他在巴士站下了中村的車，向她道別並且祝她好運，他沒有預期會再見到她。他買了最遠可達水牛城的車票，然後和另外二十來個乘客一起坐著等候，一群混雜的普通人，候車室有溫和的灰白色牆面和天花板的方形螢光燈。落地窗外面是大片空曠的柏油地面，遲早會有前往西雅圖的巴士出現在那裡，目前這班從蘇族瀑布市出發的巴士正在半路上。

中村打電話給她的技術人員朋友，要他向電話公司的內線查證一下，蠍子在過去一小時當中曾經和誰聯絡，特別留意有沒有打到三〇七——也就是懷俄明區號——的電話。

不必查證，那人對她說。副局長也重新啟動了電子監聽行動。蠍子的所有固定電話和手機通聯都會自動傳送到硬碟，她可以用桌上型電腦察看。

只有一個問題，那人說。

蠍子連半通電話都沒打。

李奇透過巴士車窗，看著外頭的景致從南達科塔轉換成懷俄明。他坐在他最喜歡的位子，靠左側，後車輪軸的正上方。多數人會避開的位置，因為他們擔心會一路顛簸。別人的最後選擇，因此成了他的第一選擇。

他喜歡懷俄明，因為它的嚴峻地勢，和它的嚴峻氣候，還有它的空曠荒涼，它的面積和英國相當，人口卻不及肯塔基州的路易維爾市，人口普查局認定它的大部分區域為無人居住，那裡的少數居民相當率直、快活，他們樂得放別人一馬。

李奇的樂土。

該州的主要地形是高原。這時已進入秋天，他越過大片黃褐色的土地，遙望遠方的縹緲山脈，這公路是一條黝暗的柏油緞帶，幾乎空蕩無車。偶爾有幾輛卡車從巴士旁邊經過，緩緩地，有時和巴士並行足足一分鐘，無聲無息地向前移動，李奇的視線常越過空蕩的駕駛艙，和那些司機對上，全都是老先生。

我老婆會認為你心中懷有某種愧疚。

他回頭，越過通道，望向車子另一側的地平線。

中村通過長廊，朝副局長位在角落的辦公室走去。他抬頭，眼睛發亮，表情急切。

「大腳怪走了，」她說：「蠍子回答了他的問題，下一站是懷俄明。」

「為什麼是懷俄明？」

「那枚戒指是蠍子從一個叫波特菲爾的人那兒得來的，時間大約在六週前，那人住在一個叫騾子叉口的小鎮。」

「大腳怪是怎麼讓蠍子開口的？」

「他把兩名保鏢打得倒地不起，我猜蠍子心裡清楚下一個就輪到他了。」

「妳親眼看見了？」

「也不算是，」中村說：「事情一晃眼就結束了，我沒有把握究竟發生了什麼事，總之不足以上法庭作證。」

「這麼說來咱們毫無進展，」副局長說：「事實上還倒退了一步，蠍子的電話變得靜悄悄的。這表示他到藥局去買了拋棄式手機和一些預付時數，也就是說，從現在起我們再也無從知道他打了電話給誰或打到哪裡了。」

副局長不再說什麼，回頭繼續看他的電郵，中村只好悶不吭聲，孤零零回到自己的辦公桌。

往東八百多哩，在芝加哥北區的黃金海岸的一棟都鐸式房子的高級廚房裡，一個名叫蒂凡妮・珍・麥肯齊的女人撥了泰利・布拉摩的手機號碼。電話響了又響，沒人接聽。接著進入語音信箱，要她留言。

她說：「布拉摩先生，我是麥肯齊太太。我想知道你是否有任何進展。我是說，到目前為止。我想大概沒有吧，不管有沒有進展我都想了解一下，因此請你盡快回電給我。謝謝，再會。」

接著麥肯齊太太用手機察看她的電子信箱，還有我的最愛網頁，還有聊天室，還有留言板。

什麼都沒有。

李奇在水牛城站下了巴士。他繼續前行的選擇不多。這裡沒有拉勒米直達車。有一班車子前往附近的夏安，可是得等到明天。於是他開始步行，循著路標前往南邊的公路，一邊豎起大拇指，希望能在到達上匝道之前搭上便車。機會一半一半，他判斷。就像擲銅板，正反面機率各半，對他有利的是遇上一群不會對陌生人懷有莫名恐懼的友善居民，對他不利的則是根本沒有車子，這裡的友善居民分布得非常零散。在懷俄明，大半土地都沒人居住。

即使如此，他走了不到半哩路就遇上了好運。一輛布滿灰塵的貨卡車在他身邊停下，駕駛人探過身來，說他正要去卡斯珀，從那裡往夏安和拉勒米大約是等距，沿著二十五號州際公路往南直走就可以到達。李奇上了車，舒服坐著。這是一輛豐田卡車，底盤架高在懸吊系統上方，而且加裝了各式各樣的耐用組件，看來很適合到月球背面出任務，當然行駛在二十五號公路上更是勝任愉快，車子呼呼向前疾駛，駕駛人是身穿工作靴和雜牌牛仔褲的高瘦男子。木匠，他說，忙著在冬天來臨前到處維修屋頂樑架，同時也是攀岩車手，他說，在週末，如果週末有得休息的話，李奇問他什麼是攀岩車手。原來是駕著越野車越過圓石密布的嚴酷地形，或者沿著乾涸山溪的岩石河床行駛。李奇難得開車，因此對這方面的評論都只是紙上談兵，不過連他都必須承認，這種活動儘管沒什麼意義，聽來似乎很有趣。

中村開著她的雪佛蘭回到蠍子的街區，但是憑著直覺，她和洗衣店保持距離，把車停在便利商店外面。她走進去，環顧了一圈，存貨盤點，只見店內有各種罐頭和包裝食品，冷藏櫃擺滿了瓶裝汽水、果汁和啤酒，還有捲筒紙巾、馬鈴薯片和糖果，還有熟食區，收銀台後方的牆面滿滿陳列著各種小東西，包括非處方藥、維他命、電池和手機充電器。還有手機。

她看見用氣泡紙包裝的不綁約手機，數量很多，分成兩排，掛在左右兩支掛鉤上，就在一塊勸導孕婦別喝太多酒的褪色標語牌的旁邊。

她指了指，問：「亞瑟蠍子是不是剛買了一支？」

店員說：「噢，我的天。」

「就算買了也沒什麼大不了，你不會有事的，我只是想了解一下。」

店員說：「是的，他買了一支，還有一些止痛藥。」

「哪一種？」

「哪一種止痛藥嗎？」

「哪一種手機？左邊或右邊掛鉤上的？」

店員想了想，伸手一指。

「右邊掛鉤，」他說：「對我來說比較順手。」

「把後面兩支拿給我。」

店員拿下兩支氣泡紙包裝盒，中村把信用卡交給他。接著她回到車內，打電話給電腦犯罪小組的友人。她說：「蠍子在超商買了一支拋棄式手機，我把貨架上排列在後面的兩支買下了，我會把它們送過去給你。我要你查一下它們是不是按門號順序排列。如果是，也許我們可以重新開始追蹤蠍子的通聯。」

「我盡力。」她的友人說。

泰利・布拉摩開門進入他的汽車旅館房間，將套裝上衣掛進衣櫥。他從公事包拿出手機，開始回答語音留言，第一通來自一個他從沒聽過，名叫李奇的人。**昨晚我們一起在超商排隊，今天早上又碰巧在同一家早餐店一起待了一陣子，**接著是和亞瑟蠍子以及一枚失竊戒指有關的話。

他點了刪除鍵，因為蠍子的事已經解決了。

第二通是他的客戶麥肯齊太太發的，急著想了解事情進展，這也難怪。**不管有沒有進展我都想了解一下，因此請你盡快回電給我。**他沒有回電，他不喜歡用手機談事情，尤其是面對焦急的客戶。因此他用簡訊回覆，只用右手的食指，緩慢、僵硬地輸入。**親愛的麥肯齊太太，事情仍然進展得相當順利，希望很快能有確切的消息，謹祝安好，T・布拉摩。**

他按下傳送鍵。

在卡斯珀，李奇面臨新的選擇，他可以繼續沿著二十五號公路朝南、往東前往夏安，接著轉入八十號州際公路，往西走一小段到拉勒米，或者也可以走州道一路直達。三角形的兩條快捷的短邊，相對於一條緩慢的長邊，搭便車客永遠的兩難選擇。

他選擇走州道，他走高速公路走膩了，而且他多的是時間，沒必要趕路。這枚戒指剛離開懷俄明兩星期，沒有近期的線索需要追蹤，他往西離開卡斯珀鎮，走了一哩多的路，直到商業用地逐漸稀少，轉換成高原沙漠灌木叢。又走了一百碼，他發現一支寫著**拉勒米一五二哩**的人頭高的路標，他在它旁邊準備好搭便車，他有不錯的預感。他留意著地平線上的來車，車子非常稀少。

蠍子給了兩名守衛每人二十塊錢和一瓶泰諾（Tylenol）止痛劑，然後放他們回家。他們從前門離開，他則進了後面房間，他在一張擺滿了呼呼運轉著的電子設備的長桌子前坐下，他撕開氣泡紙包裝，拿出新手機，撥了啟用號碼，然後撥打一個三〇七區號開頭的電話號碼。

懷俄明。

手機鈴聲。

沒人接聽。

語音邀請他留言。

他說：「比利，我是亞瑟，我們遇上麻煩了，其實也沒有多嚴重，只是最近有點走霉運。有個傢伙突然跑來追查一枚戒指的事，這人不是警察，根本一無所知，只是一個偶然的過客，在不對的時機過問不對的事情，結果這人難纏得不得了，最後我只好把小西・波特菲爾的名字給他，意思是他很可能遲早會去到你的地盤。千萬別招惹他，拿獵鹿槍躲在樹後面等著，我不是說笑，這人簡直像無敵浩克，最好根本別讓他看見你，總之加緊準備，懂吧？他非去不可，因為他是半路殺出來的程咬金，由你那邊來處理會比我這兒要容易得多。所以，把它搞定。」

接著他又補充：「你享有的優惠暫時中止，直到你傳來好消息。」

他關掉手機，然後把它丟進垃圾桶。

12

李奇在晚間六點到達拉勒米市區。他在一輛老舊福特野馬的副駕駛座坐了一百五十二哩路，車主的工作是用電鋸將圓木刻成雕像。他讓李奇在第三街和格蘭大道轉角下車。這傢伙似乎把這地點視為某種明確的地理中心。或許是吧，可是這裡靜悄悄的，所有商店都已經在五點關門了，只有酒吧和餐廳除外，可是現在去還太早。

李奇繞了一大圈，釐清他的方位。鐵路軌道鋪設在西邊，大學位在東邊，南方是一條直達科羅拉多的筆直公路，往北可以返回卡斯珀，他往西朝鐵軌走過去，然後進了第一家他覺得順眼的酒吧，裡頭掛了一面遮住牆上彈孔的鏡子。看來像曾經有個西部暴徒跑進來洩憤，也許是真，也許是假，對那面鏡子來說都一樣。

裡頭很安靜，客人寥寥無幾，酒保十分空閒，李奇問他騾子叉口該怎麼走，那人說他從沒聽過這個地方。

「你想去哪？」另一個傢伙大叫，他嘴唇上有泡沫，是拿著一只長頸子酒瓶猛灌了一大口的結果。或許真的幫得上忙，或許是個好管閒事的傢伙，或許是一個急著炫耀自己的專門知識的本地通。

也或許三者皆有。

「騾子叉口。」李奇說。

「那裡什麼都沒有，」那人說：「只有一家煙火商店。」

「聽說是個小城鎮。」

「這裡是小城鎮，騾子叉口只是個小村子，那兒曾經有郵局，可是早在二十年前就關閉了。目前好像還有一座跳蚤市場，也許你可以買到汽水和馬鈴薯片，可是沒有加油站，這點可以確定。」

「那裡有多少居民？」

那人又灌下一大口啤酒。

他說：「五、六個吧。」

「這麼少？」

「跳蚤市場那傢伙肯定住那裡，煙火商店老闆就難說了，誰會住在煙火商店樓上？根本睡不著覺吧。我敢說他是從別的地方開車來的，不過，那兒有一條泥路通往山上，幾間小木屋住了人，大約有四、五個。根據郵務系統，那裡的正式地名就叫騾子叉口，所以那裡才有郵局吧，我想。它的郵政編碼和芝加哥一樣冗長，卻只有五個居民，可是沒辦法，這裡是懷俄明。」

「它的確實位置呢？」

「往南四十分鐘，沿著往科羅拉多的州道走，留意一塊寫著瓶火箭煙火商店的招牌。」

李奇走回第三街和格蘭大道路口，他很有把握能搭上便車。在他左邊是一間大學，正前方距離一小時車程是大麻合法州（科羅拉多），可是天色已黑，大概不會有什麼發現，騾子叉口畢竟不是繁忙的大都會。

另一方面，跳蚤市場老闆就住在那裡。

他應該有門鈴。

當下就是最好的時機。

於是李奇沿著第三街往南走，沿著排水溝蓋，邊豎起大拇指。

葛洛麗・中村搭電梯下兩層樓到了電腦犯罪小組，在她朋友的小辦公室找到他，他已經將她的兩支手機從包裝取出來，這時它們正並排躺在他鍵盤上方的桌面，螢幕是暗的。

「睡眠模式，」他說：「一切順利。」

「你查出號碼了？」

「妳必須想像一下情境，假裝妳是工廠裝配員。這也不對，因為這工作已經完全自動化，人在不在根本沒差，假裝妳是機器好了。手機號碼已經附帶在ＳＩＭ卡裡，從服務供應商那裡被大批買進，而且我想在裝配過程中相當晚才安裝完成，接下來進行透明塑膠硬殼熱封包裝，加入硬紙板，包裝好的成品一個個從流水線滑入貨運紙箱，然後經由另一條輸送帶被送走，妳認為一只紙箱會裝多少支手機？」

中村想了想，說：「大概十支吧。便利商店之類的地方，一次展示不會超過十支，家庭經營的小藥局也差不多，製造商肯定很了解市場需求，因此應該是小紙箱，比鞋盒大，但大不了多少。」

「手機號碼是連號嗎？」

「是的話會比較方便。」

「先假設是好了，有什麼理由不是呢？準備上市的新號碼那麼多。因此手機依照序號，一支支從流水線滑入紙箱，一支，兩支，三支，總共十支，到目前為止沒問題。可是我們不清楚它們被開箱之後的情形，這正是妳需要設想一下情境的地方。妳割開封箱膠帶，將紙箱放在櫃台上，然後把裡面的產品掛到收銀台後方展示板的兩根掛鉤上，說說看妳會怎麼做。」

中村在腦中想像超商的櫃台，然後越過她的肩膀，想像那裡有兩根產品掛鉤。她說：「首先，我會把箱子轉過來，讓產品有透明塑膠硬殼的那一面對著我，這樣的話我可以直接把它們拿起來，然後一百八十度轉身，把它們正面朝外掛在掛鉤上，其他方式都會很不順手。」

技術人員說：「假設為了穩固起見，它們在輸送帶上滑動的時候是透明塑膠硬殼朝上，平坦的紙板背面朝下。所以，當妳把透明塑膠硬殼那一面對著自己，第一支應該距離妳最近，第十支離妳最遠，妳一次會拿出幾支呢？」

「我會一次拿一支，那些掛鉤很麻煩。」

「從哪裡開始拿？紙箱的前面或後面？」

「前面。」她說。

「先放上哪一根掛鉤？」

「較遠的那一根。先把那邊掛滿比較有滿足感，較近的掛鉤輕鬆些，類似獎賞的感覺。」

「所以右手邊的掛鉤會放哪些手機？」

「第六到第十支，順序相反。第十支會先被買走，接著第九支，接著第八支，以此類推。我的兩支手機排第幾號？」

「它們並不是連號，」技術人員說：「之間隔了兩號。基本上妳給我的是第七和第四支。或者第四和第七支，我不確定哪一支先被拿下掛鉤。」

「抱歉，」中村說：「我應該標示一下順序。」

「不用擔心。咱們來作另一種假設。就說那位超商店員尋求滿足感的方式跟妳不同，也許他給掛鉤補貨是左、右、左、右，也許他偏好這麼做。」

「那麼第四和第七支就不可能掛在同一根掛鉤上。」

「所以讓我們再作另一種假設，既然妳有一雙全世界最小巧的手，而超商店員經常得使用刀子和各種工具，他的雙手想必相當靈巧，因此說不定他是一次掛兩支手機。」

「沒錯，」她說：「這麼一來第三、第四支就會在右邊，就在第七、第八支後面。如果我買的是第七和第四支，那麼蠍子買的就是第八支，他的手機號碼應該比我的多一號。」

「聽聽我在電話公司的內線發現了什麼。」她的朋友說。他移動滑鼠，電腦螢幕亮起。他點選一封電郵，調出附帶的聲音檔。鋸齒狀的綠色聲波在螢幕上跳動，蠍子說：「比利，我是亞瑟，我們遇上麻煩了。」

李奇在小鎮南邊搭上兩個正要離開加油站的年輕人的便車。一男一女，大概是研究生，或者浮報年齡的大學生，他們說他們打算越過州界前往科林斯堡。他們說是去購物，可是沒有特定目標。他們的車是一輛整潔的小轎車，不太會吸引州警察的注意，就他們回程夾帶的大麻來說，安全得很。

他們說他們知道那塊瓶火箭招牌。果然，沿著條和緩的雙線公路行駛了四十分鐘之後，它出現了，在右側路肩，被車燈強光照亮的方形招牌。亮黃色，感覺有點緊急，又有點古怪。兩個學生在路邊停車，李奇下了車。學生開車離去，李奇一個人冷冷清清站在那裡，煙火商店本身十分昏暗，店門緊閉，再過去約五十碼的南邊是一棟樓上亮著一方小窗的搖搖欲墜的房子。大概是跳蚤市場老闆的住處，舊郵局。

李奇朝它走過去。

中村帶著筆電到副局長辦公室，把那通語音電郵播放給他聽。拿獵鹿槍躲在樹後面等著，你享有的優惠暫時中止，直到你傳來好消息。

「他這是下令殺人。」她說。

副局長說：「他的律師會說言語不能做為證據，他還會指出我們沒有監聽蠍子新門號的搜索票。」

中村沒說話。

副局長說：「還有呢？」

「蠍子提到優惠，我不清楚這是什麼意思。」

「大概是某種商業關係，折扣、優先權或先取得權。」

「取得什麼？洗衣粉？」

「透過監控應該會有所發現。」

「我們沒發現過任何看來像是可以優惠取得的東西，從來沒有，那裡根本沒有任何東西進出。」

「比利可能不會同意這點，不管比利是誰。」

「大腳怪就要惹禍上身了，我們必須找人支援。」

副局長說：「把那段語音再播一次。」

她照做。他非去不可，因為他是半路殺出來的程咬金，由你那邊來處理會比我這兒要容易得多。所以，把它搞定。

「他這是下令殺人。」她又說。

副局長說：「能不能從電話號碼追查出比利的身分？」

中村搖頭。「同樣是藥局買的拋棄式手機。」

「騾子叉口究竟在哪裡？」

「在一個廣達七千平方哩的郡內，那裡的郡警局或許只配置了兩個人和一隻狗。」

「妳認為我們應該當大好人？」

「我覺得我們有責任。」

「好吧，明天一早就通知他們，希望接聽的是那兩人而不是那隻狗。把事情原委告訴他們，問他們有沒聽說一個叫比利的人，有一棵樹和一支獵鹿槍的。」

那棟搖搖欲墜的建築看來很像郵局。它的造型和大小，單調又官僚，但又充滿尊嚴。彷彿訴說著他們能將郵件送達任何地方，甚至遠達空曠、荒無人煙的地帶。無論颶風下雪、烈日或黑夜，都阻擋不了郵差們飛快達成被指派的任務……之類的好素質，然而好景不再，一輛車子從路上經過，在它的大燈照射下，李奇看見側牆上有著二十年前剛硬的金屬字母被撬開而露出的褪色較不嚴重的木材表面。美國郵局，懷俄明騾子叉口分局。它底下是取代它的新訊息，以一呎高的俗麗多色彩字體手繪而成的：跳蚤市場。

市場本身的櫥窗內有一塊寫著休息中的告示牌，裡頭一片昏暗，門也上鎖了。沒有門環、沒有門鈴。李奇走回可以看見窗口亮著燈火的地方，窗底下的房子外牆有一道門，門前有著低矮的平台，一側放著刮泥門墊，另一側是垃圾桶，全都充滿了居家感，八成是住宅的入口，裡頭有樓梯間可以直達二樓，也就是亮著燈的地方，果真是住在商店樓上。

沒有門鈴。

李奇重重地大聲敲門，然後等著，沒有回應。他又敲，更用力也更大聲，一個聲音傳來。聲音大吼：「什麼事？」

男人，不年輕，不滿被打擾。

「我想和你談談。」李奇喊回去。

「談什麼？」

「我有個問題要問你。」

「什麼問題？」

李奇沒說話，只是等著，他知道那傢伙會下樓來。他當了十三年軍警，敲過的門不算少。

那人下樓，開了門。白種人，約莫七十歲年紀，很高但駝背，堅實的骨架上沒剩多少肉。

「什麼問題？」他說。

李奇說：「聽說這一帶只住了五、六個人，我在找其中一位，意思是，你就是那個人的機率約有一成八。」

「你在找誰？」

「先告訴我你的名字。」

「為什麼？」

「因為如果你是那個人，你一定會否認，你會假裝你是別人，讓我像無頭蒼蠅那樣到處碰壁，瞎忙一場。」

「你認為我會這麼做？」

「如果你是那個人的話。」李奇又說：「這種事不是沒有過。」

「你是警察？」

「曾經是，在陸軍。」

那人一陣沉默。

他說：「我兒子也待過陸軍。」

「遊騎兵，在阿富汗殉職了。」

「什麼兵種？」

「很遺憾。」

「不會比我遺憾，所以請你說說看，我還能如何為陸軍效勞？」

「我不是軍方派來的，」李奇說：「我已經退伍很久了，我來純粹是為了私人事務，純屬私事，我來找一個據說是來自懷俄明騾子叉口鎮的人。」

「可是你卻要我先報上姓名，才肯告訴我他的名字，因為如果我是他，我會謊稱不是，是這樣沒錯吧？」

「凡事要從好處著眼，從壞處著手。」

「如果我是會讓人找上門的那種人，難道我不會一路撒謊？」

李奇點頭。

他說：「如果讓我看一下身分證件，事情會簡單得多。」

「你膽子很大，你知道嗎？」

「不入虎穴，焉得虎子。」

那人呆立了會兒，猶豫著，接著他搖了搖頭，笑了笑，從長褲後口袋掏出皮夾。他把它翻開，舉在面前。只見刮痕累累的透明夾層內有一張懷俄明駕照，照片沒錯，地址也沒錯，名字是約翰・萊恩・海德雷。

李奇說：「謝謝你，海德雷先生。我叫李奇，幸會。」

那人啪地闔上皮夾，把它放回口袋。

他說：「我是不是你要找的人呢，李奇先生？」

「不是。」李奇說。

「我想也是，誰會想要找我呢？」

「我在找一個名叫西摩・波特菲爾的人，聽說大家都叫他小西。」

「想找小西，恐怕遲了點。」

「怎麼說？」

「他死了。」

「什麼時候的事？」

「大約一年半前吧，去年春天剛開始的時候。。」

「有人告訴我，六週前他曾經現身在南達科塔。」

「那他對你撒了謊，這點毫無疑問，當時這事引起極大騷動，他在山區被發現，被啃得體無完膚，有人認為是被熊咬死的，也許剛從冬眠醒來，正餓得慌，也有人認為是山獅，因為他的內臟被掏了出來，這是山獅的慣性。接著是渡鴉，還有烏鴉，還有浣熊，他的遺骸被扔得滿地都是，他們靠牙齒才確認出他的身分，還有他口袋裡的鑰匙，大概是四月吧，去年四月。」

「他多大年紀？」

「四十歲有了吧。」

「他是做什麼營生的？」

「進來吧，」海德雷說：「我正在煮咖啡。」

李奇跟著他走上一段窄小的樓梯，來到一個A字形的狹長閣樓，裡頭有著松木板牆面，而且隔成數個小房，一只鋁製過濾式咖啡壺正在火爐上噗噗沸騰著。家具全都十分小巧，沒有沙發，樓梯間也很狹小，轉彎處窄得容不下兩個人，海德雷倒了兩杯，將一杯遞給他，咖啡又濃又黑，帶著點焦味。

「波特菲爾是做什麼營生的？」李奇追問。

「沒人清楚，」海德雷說：「不過他總是有錢花用，不算太多，然而卻也多得令人起疑。」

「他住在哪裡？」

「他在山上有一間木屋，」海德雷說：「距離這兒大約二十哩，在一座以前的舊牧場裡頭，一個人住，這人向來獨來獨往。」

「這裡的西邊？」

海德雷點頭。「沿著泥路走就對了，不過他的房子八成已經荒廢了。」

「還有誰住在那一帶？」

「不清楚，我常看有人開車經過，當然我並不知道他們是誰，這裡早就不是郵局了。」

「還是郵局的時候你住這裡嗎？」

「從小就住這裡。」

「你看過多少人開車經過？」

「總共十到二十個。」

「我聽說是四、五個。」

「那是有繳稅而且登記有案的居民，可是那裡有不少廢棄的房子，不少非正式的居民。」

李奇說：「你可知道有個女人，也待過陸軍，長得非常嬌小，名叫莎琳娜・桑德森？」

「不知道。」

「當真？」

「假不了。」

「說不定她已婚，你可知道有誰叫莎琳娜的？」

「不知道。」

「那蘿絲呢？說不定她用的是中間名。」

「也沒有。」

「好吧。」李奇說。

「到底是怎麼一回事？」

李奇從口袋掏出戒指，黃金細絲裝飾，黑色寶石，小尺寸。West Point 2005。他說：「這是她的戒指，我想把它還給她，我聽說小西・波特菲爾在六週前把它賣到雷皮德市。」

「他沒有。」

「顯然是。」

「有什麼大不了的？」

「你兒子會不會捨棄他的遊騎兵臂章？」

「費盡千辛萬苦才得到的，當然不會。」

「正是。」

「我幫不上忙，」海德雷說：「我唯一能篤定告訴你的是，波特菲爾絕對沒有在六週前把這戒指拿到雷皮德市去變賣，因為他早在一年多前就在別州被熊或山獅吃掉了。」

「所以是另有其人。」

「這裡的人？」

「或許吧，約有一半機率，畢竟有人提到騾子叉口，不管是真是假。」

「我看過一些人開車經過，可是不知道他們是誰。」

「誰可能會知道？」

海德雷在椅子上不安蠕動，彷彿透過牆壁凝視著西邊，彷彿想像著泥路蜿蜒著消失在黑暗之中。他回過頭來，說：「左手邊第一棟房子有個在冬天開鏟雪車的人，大約兩哩遠，我猜他可能知道誰住在哪裡，因為他看過他們的輪胎痕跡，說不定還偶爾替他們拖過車子。」

「普通的兩哩還是懷俄明的兩哩？」

「大約五分鐘車程。」

即使是泥路，這也很可能不只兩哩長，以平均三十哩的時速來說，大約是兩哩半的距離。若是四十哩時速，就超過三哩了，況且還有回程。

「你有車子嗎？」李奇問。
「有一輛卡車。」
「能借我嘛？」
「不行。」
「好吧，」李奇說：「叫什麼名字，這個開鏟雪車的人？」
「我不知道他姓什麼，好像連聽都沒聽過呢，不過我知道他的名字叫比利。」

13

李奇告辭離開，走回泥巴路和雙線公路交會的地方。在黑暗中什麼也看不見，遠處沒有燈光，腳下的地面感覺像是沙子和細碎的砂礫。除了黑漆漆一片，走起來並不費力，完全沒有跡象可以分辨道路的方向，或弧度，或彎道，或拱度，或斜坡，或任何狀況。他恐怕會像個盲人，搖搖晃晃地蹣跚前進，被籬笆絆倒，跌進水溝，在黑夜裡，兩哩路實在太遠了，他肯定會像郵差那樣失望而返。

他掉轉方向，越過雙線公路，站在北向的路肩等待。回拉勒米。這時候要等到那兩個回程的學生嫌早了些，可是應該會有其他車子。早鳥，或者去購物或到餐廳享用每日經濟特餐回來的普通人。他等著，頭兩輛車子完全沒減速，直接呼嘯著開過，相隔五分鐘，第三輛停下了，是一輛少了車輪蓋的破舊轎車，駕駛人是身穿牛仔外套、年約四十歲的男子，他說他要到拉勒米。李奇問他對鎮上的汽車旅館熟不熟。那人說本地的旅館有三種類型，高速公路南邊的連鎖旅館，或者大學附近的同類旅館，看足球賽的人常會住在那裡；或者位在鎮中心北邊主街道上的一些家庭經營的骯髒旅店。李奇只需要一張床和付費電話，因此他要那個人讓他在最順路的地方下車就行了，結果車子來到公路南邊的連鎖旅館。非常近，就在一條隔著帶狀草地和雙線公路平行的便道上。

他付費訂了一個房間，然後在大廳外的壁凹找到一具電話，他從口袋翻出中村的名片。這上面有我的電話號碼，局裡的和手機，想找人聊的話不妨打給我，蠍子是危險人物。

他撥了她的手機號碼。

她接聽了。

他說：「我是李奇。」

「你還好吧？」她說。

語氣充滿憂慮。

「我很好，」他說：「怎麼？」

「你在哪裡？」

「懷俄明州拉勒米。」

「別去騾子叉口。」

「我剛去過。」

「蠍子打了電話，要找人對付你。」

「我已經知道在西摩·波特菲爾的事情上他對我撒了謊，這人早在一年半前就死了，因此我要妳替我帶個口信給蠍子，如果有機會的話，就說我遲早會回雷皮德市去拜訪他。」

「我是說真的，李奇。」

「我也是。」

「他要一個叫比利的人一見到你就對你開槍，拿獵鹿槍從樹後面射擊。」

「一個叫什麼的人？」

「比利。」

李奇說：「我才剛聽見這名字。」

「別去騾子叉口，」中村又說：「既然他撒謊，也沒必要去了。」

「關於波特菲爾他撒了謊，但是騾子叉口的事就難說了，這要看他的腦筋動得有多快。當時他處於壓力之下，因為我準備把他塞進滾筒式乾衣機，他怎麼會知道騾子叉口這個地名的？這地方並不有名，只是在一條荒涼偏僻的雙線公路邊有著一座跳蚤市場和一家煙火商店的小地方，很可能蠍子告訴我的是假人名，真地點。也許波特菲爾和他有過生意往來，後來由那個叫比利的傢伙接手。」

「蠍子的電話暗示比利享有某種優惠，所以他們或許的確有生意往來。」

「哪一種生意？」

「不清楚，不過他確實揚言要對付你，依我看他等於是下了暗殺令，明早我會打電話通知當地的警長。」

「千萬不要，」李奇說：「那只會讓事情更複雜。」

「我是警察，我非這麼做不可。」

「蠍子在電話中到底是怎麼說的？」

「同樣是一通語音留言，他說他們遇上麻煩了，說你是半路殺出來的程咬金。總之意思就是他們長久以來一直暗中進行著某種勾當，可是你一無所知，因為你只是偶然的過客。他說他為了打發你，不得不把波特菲爾的名字告訴你，接著他要比利殺了你。他還說千萬別招惹你，因為你就像無敵浩克，他要比利拿獵鹿槍從樹後面對你開槍。他這是下令殺人，李奇，再明顯不過了，我不能不把它正式列案處理。」

「無敵浩克？我以為我是大腳怪，這些人還真是拿不定主意。」

「不好笑。」

「他有沒有提到騾子叉口？」

「在語音留言中沒有，不太明確。」

「他這通電話是不是打到騾子叉口？」

「不是，同樣是拋棄式門號，我們無法追蹤。」

「那就觀察一天再說，好嗎？沒有明確地點，對警長來說意義不大，懷俄明地廣人稀，我不想讓任何人做白工。」

「你有什麼打算？」

「沒有打算，」李奇說：「我只想知道那枚戒指從哪兒來，如此而已。」

中村沒回應，於是他們掛了電話，這裡的客房服務就只是一張印有披薩外送電話的影印紙，因此李奇又撥電話，訂了一份搭配加量義式香腸和鯷魚的大披薩，他在大廳等候，老習慣，他不想讓人知道他住幾號房。

次晨天一亮他便起床，然後出門去找咖啡喝，這表示他必須通過旅館停車場走回雙線公路。門口附近停著一輛黑色越野休旅車，豐田大地漫遊者（Land Cruiser）。不容小看的車子，他曾經在世界各地許多最泥濘、崎嶇不平的地方見過它。聯合國指定用車，眼前這輛相當新，也還算乾淨，只帶了點旅途勞頓的塵埃。

這車掛的是伊利諾州車牌。

他連忙回到大廳的電話前，憑著記憶撥了泰利・布拉摩的手機號碼。那位芝加哥來的私家偵探，最後一次被見到開著輛掛伊利諾州車牌的黑色休旅車離開雷皮德市。有手機鈴聲，但是沒人接聽。有個語音要他留言，他沒留言，只是聳聳肩，再度出發去找咖啡喝。

他在第三街找到一家兼賣咖啡和早餐的餐館。他問女服務生，本郡警長在哪兒辦公。她說就在鎮上，距離約半哩路，很容易找。天空湛藍，陽光耀眼，但空氣有點涼。他逛進一家服裝店，依他的經驗，高個子在西部比起在東部更容易找到合身的衣服。他找到夠長的牛仔褲，又買了法蘭絨襯衫和薄帆布外套，和往常一樣，他到試衣間換上新衣，然後要店員幫他把舊衣服丟進垃圾桶，接著他出發前往女服務生告訴他的地點，順利找到了警長辦公室，那是一棟玻璃窗底部上了油漆的獨棟高窄建築，它的上方是一條金色細紋，條紋上方是一顆大約兩呎寬、兩呎高的金星，頂端是成弧狀排列的郡名，底下則是弧狀的警長局字樣，它的設計和西點軍校紀念戒有幾分相似。

他走了進去，接待櫃台有個穿普通服裝的女人。他要求見警長，她問什麼原因。他說他有個關於某個舊案子的問題想請教，她問他的名字，他報上姓名。她問他的造訪是否算是公務性質，他是否在執法機關任職，他說目前不是，不過他曾經在陸軍當了十三年軍警。她請他直接到樓上的警長辦公室，也就是左側最後一道門，沒有推託猶豫，依他的經驗，退伍軍人在西部比在東部吃香。

他上了樓，根據左邊最後一道門上的金色字體，這位警長姓康納利。李奇敲門，走了進去。辦公室是一個隨著歲月而失去金色光澤、積著塵埃的木框房間，康納利警長本人則是一個年約五十的結實乾癟的男子，身穿藍色牛仔褲和棕褐色襯衫，頭戴牛仔帽，顯然櫃台的女人先打了電話通報，因為康納利已經知道他的名字。他說：「我能為你效勞嗎，李奇先生？」

李奇說：「我到懷俄明來找一個名叫西摩・波特菲爾的人，可是我聽說他在一年半前被熊咬死了。我希望你可以把你知道的相關訊息告訴我。」

康納利說：「請坐，李奇先生。」

李奇在一張被千百條褲子磨得油亮的老式木質會客椅坐下，康納利一言不發看著他，平直的視線，懷疑和無罪推定各佔一半。他說：「你和西摩・波特菲爾是什麼關係？」

「一點關係都沒有，」李奇說：「我在尋找一個人，有人告訴我波特菲爾或許能為我指引迷津。」

「是誰告訴你的？」

「一個住在南達科塔的人。」

「你在尋找什麼人？」

李奇從新長褲的口袋掏出戒指，說：「我要把這東西歸還給它原來的主人。」

「一個女人。」康納利說。

「名叫莎琳娜・蘿絲・桑德森。你認識她？」

警長搖頭。「她是你的朋友？」

「沒見過她，可是自己人本來就該互相照應。」

「你也是西點校友？」

「很久以前的事了。」

「你在哪裡找到這戒指？」

「威斯康辛的一家當鋪，我循線追蹤到了南達科塔的雷皮德市，人家告訴我是波特菲爾把它從懷俄明帶到那裡的。」

「什麼時候？」

「他死了之後。」

「我能幫你什麼忙？」

「你不能，」李奇說：「不過我很好奇，被熊咬死感覺有點極端。」

「也有可能是山獅。」

「可能性有多大？」

「不大，」康納利說：「這兩種動物都十分罕見。」

「所以你認為是怎麼回事？」

「經驗老到的人會說，那人的腹部挨了槍或刀，然後被棄置在樹林裡，當時是冬末，肚子正餓的熊或山獅很可能啃食了屍首。鳥類肯定也會，還有浣熊和其他動物。但無論如何都找不到證據，我們確定所有殘骸都屬於波特菲爾，可是他被撕扯得支離破碎，我們沒找到子彈，也沒找到刀子，骨頭上有一些痕跡，但全都是動物的齒痕。我請大學的人研究了好長一段時間，始終沒有結論，我們稱它叫意外，也許確實就是。」

李奇說：「你對這個人了解多少？」

「非常有限。這裡是懷俄明，我們不太互相搭理，沒人會過問別人的私事，他一個人住，有一輛里程數很多但相當新的車，可見他經常到處跑，他的衣櫥後面有一些裝在鞋盒子裡的現金，我們就只知道這些。」

「多少現金？」

「將近一萬元。」

「不少。」

「的確。我也很希望我的衣櫥後面藏有一萬元，不過這筆錢倒也沒多到讓人興奮的地步。」

「然而你的說法讓人覺得，他是那種很可能肚子挨槍或挨刀子的人。」

「我只是想盡量接納各種可能性，不論好壞。」

「沒有親人或朋友出面提出質疑？」

「半個都沒有。」

「好吧，」李奇說：「謝了。」

「不客氣，」康納利說：「希望你能找到你想找的人。」

「一定會的。」李奇說。

14

李奇往西走了將近一哩，來到可以看見大學建築物的地方，他走進一間看來像總務處的辦公室，問地理系在哪裡。坐辦公桌的人看來像學生，正在半昏睡狀態。但最後他聽懂了問題，說：「你去那裡做什麼？」

「我想找一張地圖。」李奇說。

「用手機找吧，老兄。」

「我沒有手機。」

「真的嗎？」

「而且我想看詳細點。」

「看衛星影像。」

「我只想看森林地區，而且我說過了，我沒有手機。」

「真的嗎？」

「地理系在哪裡？」

那小子指了指，告訴他怎麼走。於是李奇又開始步行。五分鐘後他到達目的地，面對又一個坐辦公桌的學生，這次是一個女孩，而且非常清醒。李奇把他的需求告訴她，她走開去，回來時吃力抱著一本足足有人行道鋪石大小的精裝本懷俄明地形圖集，李奇把它接過，扛到窗邊的桌上。他將它翻開，找到本州的東南角，找到拉勒米，那條朝南通往科羅拉多的雙線公路，還有那條連接騾子叉口的泥巴岔道。

李奇待在西點的那幾年是軍方仍然把閱讀地圖視為一種重要求生技巧的時期，地形對軍隊至為重要，對它的理解是決定會戰勝或者被殲滅的關鍵，他看見那座舊郵局的西邊有一條相當寬的未鋪設柏油的道路，沒有一處是平直的，沿著周邊土地起伏平緩的等高線延伸，兩側緊鄰著空曠的平原，這片平原在大約一哩遠的地方逐漸轉變為綿延五十哩的雪山山脈山腳的低矮丘陵地帶。到處可以看見籬笆線，印得和百元紙鈔上的細部一樣細緻，有一些以藍色標示的細小溪流，標為綠色的森林，還有起起伏伏的橘色等高線。左右延伸二十哩的範圍內分布著零星的牧場小徑，分別通往許多以褐色方塊標示的偏遠建築物，左方的第一條這類小徑差不多就在距離舊郵局整整兩哩半的地方。它往南延伸了一小段，通過一片片針葉樹林，接著往西拐彎，接著朝東蜿蜒，接著再度西行，和緩地上升到一座被較高的南向U形山脊環抱的小圓丘，圓丘上標示著兩個褐色的小方塊，也許是房舍和穀倉。

比利的房子。

左方的第二條農場小徑在往西大約三哩的地方，同樣的狀況。一條崎嶇的泥巴小路，曲曲折折通過低矮的山丘和濃密的森林，通往某個有人煙的住家，顯然李奇可以走這第二條小徑，然後通過較隱密那一側的樹林繞回比利的房子。這麼做十分保險，問題是，要到達那裡，他必須從舊郵局沿著那條沒鋪柏油的道路一直走。這麼一來，在四十分鐘的路程中，他有大半時間會暴露在比利房子的監視下。那座圓丘起碼比路面高出一百呎，不用說，他大老遠就會被看見。只是一個小點，可是那人已經得到警告，說不定架設了望遠鏡，或者給獵鹿槍裝了瞄準鏡。

問題大了。

櫃台的女孩說：「你還好吧，先生？」

「很好。」李奇說。

他翻了一頁。

繼續往南有更多有趣的發現。雙線公路的下一條岔路就出現在過了騾子叉口之後三哩的地方。那是一條通往一個標示著羅斯福國家……的自然保護區的便道，位在地圖的底部，就在州界線上。接下來的兩個字應該就在科羅拉多州的第一頁上，大概是公園。是泰迪・羅斯福，不是富蘭克林。致力於保護大自然，當他獵殺老虎或大象等動物的時候除外，人是複雜的動物。這條便道進入一個蛛網狀的便道系統，其中一條往北繞行，一路延伸到比利房子正後方那片U形山脊的背面斜坡，等高線顯示那片山脊比圓丘還要高一百呎以上。人就算到了五十碼距離內都不會被發現，不管那傢伙準備了多少望遠鏡或獵槍瞄準鏡。

地圖閱讀技巧，決定戰勝或被殲滅的關鍵。

李奇像關閉一道厚重的門那樣把地圖巨冊砰地闔上，櫃台的女孩說把它留在桌上就行了，也許她覺得她這天做的二頭肌運動已經夠了，他向她道謝，然後走到校外人行道，準備往西回鎮上，沿著右側排水溝蓋，邊豎起左手大拇指。一分鐘不到他搭上了便車，車主是一個蓄著亂髮、大鬍子的親切人物，也許是特立獨行的教授。不過他最遠只到超市，因此李奇在第三街轉角下車，然後和前晚一樣，開始一路往南走，在到達小鎮邊界前，一輛破爛的舊貨卡車停了下來。他上車，要求在瓶火箭招牌南方三哩的地方下車，駕駛人有點困惑，像是好奇那裡究竟有什麼古怪。可是他沒多問，只顧著開車，這裡是懷俄明，沒人會過問別人的私事。車子從公路高架橋下通過，越過帶狀草地，李奇往左瞄了眼他投宿的那家旅館門口的停車場，那輛黑色越野車不見了。

15

四十分鐘後，李奇獨自站在雙線公路的路肩上，目送貨卡車離去。森林小徑的入口蔓生著山艾灌木，而且圍著條沉重的鐵鍊，低低垂懸在兩根斑駁的柱子之間。他跨過去，開始徒步行走。這裡的高度超過海平面八千呎，空氣稀薄，費力的運動讓他呼吸困難，腦袋輕飄飄的。森林中主要是冷杉和松木，在陽光下閃著點點亮斑，到處可見的鮮黃色白楊樹叢無比耀眼。他在森林中往北走的經驗法則是觀察樹幹上的青苔，較少的話就表示正朝向東、南和西方。只要天色夠亮就沒問題，可是山裡的空氣異常乾燥，根本長不出青苔。於是他讓陽光為他帶路。這時是上午九點左右，因此他讓太陽保持在右肩後方四十五度的位置，讓他的影子固定在左前方。他盡量往西邊移動，感覺腳下的地面逐漸上升。再過一小時左右，他估計，便可到達U形山脊的背面斜坡，他氣喘吁吁地跋涉前進，邊想像比利瞭望著反方向的地平線。

中村通過長廊走向副局長的角落辦公室，說：「昨晚李奇來電話。」

副局長說：「誰？」

「大腳怪，」她說：「無敵浩克。」

「然後呢？」

「他要我緩一天再通知懷俄明的警長。」

「為什麼？」

「他指出蠍子在語音留言中並沒有說出明確地點，這時通知當地的執法機關意義不大，他不想害別人做白工。」

「他真是設想周到。」

「我的感覺是他想要有行動自由。」

「妳認為他該不該有？」

「這我不能決定，他也不能。」

「我們是為雷皮德市市民服務，不為別人，當然也不是為遠在西部的一群牛仔。」

「是的，長官。」

「因此，在這前提下，怎麼做對雷皮德市最有利？」

中村沒說話。

「怎麼？」

「我查了一下他的背景，」中村說：「打了幾通電話，他待過精銳的軍警部隊，得過動章，他或許比大多數人更有能耐。」

「他能不能幫我們對付蠍子？」

你該把他關進動物園。

她說：「我實在看不出他會壞事。」

「好吧，」副局長說：「就等個一天。」

接著又說：「不，等個兩天。」

徒步走了五十分鐘，李奇來到應該就是U形山脊較低緩的背面斜坡的地方，腳下的泥巴稀薄而且多砂。地上落滿了松果，有些足足有壘球大小，他以短促的步伐往上攀爬，腳尖用力踢入土中來增加抓地力。他到了接近頂點的地方，找到一條可能曾經是狐狸小徑的小路，沿著它一路走到了山頂，他跪倒在地上，放眼望著四周。

這裡距離他的目的地大約只有數百碼遠。他走回狐狸小徑，開始往西走，張開手臂求取平衡，緩步走了三分鐘。

他又眺望了一陣。

比利的房子就在他腳下，距離五十碼。

那是一棟木屋，髒污、暗淡的棕色，還有一座木造穀倉，兩棟建物的四周環繞著乾枯的灌木叢和塵埃滿布的紅土地。一條轍痕累累的車道穿過樹林向外延伸，在林木的空隙間忽隱忽現，房子右側的土地緩緩下降而後變得平坦，銜接著廣大空曠的平原。從這裡可以看見遠方的舊郵局和煙火商店，還有那條雙線公路，約一哩外的草原上有一群放牧的叉角羚羊，泥路是鮮豔的赭紅色，被壓得十分平坦，呈現美妙的弧線。房子左側的土地向上爬升為低矮、參差不齊的尖頂，彷彿小型的山脈，彷彿預告著繼續往西走一百哩將會出現的真實景觀，空氣是靜止的，而且出奇地透明，天空是深邃的藍色。四下寂靜無聲。

沒有人。

比利的房子有著綠色的金屬屋頂和幾扇不見燈火的小窗戶，不是用來炫富的木屋，不是度假小屋，但也並不髒亂。院子裡沒有垃圾，沒有生鏽的洗衣機，沒有廢棄的車子，沒有被鍊起來的鬥牛犬，只有一棟很普通的房子。

李奇小心翼翼走下斜坡，一棵樹接著一棵樹慢慢朝房子接近。

剩下四十碼，三十碼，一顆松果滾到他前方，撞上地面的隆起而後彈了出去。

他靜止不動。

沒反應。

他繼續下坡，斜側著身體，讓腳能抓牢地面，盡量待在樹木最濃密的地方。只差二十碼，十碼，他看見比利的後門了，從這裡到穀倉的一道相仿的後門之間有一條被踩踏出來的小徑。

他在林木線以內五碼的地方止步，周遭靜悄悄，安全得很。他等著，他猜想比利應該不會把蠍子的語音電郵作字面上的解釋，那人不會真的扛著一把步槍躲在樹後面，他比較可能拿把椅子坐在前門廊上等著，步槍放在身邊的木板地上，他可以瞭望二十哩遠，他會以為自己早早便能有所察覺。

李奇往西通過樹林，來到穀倉正後方，他的第一站。他深吸一口氣，踏出一步。

沒反應。

他通過空曠的地面，克制著，不疾不徐，伴隨著雙腳劈啪劈啪踩在砂礫和碎石地上的聲響。

沒反應。

他將身體貼著穀倉後牆，這裡沒有窗戶，人員進出口就在他左邊十呎的地方，他斜側身體橫著走過去，試著轉動門把，上鎖了。很可惜，因為穀倉裡通常有不少實用的東西，鐵鎚、短柄斧、扳手、刀具。他橫著走回原來的位置，然後往轉角前進，房舍就在二十呎外，仍然沒有動靜，對著他的那面牆是用粗重的圓木搭成的，一樓有兩扇小窗子，二樓也有兩扇，四扇窗戶內都有被曬得褪色的窗簾半掩著。

他又深吸了口氣，通過空曠地帶，他將背緊貼著木頭，一樓窗戶的窗台大約和他的肩膀等高，他慢慢靠過去，壯著膽子用一邊眼睛往屋內窺探。他看見一間盥洗室，門關著。他往前走，察看第二道窗口，發現裡頭的樓梯間底部有一個小壁凹，再過去是起居室的前半部，有另外兩扇窗戶，一道前門，一座石造壁爐，幾張用舊了的手扶椅，染成深色的木頭牆面。

沒人。

大門外就是門廊。

繞過下一個外牆角就能到達。

他謹慎緩慢地繼續往前，在距離轉角一步的地方停下，專注聆聽著，除了靜，還是靜，還有微風穿過樹林的微弱氣旋，還有遠方一隻白嘴鴉的呱呱叫聲。沒有氣息，沒有動靜，沒有木頭輾軋聲。什麼都沒有。

往前跨了半步。

他從轉角探頭看，他看見遮蔽式門廊，有欄杆，兩張厚重的木椅，和一張用四條粗鐵鍊懸吊的靜止的鞦韆椅。

沒人。

木板地上沒有步槍。

沒有比利。

李奇斜側著身子，慢慢移步到房子的後面轉角，他停了一下，迅速繞過去，沿著後牆向前移動，他察看他遇上的第一道窗口，是廚房。靜悄悄，沒半個人，廚房窗戶旁邊是廚房門，堅實的木門，沒有玻璃。他越過它，察看第二道窗口，一小間後廳，擺著一組桌椅，同樣靜悄悄，沒半個人。

好安靜。

他躡著腳回到廚房門口。照這情形看來，比利應該在樓上，他事先接獲警告。二樓窗口的視野應該稍微好一點，可以看見雙線公路到達舊郵局之前大約一哩甚至更長的路段，就算是車子快速駛來，他都能有六、七分鐘的時間準備。

李奇轉動門把。

動了。

門打開。

他輕輕把它推開，手掌平貼著門板。廚房裡的空氣是靜止的，而且有股腐味。裡頭有幾只深色的木質櫥櫃和一個冷爐子，昨天的碗盤還在水槽裡，地上鋪著瓷磚。一道敞開的室內門通往起居室，沒有人。壁爐裡還殘留著去年冬天的灰燼，石造爐床上的一只架子裡立著火鉗、刷子和長柄鏟子。

他謹慎緩慢地將火鉗從架子裡輕輕抽出來，是鐵製的，約有一碼長，末端有一個凶險的鉤子，像搭便車客的大拇指那樣伸出。

強過什麼都沒有。

他悄悄走向樓梯底部，仔細聽著，樓梯間的木頭結構極為厚實穩固，沒有動靜，沒有半點聲音。

他抬頭看著樓梯頂，最容易受攻擊的瞬間。要是比利突然出現在樓上走廊對他開槍，他還真是一點辦法都沒有，大概只能像強打者對付偏高的速球那樣，拿火鉗揮擊子彈，不太可能成功，但是不入虎穴，焉得虎子，這些梯階是約莫十吋厚的鋸開的半圓木，沒有坍塌的危險，他屏住呼吸。

他到了樓梯頂，正對著他的是一道半敞開的房門，這間臥房就在廚房的正上方，裡頭沒人。他的右前方是一道半敞開的通往後臥房的門，這房間是在後廳的上方，裡頭也沒人，他轉彎進了走廊，面前出現兩間前臥房，其中一間的房門敞開，裡頭沒人。

另一間的房門關著。

李奇將火鉗握在身體前方，像舉著槍。

放馬過來吧，比利，他心想。

樓上走廊鋪著碎布地毯。他踏上去，躡手躡腳、無聲無息地向前走。他在房門前四呎的地方停下。他一向篤信要讓對手心驚膽戰、用優勢力量壓制對方等等的，以前這叫常識，後來六角大廈那群書呆子開始異想天開地給這些簡單的概念冠上時髦名稱，他移動雙腿，像個準備破紀錄的跳高選手那樣前後、前後擺盪身體，接著他用靴底踹開門板，衝進房間，一邊在身體前方用力揮舞著火鉗。

房間是空的。

沒有比利。

只有一張被褥凌亂的床，一股睡榻的酸味，和一扇能夠遠眺地平線、視野絕佳的窗戶，外頭除了一哩外在草原上悠閒嚼著草的一群叉角羚羊之外什麼都沒有。

李奇搜查過不少房子，他才開始搜索第一個房間便找到了穀倉的鑰匙，就掛在廚房門附近牆面的釘子上。穀倉是空間廣大的單層樓建物，瀰漫著粉塵、木漆和冷機油氣味，地上堆置著許多磨光的輪胎、各式各樣的廢棄機具和一只被拆掉的鏟雪車鏟斗，沒有真正的交通工具，沒有其他有趣的東西，他回到主屋，站在前門廊上，探察這裡的視野。他循著路線，沿著車道，沿著泥路，一點點往前追蹤，眼睛像地圖上的手指那樣移動，一直到過了舊郵局和煙火商店。

沒有來車。

泥路上沒有塵煙。

他從一樓開始有系統地搜索整棟屋子，邊在腦子裡計時，每隔六十秒就回到門廊上觀察地平線。廚房裡沒什麼特別的東西，起居室什麼都沒有，比利似乎是個愛乾淨但又不至於有潔癖的人，屋子維持得相當整潔有序，所有家當既不特別昂貴也不特別廉價，顯然他是一個人住。

房子的後廳布置成工作室，擺著一組桌椅和一只檔案櫃，桌上有一支手機，簡單款，老機型但並不舊，機子連著充電器，電池圖示顯示充電量百分之百，螢幕上亮著您有新訊息。

六十秒過去，李奇迅速回到門廊，眺望遠方，沒有來車。他回到工作室，他從來不帶手機，但偶爾會使用，知道各種功能，螢幕底下有功能選單和播放字樣，它們的下方有兩條細長的條狀按鈕，他按了播放下方的按鈕。

他聽見焦慮的呼吸聲和清喉嚨聲。

接著是蠍子的聲音。

他說：「比利，我是亞瑟，其實也沒有多嚴重，只是最近有點走霉運，有個傢伙突然跑來追查一枚戒指的事。」

六十秒過去，李奇再度回到門廊上，察看遠方，仍然沒有來車。他回到屋內，上樓進了那間睡過的臥房，他首先檢查衣櫃，純粹為了好玩，在一排吊掛著的長褲後面，緊靠著櫃子背板的地方，他發現四只鞋盒，整齊地堆成兩落，上面兩只放著鞋子，左邊是一雙白色運動鞋，右邊是橡膠底黑色皮革製的晚宴鞋款。鄉下人參加喜宴喪禮，或者去拜訪銀行貸款辦事員時會穿的那種鞋子，兩雙都穿過，但不常穿。兩雙都是八號半，吊掛的長褲全部都是腰圍三十二吋、褲長三十吋。

比利是個小個子。

六十秒過去，他察看窗外。

泥路上有一條長長的塵霧揚起。

一團滾滾飛揚、盤旋不去的赭紅色煙霧。一輛車子疾駛而來，仍然只是遠方的一個小點，太遠了，還看不出車型。

約莫六分鐘到達。

他回到衣櫥前，檢查放在底下的兩只鞋盒。

其中一只裝滿了錢。

十元、二十元和五十元紙鈔，全是皺巴巴、發酸油膩的舊紙鈔，用橡皮筋紮成一疊疊一吋厚的小捆，總共約有一萬元，或許不只。

另外一只放滿各種小飾品，大部分是黃金，連著糾結不清的細鍊子的金十字架，金耳環、金手鍊、小金飾、金頸鍊。

還有金戒指。

有些是婚戒。

有些是畢業紀念戒。

李奇回到窗口察看，那團塵霧拖了一哩長，在凝滯的空氣中久久不散。在它前端是一個深色小點，一路震動彈跳，飛快移動著，那群叉角羚羊起了騷動。

小點看來像黑色。

它在他眼前抖動著從左向右衝刺，或許正以四十哩時速前進，或許更快。也許是對地形太熟悉，也許是急著趕路，也可能兩者皆有。

他等著。

車子慢了下來。

那團塵霧追上了它。

車子轉入車道。

比利的車子應該是貨卡車，李奇推測，鏟雪車通常都是。冬季用輪胎、鐵鍊、驅動鏟斗的液壓機組、加裝的車頂照明燈。到了夏天可以全部拆下來，回復熟悉的車廓，引擎蓋、駕駛艙、載貨平台。

這些李奇都沒看到。

那不是一輛貨卡車。

那是一輛方方正正的大車。一輛越野車。一輛黑色越野車，帶著旅途勞頓的塵埃。它在林木間忽隱忽現，接著穿出樹林，越過被壓平的紅土泥地，進入最後一百碼的路程。

它減速，轉彎，停了下來。

是一輛豐田大地漫遊者。

掛伊利諾州車牌。

16

李奇在樓上窗口看著，那輛黑色越野車停在距離房子有點遠的地方，車門打開，一名男子下了車。一個矮小的男人，整潔精練，穿戴著深色套裝、襯衫和領帶。泰利・布拉摩，來自芝加哥，退休調查局人員，失蹤人口調查專家，最後一次公開露面是昨天，在雷皮德市亞瑟蠍子那間自助洗衣店對面的早餐店。

那人久久站著不動，接著邁開大步，以堅決的步伐朝屋子走去。

李奇走下樓梯。他下樓，聽見有人敲門，他開門，布拉摩在門廊上，禮貌地後退一步站著。他的頭髮梳理整齊，身上還是同一件套裝，但是換了襯衫和領帶，他臉上帶著李奇熟悉的那種表情，李奇自己也用過許多次的，坦率，好奇，為了上門叨擾而帶點歉意，同時又異常地嚴肅，辦案老手的表情，這表情瞬間起了變化，先是轉為詫異，接著是困惑，最後回復成最初的樣子。

「布拉摩先生。」李奇說。

「李奇先生，」布拉摩說：「昨天我在雷皮德市的咖啡館遇見你，前天晚上是在便利商店，你打電話給我，還留了話。」

「沒錯。」

「我猜你應該不叫比利。」

「你猜得沒錯。」

「那麼我就要問了，你在這裡做什麼？」

「我也可以問你同樣的問題。」

「我可以進去嗎？」

「不是我的房子，我無法回答。」

「不過你倒是像在自己家一樣。」

李奇越過布拉摩的肩膀望著遠方，泥路上的車煙已經消散，那群叉角羚羊也已安定下來繼續吃草，沒有動靜，沒有別的來車。

他說：「你找比利做什麼？」

「打聽情報。」布拉摩說。

「他不在家，可能已經出門一整天了，或許更久。昨天大約這個時間蠍子傳了一通語音留言給他，到現在他的手機都還顯示有新訊息，一直沒人接聽。」

「他沒帶手機出門？」

「正在充電，也許這支只是備用的，看來像拋棄式手機，也許只是做為特殊用途。」

「你聽了這通留言沒？」

「聽了。」

「說了些什麼？」

「蠍子要比利拿獵鹿槍從樹後面對我開槍。」

「對你開槍？」

「他描述了下我的外貌。」

「真糟糕。」

「我同意。」

布拉摩說：「我們該談談。」

「在門廊上談，」李奇說：「以防比利突然回來。」

兩人總比一人看得清楚。他們在比利的兩張木椅並肩坐下，布拉摩瞭望著正前方以西的方向，李奇瞭望著東邊。兩人對著前方的一片空無交談，沒有注視對方，一方面讓談話變得容易許多，另一方面卻也變得困難。

布拉摩說：「把你知道的告訴我。」

李奇說：「你退休了。」

「就這樣？既不相干，也不是事實，我正在經營人生的第二事業。」

「我的意思是說你已經從調查局退休了，這表示你不能再用調查局那一套，例如，你不能再問一大堆問題然後掉頭走人，別想不勞而獲。」

「你怎麼知道我待過調查局？」

「雷皮德市的一個警探告訴我的，姓中村。」

「她肯定做了點調查。」

「這是警探的分內工作。」

「你想知道什麼？」

「你在尋找什麼人？」

「我恐怕得遵守業務機密。」

李奇沒說話。

布拉摩說：「再說我也不清楚你的來歷。」

「傑克・李奇，沒有中間名，退休軍警，你的一些同事常到我們部隊受訓。」

「你也有不少同事到我們單位來。」

「所以我們算是立場平等，咱們各取所需，布拉摩先生。」

「軍階？」

「這有關係嗎？」

「你很清楚有。」

「少校除役。」

「哪個單位？」

「主要在第一一〇特調組。」

「如何？」

「和調查局差不多，只是理髮技術好一點。」

「你到這兒來和軍方有關？」

「該有嗎？」

「我是說真的，」布拉摩說：「客戶喜歡我們審慎保守一點，多數時候我的工作就只是保持緘默，據我了解，目前你應該是替軍方網站工作的。」

「我不是，不管這話是什麼意思。」

「那麼你替誰工作？」

「我沒工作。」

「那你來做什麼？」

「把你客戶的情形告訴我，布拉摩先生，先說個大概吧，如果你願意的話，目前還不需要知道姓名，還不需要知道詳細身分。」

「你可以叫我泰利。」

「你可以叫我李奇，你也可以省掉拖延戰術。」

「我的客戶是芝加哥某個擔憂親人下落的人。」

「什麼理由？」

「長達一年半聯絡不上。」

「你為什麼到雷皮德市去？」

「根據固定電話的舊通聯紀錄。」

「你為什麼到這兒來？」

「一樣。」

「這個有失蹤人口的家庭是不是原本住在懷俄明？」

布拉摩沒說話。

「懷俄明有好幾百個家庭，」李奇說：「說不定好幾千個，你不需要擔心洩漏什麼。」

「沒錯，」布拉摩說：「他們是懷俄明人，住在雪山山脈的另一邊，距離這裡大約六十哩，或者七十哩，照懷俄明人的說法，大約距離兩個街區。」

李奇說：「本案中的這一家人是否常待在海外？」

「各取所需，李奇先生，你也退休了。」

李奇察看自己這邊的地平線，從泥路一路越過騾子叉口的寂寥房舍，直到雙線公路。沒有動靜，沒有來車。他又看了下布拉摩那邊的，沿著泥路往西看過去，直到它消失在群山之中，沒有車煙，沒有動靜，沒有來車。

他從口袋掏出戒指，放在掌心掂了掂，然後伸出手去，布拉摩拿過戒指，端詳著。他從衣服內袋掏出一副玳瑁近視眼鏡，看著指環內側的刻字。

S.R.S. 2005。

他說：「這下咱們真的得好好談談了。」

李奇把事情經過告訴他，從密爾瓦基出發的巴士，公路休息站，當舖，在騎士酒吧遇上吉米鼠，在雷皮德市的自助洗衣店遇上亞瑟蠍子，還有蠍子聲稱戒指是一個叫波特菲爾的人轉手給他的說法，結果證實是謊言，因為這人早在一樁由熊或山獅或兩者引起的轟動事件中身亡了。

布拉摩說：「這是一年半前的事？」

李奇點頭。「去年初春。」

「我的客戶開始擔憂也是在那時候。」

「就算是吧。」

「而你找到這裡來是因為，你認為比利在這樁戒指的轉手買賣中取代了波特菲爾？」

「看樣子是如此。」

「為什麼？」

「等等告訴你。」李奇說著又看了下遠方，左右兩邊，沒發現有人車趨近。他領著布拉摩回到屋內，走上樓梯，進了比利的臥房，來到衣櫥前。他讓他看那兩只鞋盒，一只裝滿現鈔，另一只叮鈴叮鈴地全是廉價金飾。

「毒販，」布拉摩說：「你不覺得？小混混，自製冰毒或者從墨西哥進口廉價海洛因，二十塊錢成交，要是缺錢還可以用戒指項鍊以物易物，或者去偷別人的。」

「我以為現在都吃止痛藥。」李奇說。

「那股風潮已經過了，」布拉摩說：「現在又回到從前的狀態，蠍子是批發商，先是雇用波特菲爾，接著是比利做為他的地方零售商，利用第一個人當誘餌，然後偷偷告訴第二個人把你除掉，他不喜歡被人監視。」

「有這可能。」李奇說。

「你有別的合理解釋嗎？」

「你的客戶是誰？」

「森林湖市一個名叫蒂凡妮・珍・麥肯齊的女人，她是莎琳娜・蘿絲・桑德森的孿生姊姊，已婚，因此不同姓，兩人小時候非常親近，可是命運南轅北轍。麥肯齊過著夢幻般的幸福生活，豪宅，富有的丈夫。她對妹妹的職業選擇並不完全認同，可是血濃於水，兩人還是不時會有聯絡，直到去年初春，關於熊和山獅的調查有多徹底？」

「非常徹底，」李奇說：「以鄉下的標準，那位警長看來相當可靠，只有一具遺體，所有殘骸全都屬於波特菲爾，他們是從他的牙科病歷和口袋裡的鑰匙得到的結論。」

「所以你認為桑德森還活著？」

「有可能，這枚戒指在大約六週前出現在雷皮德市，約兩週後出現在威斯康辛。我猜他們的貨品流動速度相當快，警長說波特菲爾的車子里程數很多，這人大概來回往返得相當頻繁，我想比利也一樣，這鞋盒裡的錢或許只是幾星期的收益，警長說波特菲爾的衣櫥裡也藏了錢，數目很接近，也許只是小事，不過說得通。」

「所以比利人呢？」

李奇走到窗口，察看遠方。東或西邊都沒有來車。他說：「我也不知道比利在哪裡，廚房水槽裡還堆著碗盤，感覺他只是出去一下子。」

「讓我看看那支手機。」

李奇領著布拉摩下樓，到了屋子後部的小房間，讓他看桌上的手機。布拉摩點了幾下按鍵，把那通留言重播一次。這人簡直像無敵浩克，最好根本別讓他看見你。總之加緊準備，懂吧？他非去不可，因為他是半路殺出來的程咬金。

布拉摩說：「你到這兒來是在玩命。」

「早晨起床就是在玩命，什麼事都可能發生。」

「你認識桑德森？」

「不認識，」李奇說：「我比二〇〇五那一屆早了八年畢業。」

「那麼你為什麼感興趣？」

「你不會明白的。」

「為什麼？」

「連我自己都不太明白。」

「說說看。」

「我看見這枚戒指時感覺好悲哀，就這麼簡單，它不該被當掉。」

「你也是西點人？」

「很久以前的事了。」

「你的紀念戒在哪裡？」

「我沒買。」

布拉摩又點了幾下按鍵，察看通話紀錄，想找舊的語音電郵，沒找到。他調出另一個選單，點了「顯示為未閱讀」選項。螢幕回到提醒有新訊息的畫面，和李奇最初看見時一樣的狀態，認真查證，這回由調查局老手得分。

布拉摩說：「水槽裡有碗盤不代表什麼，也許他是個懶鬼，把手機留在家裡也不代表什麼，也許在山上無法使用，沒有訊號。這屋子的視野可以直接看見拉勒米的基地台，也許他出門時從來不帶手機。」

李奇說：「蠍子似乎期待他能盡快回覆。」

「你相不相信關於熊和山獅的說法？」

「警長也提出了疑點，他認為波特菲爾可能遭到槍擊或刀刺，然後棄置在森林裡，任由它自然發展。」

「也許是比利幹的，也許他用暴力奪取了波特菲爾的角色，類似武裝政變，如今或許又有人對比利做了同樣的事，凡動刀的，必死在刀下，一報還一報。」

「管他的，」李奇說：「我是來找桑德森的，就這樣。」

「結局可能不太樂觀，要是她真的拿戒指和一個小毒販交易，你可能會大失所望。」

「說不定是被偷走的，你自己也這麼說過。」

「我當然希望是這樣，」布拉摩說：「因為我遲早得向她的姊姊報告調查結果，然後向她報帳請款，有時候很難把數字壓低。」

「多大數字？」

「她在湖邊有房子，她付得起。」

「你真那麼值錢？」

「好說。」

「你接下來打算怎麼做？」

「我認為她就在附近，這裡感覺很像終點，我認為比利是她最後接觸過的人。我們來到一個分界點，要不她親自把戒指給了他，要不有鄰居把它偷走然後給了他。」

「以調查局的水平來說還不賴，」李奇說：「加上比利常開鏟雪車，對本地道路非常熟，可以說是到處奔波供貨給顧客的絕佳掩護，而且絕不會受到天氣的限制，可是他的銷貨地盤必須非常大。就像你說的，這裡的兩個街區是七十哩範圍，事實上連桑德森的童年老家也涵蓋進去了，想必你已經到那裡察看過了？」

「桑德森應該不會回去，這點她姊姊非常肯定。」

「為什麼？」

「她沒解釋原因。在這情況下，你會從哪裡著手？」

「我可以告訴你，不過我恐怕得向你請款。」

布拉摩說：「你把車停在穀倉裡？」

李奇說：「我沒車子。」

「那你是怎麼到這山上來的？」

「搭便車加徒步健行。」

「要是我載你一程？」

「那當然好。」

「可是你不能再提請款的事。」

「一言為定。」李奇說。

「所以，要從哪裡開始？」

「這位姊姊還給了你哪些情報？名字或地點之類的？」

「她說桑德森一向守口如瓶，也許是難為情，也許是不安，她從來不提自己住哪裡，從來不說自己在做什麼，她們可以長達三個月不聯絡。」

「孿生姊妹這樣是正常的嗎？」

「孿生姊妹也是同胞關係，和一般姊妹沒什麼不同。」

「她什麼都不知道？」

「在最後一次談話當中，她得到一個印象，桑德森似乎有個朋友叫席勒斯，她聽見妹妹提起這名字。」

「席勒斯？」

「或者小席，就好像他正在屋子裡和她在一起。例如，安靜，小席，我正在講電話。語氣十分親切，就好像在他身邊讓她感覺很自在，她姊姊說她的語氣一下子變得開心起來。」

「她很難得開心？」

「非常難得。」

「這是什麼時候的事？」

「她記得是幾年前，或許沒那麼久。」

「她就只知道這些？」

「她說她們的對話通常非常僵化，妳好嗎，我很好，之類的。」

「說不定不是席勒斯的暱稱小席，」李奇說：「說不定是西摩的暱稱小西，波特菲爾的名字。蠍子告訴我人家都叫他小西，咱們去找找他住哪裡，這就是我的下一步。那裡或許還留有一點線索，再不然也可以和鄰居聊聊。」

17

舊郵局那位老先生說過，波特菲爾生前住在山上的木屋，沿著泥路大約二十哩的地方，就位在李奇在大學的地圖集裡看過的那些舊農場當中的一座，在一道和百元紙鈔上的版刻線條一樣細的籬笆線後方。布拉摩這輛越野車的導航螢幕上顯示了那條泥路，但差不多就這樣，因此他們一邊盯著短距離里程表往西行駛，一邊計算累積的哩數。這車子和布拉摩本人一樣精幹俐落，輕盈地越過崎嶇不平的地表，彷彿可以就這麼一路奔馳下去。

李奇問：「這對姊妹最後一次見面是在什麼時候？」

布拉摩說：「七年前，在桑德森第三次被部署任務之後，那次見面結果不太愉快，我猜她們決定下不為例，之後就只是透過電話聯繫。」

「桑德森在服役當中受了傷。」

「這我倒不知道，麥肯齊太太沒提過。」

「她或許並不曉得，桑德森很可能沒告訴她。」

「為什麼？」

「這是常有的事。一種複雜的心理作用，也許她不想讓家人難過，或者露出卑屈或柔弱的樣子，或者露出想要博取同情或幫助的樣子，或者只是不想面對『早就告訴過妳了』的訓話，看樣子她姊姊並不贊成她入伍。」

「傷得多嚴重？」

「不清楚，」李奇說：「我只知道她得過紫心勳章，傷勢從輕微的刮傷到失去手腳都有可能，或者全部都有，這些人有的回來時已經不成人形。」

里程表顯示已經走了八哩。布拉摩沉默許久，接著他說：「你確定要這麼做？我實在看不出會有好的結果，她不是變成酒鬼就是毒蟲，或者兩者都有，她很可能根本不想被找到。」

「如果是這樣，我就不去煩她，我沒有想要濟世救人，我只是想知道怎麼回事。」

走了十哩，道路兩邊的高原逐漸升高。山脈的丘陵地帶重疊起伏地延伸開去，滿布著針葉森林的山岬來了又去，天空無比開闊高遠，而且藍得不可思議，從地平線上的寶藍色漸次往頭頂的深藍色推移，有如一幀柯達照片，有如外太空的邊緣，大風揚起，車子後方的一股塵霧往道路南邊拉長。

「還有創傷後壓力症候群，」布拉摩說：「我想他們多少都有。」

「我想也是。」李奇說。

十四哩，山坡上的白楊樹林有如火焰般熾亮，是無數叢包含了數百棵獨立樹木的森林的總和，然而在地底下由一條樹根緊密連結在一起，一座白楊樹森林是一個有機體，地表最巨大的生物。

布拉摩說：「那人的意思是二十哩就可以到達房子，還是到達車道的入口？」

「我想是車道，」李奇說：「比利的房子就是這樣，只不過那人低估了距離，少了大約兩成。」

「所以他所謂的二十哩可能是二十五哩。」

「除非他有時也會高估了，也許他基本上是不太講求精確的人，只是粗略分幾個層級，隨意估個數字，這樣的話二十哩或許只有十六哩，也讓我們有了九哩的伸縮空間。」

「那麼依照常理，我們應該在下一條小路轉彎，九哩之內不太可能有兩條岔路，這裡畢竟是懷俄明，因此第一條小徑就是咱們該走的路，不管它什麼時候出現。」

「就調查局的水平來說還不賴。」李奇說。

小徑正好在九哩距離的中途出現，距離舊郵局整整二十哩，給那位老先生一個讚。車子穿過一道高聳的牧場柵門往右轉入小徑，柵門頂端刻了農場名稱，可是風化得厲害，完全無法分辨。接著小徑朝北筆直延伸了將近一哩，接著蜿蜒起伏著往西通過樹林，不見天日地朝一個看不見的目的地前進。

布拉摩停下車子。

他說：「在我看來這種事十分平常，我曾經開車到數百戶人家，有時候會聽見有人大聲吆喝，有時候會看見狗，可是從來沒人往我的方向開槍，我們應該討論一下，有你坐在我車子裡，發生這種事的可能性會不會增加。」

「你要我下車走路？」李奇說：「這樣你會比較安心？」

「這是戰術性討論，未雨綢繆。比利接收了波特菲爾的事業還有他的房子，目前應該就在那裡，畢竟他不在另一個住處。」

「為什麼他需要兩個住處？」

「有些人就是需要。」

「但是不會相隔二十哩，他們會買一棟湖邊的房子。」

「他沒有繼承人或親人，比利有什麼理由不接收？」

「他是不是接收，或者目前他在不在那裡，這都不重要。他一直沒接聽那通留言，他根本不認得我，他會以為我們是摩門傳教士。」

「你的穿著不像摩門傳教士。」

「那你就去敲他的門，以防萬一，如果他在家，就說你是摩門傳教士，正巧也做鏟雪車買賣，想和他談談面對地球暖化的保障措施。」

車子繼續往前。小徑沿著森林山坡繼續行進了五哩，路面粗糙不平，到處都是又深又乾硬的轍痕，還有磨損的砂石，還有足足有桌子大小的平坦岩塊。越野車左右顛簸，向前挺進，通過了最後一條彎道，爬上一段陡峭的坡道，來到一片運動場大小的高原。這裡樹林茂密，只有道路進入約三分之一的地方坐落著一戶人家，包括一棟低矮狹長、有著環繞式寬敞門廊的房舍，就在大片微微傾斜的土地的中央，前方圍著一道木樁和橫木都已經因為風吹日曬而變形褪色的簡陋籬笆。布拉摩驅車進入，把車停在和房子有相當距離的地方，大門兩邊的欄杆披掛著破碎的黃色封鎖線布條，彷彿這房子曾經一度被隔離起來。

「這裡不是犯罪現場，」布拉摩說：「這傢伙是死在樹林裡的。」

「他在樹林子裡被發現，」李奇說：「也許警長認為案情沒那麼單純，我們知道他搜索過這裡，找到一輛里程數很多的車子，還在衣櫃裡發現一萬元現金。」

「比利到底在哪裡？」

「何必擔心他？」

「我不擔心，但是你該擔心，蠍子下了格殺令。」

「比利不在這裡，可能性太低了，況且他根本沒收到那通留言，他不知道蠍子把波特菲爾的名字透露給我，怎麼可能跑到波特菲爾的房子來？再說我們大老遠找到這兒來的可能性又有多少？誰知道舊郵局那位老先生這麼擅長推估距離？比利一定在別的地方，這房子是空的。」

「好吧。」布拉摩說。

他下車，過去敲門。

堅決地大步行走。

李奇看著他敲門，聽見聲音，響亮又清晰，因為距離而延遲了一下子，像是沒配好的電影音效。

他看見布拉摩禮貌地後退一步。

沒人應門。

沒有一點動靜。

布拉摩又敲。

還是沒有回應。

他走回來，上了車，說：「屋裡沒人。」

李奇說：「咱們闖進去如何？」

「門窗都關上了。」

「可以把窗子敲破。」

「在法律上我們該考慮一下，目前這房子是不是歸郡政府管，根據官方紀錄很可能是，因為有沒繳的稅，闖進郡屬的房產可是大事一樁，我們沒辦法跟郡政府對抗。」

「也許你聞到可疑的氣味，或者覺得聽見了聲音，類似淒涼的尖叫，就算沒有搜索票也理當進去察看一下的狀況，有嗎？」

「沒有。」

「你已經退休了，」李奇說：「你不必再死守調查局那一套。」

「如果陸軍發現這狀況，會怎麼處理？放火把房子燒了？」

「不，那是海軍陸戰隊的做法，陸軍會先在屋外仔細探察一番，運氣好的話可能會發現一處被不明人士打破的窗玻璃，在不久前，或者很久以前，或者最近才發生，果真如此，就有理由緊急攻入屋內，順理成章展開詳盡的調查，我不認為最高法院會對這有意見。」

「最近或很久以前被打破都算數？」

「當然，你實際上聽見的會是我發出的聲音，因為不小心踩上之前某個時間點發生破窗意外之後，散落在門廊上的窗玻璃碎片，聽起來和窗玻璃剛被敲破的聲音非常相彷，常有的錯覺。」

「這也是調查局的標準手法，我們不是只會死守規矩。」

「你們的人常到我們部隊受訓。」

「你們也常派人到我們局裡。」

「我要去進行屋外探察了。」李奇說。

他下了車。

18

房子很大，可是搜查起來很容易，因為它的門廊環繞整棟屋子，十分平坦、筆直而工整，高度剛好讓人可以輕鬆觀察一樓的所有門窗。李奇從大門開始，就是布拉摩敲過的那扇門。這是一道堅固的木門，鎖得牢牢的，想破門而入得費極大工夫，因此他往前走，來到一道走廊窗口，從這裡輕而易舉便可以闖進去。問題是這窗子位在房子正面，雖然是在荒無人煙的地帶，他腦子裡的某個古老部分響起了警報。總之房子正面就是不妥，當下不妥，甚至事後也一樣。為什麼要毫不遮掩地留下行動後的證據？倒不是說會有多明顯，頂多是窗玻璃出現一個謹慎鑿穿的小洞，差不多是壯漢手肘的大小，加上被扯開一條細縫、在風中飄動的防蟲紗窗，就這些，不多，但或許足以吸引某個過路人的目光。當然基於種種理由，這種事發生得越晚越好。

屋子後方比較穩當。

李奇走過房子側面，又經過五道和正面一模一樣的窗口，看來屋後的窗戶應該也全部相同，某種具有一致性的設計主題，或者為了享有特價優惠而大量採購建材，但無論是哪一種情形都是好事，因為這樣的窗戶很容易處理。

繞過轉角，他看見的第一道窗戶已經破損了。

被人撞破一個洞，大約是一個壯漢手肘的大小。

紗窗也裂開了。

破損的窗玻璃很髒，紗窗也發霉了。一年，或許更久，總之經過了四季和風雨的洗禮。窗內是廚房，原本該亮閃閃的流理台已變得暗沉，積滿塵埃，廚房再過去是餐室，一片昏暗。

他一路繞過門廊，走回車子，布拉摩已經又下車，這會兒正站在距離房子約三十呎的一片屬於三不管地帶的泥地上。

李奇說：「我發現一道破窗子。」

「幹得好，」布拉摩說：「我什麼都沒聽見。」

「真的有一道破掉的窗戶，不知什麼時候被不明人士敲破的，依外觀看來，起碼有一年甚至更久，完全就像我們的手法。」

「帶我去瞧瞧。」布拉摩說。

李奇領著他通過前門廊，接著側門廊，繞過轉角來到屋後，布拉摩打量了好一陣子，彷彿被這扇窗吸引了。他說：「至少有一年，就說一年半吧，有何不可？就說這是在波特菲爾死後不久發生的，是警長？你說他搜索過這房子。」

「警長有鑰匙，」李奇說：「他在波特菲爾的口袋找到的，所以他們才能辨識出他的身分，連同他的牙齒，所以警長不需要打破窗子，是別人幹的，沒有鑰匙的人。」

「也許是擅自佔住空屋的人。」

「這種人不會把廚房窗戶打破，因為他們用得著。他們會從別的窗戶闖進去。」

「那就是一般竊賊了。」

「或許吧，等會兒看看屋內有多亂就知道了。」

「咱們還是要進去？」

「我們之前已經做過一次，」李奇說：「再來一次又何妨，這等於是公開邀請，我們該盡點市民的義務。」

「照理說應該要通報警長。」

「這是灰色地帶，屋主已經過世，沒有繼承人，情況特殊，大家在法律學校讀了一大堆關於這類案例的書，相信警長也不想陷入冗長無意義的討論。況且她說不定就是在這裡打電話給她姊姊的，就在這屋子裡，說，閉嘴，小西，我正在講電話，這一定是波特菲爾或者她的住處，反正她在這裡待過一陣子，所以你知道，我們非進去不可。」

「我知道我會進去，」布拉摩說：「可是你沒這義務。」

「你開始提防起我來了？」

「我覺得應該要指出法律上的風險。」

「我懂了，你要我先闖進去，這樣的話你就可以對自己說，你只是進去收拾殘局的，沒幹壞事，你要我扮壞人，因為你有所顧忌。」

「沒那回事，我拿的是伊利諾州的執業執照，而且還想繼續持有。誰先進去都無所謂，重點是，如果我不明白告誡一個菜鳥夥伴別輕易觸法，對我可能相當不利。」

「我們是夥伴？」

「實際上就是。」

「菜鳥和老手？」

「根據年齡和經驗。」

「接下來每次行動你都會明白告誡我？」

「確切地說，沒錯。」

「這部分咱們就省了，可以嗎？就跟著感覺走，這樣比較有趣。」

「好吧，」布拉摩說：「你想要有趣，你先進去。」

布拉摩的貢獻就是把手臂從窗玻璃的破洞伸進去，轉動內部的把手，把窗子打開。李奇的外套是新的，襯衫也是新的，他不想把它們弄髒，沾上霉斑。問題是，如果他從紗窗裂縫鑽進去——就像一年或一年多前那個或那群最初的闖入者在紗窗還乾淨的時候所做的——就一定會弄髒。因此他把它從窗框扯下，沿著四邊撕開，折成粗糙不平的方塊，隨手往門廊上一丟。

從窗戶進入廚房的最佳方式是頭朝下，腳先進去。因為有流理台，你有機會在動作結束時以雙腳而不是雙手著地。可是這很難拿捏，需要扭轉身體。萬一窗子底下是帶有水龍頭的洗碗槽，又很不巧地選在放滿了水的時候進去，那就更糟了。不過波特菲爾的洗碗槽位在別的牆面，稍微好一點。

李奇感覺兩條腿懸空，接著他彎腰讓身體成V形，兩腳落地而後直起身體。進了屋內，留神四周。由於窗玻璃的破洞，廚房有點受風雨摧打的痕跡，但原本相當高級，這點可以確定。板材扎實，花崗岩檯面也較厚，還有許多不鏽鋼製的設備，全都有時鐘顯示螢幕，但都烏黑無光。沒有微弱的機器運轉聲，沒有管線裡的流水聲，沒電沒水。沒人付帳單，全部被斷了。

他往前通過一片昏暗，離開廚房，進了餐室，從這裡可以看見起居室，一個開放式空間，有著繁複的教堂式天花板，還有高達天花板、用曳引機輪胎大小的岩石砌成的壁爐。炫富用的木屋。真正的住家不會用到叉式起重車和液壓起重機來搭建壁爐，他們會用較小的石塊，而且平坦的屋頂也就夠了，為何要做得那麼花稍？

不過這是一棟住了人的木屋，李奇並不討厭。它的圓木牆壁漆成淺蜂蜜色調，家具看來十分舒適但不突兀，層架上有些詭異的收藏品、動物頭骨、奇形怪狀的石頭、奇特的松果，頗有居家感，富裕之家的感覺。

他回到廚房，走向那道破窗口，布拉摩正往屋內看著他。

李奇說：「沒什麼好擔心的，這裡頭就像時間膠囊，這也排除了竊賊闖入的可能性，因為沒有任何東西被弄亂，所有地方的塵埃厚度都一致，一切有條不紊，我想這也排除了被人擅自佔住的可能性。」

「我這就進去。」布拉摩說。

他的關節沒有李奇靈活，但關節排列得比較緊湊，因為他個子小，活動起來輕鬆多了。他直起身子，和之前李奇一樣到處察看。廚房、餐室、起居室。

沒有任何異狀。

布拉摩說：「和我預期的不同。」

「怎麼說？」李奇說。

「如果我有一棟木屋，大概就像這樣吧。」

「毒販那麼沒品味？」

「通常都沒有。」

李奇檢查了下走廊。

他說：「走廊兩端都有臥房。」

布拉摩說：「既然不是竊賊或佔住者，窗子會是誰敲破的？」

「不是警長，」李奇說：「不過類似，某個有理由來搜查的行家。」

「可是怎麼沒搞亂？行家通常會把房子翻個兩翻。」

「也許他們才剛開始搜索就找到他們要的東西，也許所謂行家就是來去不留痕跡，也可能他們一開始就知道東西放在哪裡，說不定他們只是來把東西拿回去。」

「把什麼拿回去？」

「我不管，」李奇說：「我只想找到桑德森。」

「你認為她在這裡待過，和一個讓人想用刀刺他肚子的毒販交往。」

「你變成她老哥了？」

「我懷疑這種關係會存在，她應該沒那麼墮落。」

「她說，閉嘴，小西，我正在講電話，就連替她擔憂的姊姊都形容她的語氣相當親切、開心而且自在，樂觀點說，也許他們只是非常要好的朋友。」

「這樣更糟，」布拉摩說：「人可以選擇自己的朋友。」

「無論如何，反正他們常在一起，在這裡或她的住處，不管那是哪裡。」

「一年半前。」

「總比什麼都不知道好。」

「如果這人的確就是你說的小西的話。」

「對錯機會各佔一半，還算不錯。」

布拉摩拿出手機。

「訊號強度兩格，」他說：「她有可能是從這裡打的。」

「手機通聯紀錄怎麼說？」

「三邊才能構成一個三角形，但目前只有一邊，她是從一個相當於紐澤西大小的廣大圓形區域打的電話，目前我們就只知道這些。」

「也許就是這裡，不無可能。」

布拉摩走到起居室中央。他說：「那畢竟是一年半前的事了，在那之後這房子已經被搜索過兩次。如果你說有人來拿回某樣東西的理論是正確的，那麼我們已經找不到真正重要的東西了，所以我們這回是來找之前兩批人馬遺漏的東西，非常費時的任務，我們有多少時間？」

「在這屋子裡，我想有一百年吧，」李奇說：「把你的車停在房屋後面，我們可以搬進來，一直住到地老天荒，沒人會過問。」

「好吧，我們一起搜索，兩個強過一個。」

一分鐘不到他們便找到第一樣被遺漏的物品。

東西在靠近後門的一間後廳，就在收藏雪衣的櫃子裡，一件掛在衣架上的雪褲滑落了，僵硬的尼龍長褲，像兩支標槍擊中地板，半皺半挺地堆成一落，好像兩條癱軟的腿，像人剛遭到猛烈攻擊的卡通畫面，整個向後翻倒，最後半直立地靠在角落裡。李奇把它移開——純粹出於習慣——發現旁邊有一雙女用雪靴，有著鐵鉤和環帶的技術產品，女性尺寸六號，相當小。

他說：「儲藏櫃裡的靴子算是重要線索，對吧？她顯然在這裡待了很久。」

「如果真是她的話，是誰的還很難說。」

「同意，不過這證明了這個分別被兩人形容為獨行俠的傢伙實際上有個同居人，這應該會讓調查方向起一點變化，畢竟這傢伙死了，也許我們可以原諒警長誤判，他難免有些先入為主的想法，我敢說懷俄明州所有人都有個像這樣的櫃子，難說裡面都放些什麼東西。可是案發後來搜查的人應該會看見才對，他們應該會有全新的角度，令人好奇他們究竟是誰，到底為什麼而來。也許他們並沒有找得很徹底，也許只是快進快出，來把某樣東西拿回去。一定是的，因為其他東西幾乎都沒動到。」

布拉摩說：「我們應該看一下其他的櫥櫃。」

他們看了，可是除了波特菲爾自己的東西以外什麼都沒有，顯然這人很愛藍色牛仔褲，而且衣服一直穿到破破爛爛都沒有洗的意思。

沒有女人的衣物。

沒有裙裝，沒有短衫，沒有長褲。

布拉摩說：「為什麼她只留下靴子？」

「她是在初春離開的，已經一個月沒穿靴子，忘了。或許這雙靴子穿起來不舒服，或許她故意把它們留下，也可能她打算買雙新的，但是她來過，或者另有其人。總之波特菲爾不是一個人住，並非一直都是。」

「一雙靴子透露的可真多。」

「我敢說咱們還會有更多發現。」

果然。但不多，兩小時後他們的收穫非常有限，說服性大過決定性，他們略過放在明處的東西來節省時間，改而察看物品內部、物品底下和物品後面的東西。

他們在沙發坐墊之間找到一把女用梳子，粉紅色塑膠製品，梳齒非常稀疏。不是疏密兩用梳，而是普通梳子，他們發現主浴室有兩個洗臉槽，各有一個肥皂盤，其中一個放著一塊乾掉的香皂，另一個放著乾掉的普通肥皂，此外浴室裡還掛著兩組毛巾。在乾衣機後面的洗衣間，他們發現一雙女用運動襪，奇蹟纖維之類的材質，小尺寸，粉紅色，沾滿了髒兮兮的毛球。

錯不了。

不足以做為呈堂證據，但很耐人尋味。李奇說：「她來過，或者別人，起碼待過一陣子，也許只是斷斷續續、有一搭沒一搭的那種關係，但久得足夠讓她的襪子纖維卡污垢。當她離開時，她做得很有格調，斷得乾乾淨淨，像是一種表態。她搜遍整間屋子，把看得見的屬於她的東西全部打包，只留下幾樣帶不走的，像是那把遺失的梳子，香皂也沒辦法帶走，當時還濕答答的，總不能連衣服一起丟進行李袋，她沒細數那些毛巾，誰會那麼做？雪靴她也忘了，可是我最喜歡的還是那雙襪子。」

「為什麼？」

「它們證明她的兩條腿還在，這位紫心勳章得主的情況或許不算太糟。」

「如果真是她的話。」

「假設是她，波特菲爾一定也不時會到她住的地方去，會在哪裡呢？離這兒多遠？假設你是波特菲爾這類人，為了上床你會願意開多久的車子？」

「看情況。」

「什麼情況？」

「有幾個因素得考慮。」

「樂觀點看，或許不是美國小姐，但假定她長得相當漂亮。」

「這裡是懷俄明，大家會大老遠開車去買一條麵包。為了女友，大概兩小時吧，一百哩。」

「說了等於沒說，」李奇說：「範圍太大了，根本不用考慮。」

布拉摩點頭。「我正想說，我們下一步應該是去找波特菲爾的鄰居聊聊，可是我不確定在這一帶是否行得通，每個人都住得跟別人相隔二十哩遠，我敢說他們連見都沒見過面。」

「可是我猜他們也會守望相助，萬一發生緊急事故，他們要向誰求助？距離兩小時車程的警局或消防局？還是十五分鐘就可以到達的鄰居家？也許這就是鄉下的生活方式，也許鄉下的鄰居沒你想像的疏遠，也許他們經常管別人家的事，有很多東西可以告訴我們。」

「你可真樂觀。」

李奇沒答腔。他獨自在廚房裡，也許下意識地想要靠近逃生口，那道有著破碎玻璃和紗窗裂縫的開放性窗戶，一股涼風鑽進來，帶來一些聲響，大部分是無害的。林間的風聲，大型鳥振翅的拍打聲，一隻蜜蜂飛過，停下，又飛走。

有個聲音不太一樣。

非常短暫，非常遙遠，幾乎聽不見，只有一縷縷，細小的搔刮聲，或者微弱的碎裂聲，或者小小的一聲嘎吱，本地常有聲音的一小部分，懷俄明的聲音，和所有聲音一樣，是由各種不同組件混合而成。就像ＤＮＡ。

砂礫也在其中。

還有石塊。

還有橡膠。

「我們得馬上離開，」他說：「車道上有車子。」

布拉摩率先出去。卡住的可能性較低。李奇緊接著順利鑽出，布拉摩再度將手臂伸進屋子，轉動把手將窗子關上。兩人匆匆繞到屋前。

還沒發現狀況。

「我們得上車，」布拉摩說：「以防萬一。」

李奇說：「萬一覺得可疑，就直接輾過去。」

兩人上了豐田越野車，布拉摩發動引擎。

一輛貨車爬上最後一段坡道，越過高原駛來。

是一輛福特貨卡車，加裝了警車版的露營車外殼，烤漆乾淨晶亮。除了車門外，車身全白，車門上漆有一顆約兩呎寬、兩呎高的金星，頂端是排列成弧形的郡名，底部是弧形的警長局字樣，和西點紀念戒有幾分相仿。

康納利警長。

康納利在豐田附近停車，角度很隨興，一方面為了裝出漫不經心、冷靜，因而不具威脅性的姿態，但主要還是為了含蓄地擋住豐田車的去路，李奇心想。這人拿捏得好。不露骨，但這麼一來豐田車就得後退然後繞一大圈才能離開了。

康納利打開車窗。他連開車也戴著牛仔帽，車頂很高，多的是空間。

李奇也按下車窗。他距離比較近。

康納利說：「你告訴我，你和波特菲爾沒牽連。」

李奇說：「確實沒有。」

「然而你卻跑到他的住處來。」

「我想找的那個女人在這裡待過，起碼有幾個月，我想知道她接下來去了哪裡。」

「波特菲爾一個人住。」

「並非一直都是。」

康納利說：「你們進屋子了嗎？」

「進去了。」

「怎麼進去的？」

「這屋子曾經被人闖入，大約一年多前。我們就從那個破口進去。」

「什麼破口？」

「他死後你搜索過這房子，後來有人過來，從窗子闖進去。」

「帶我去瞧瞧。」康納利說。

他們下車，繞回遠端的屋子轉角。康納利仔細勘查好一陣子，他把那片被扯下的紗網展開來，攤在原來的位置，像在重建犯罪現場，他用手指和大拇指揉搓著霉斑，嗅了嗅。

他說：「可能是一年半前。」

接著他說：「裡頭情況如何？」

李奇說：「東西沒有弄亂，沒有損壞，沒有家具被拉出來或翻倒，不是盜竊或被人擅闖佔住。」

康納利說：「你為什麼認為曾經有個女人住在這裡？」

他們移往後門廊欄杆，面對屋後景觀，三人一字排開，瞭望著前方的樹林山巒。布拉摩開始談雪靴的事，還有梳子，還有香皂和毛巾，以及那雙粉紅色小襪子。

康納利說：「靴子不代表什麼，梳子和襪子也一樣。它們很可能年代久遠。二十年前他的姪女和堂妹說不定常來這裡過寒暑假，這類東西很容易被忘記。」

「可是？」李奇說。

「犯了錯就得承認。我喜歡香皂和毛巾的部分。兩個洗臉槽都有人使用就代表有兩個人，要是其中一塊肥皂是香皂，就代表是一男一女，而肥皂和毛巾是最直接快速的證據，這裡頭的情況完全和波特菲爾死的那天早上一模一樣，我想我確實疏忽了。可是當時沒有半個人出面，之後也一直沒有，所有證據在在顯示波特菲爾是獨來獨往的，可以說幾乎沒人見過他。既然如此這個女人當時在哪裡，如今又在哪裡？」

「我們也很想知道。」

「如果是同一個女人的話。」

「沒有證據顯示不是。」

康納利說：「你拿給我看的那枚戒指相當小。」

「沒錯，是很小。」李奇說。

「你是根據襪子的大小來推斷的？說不定襪子縮水了。」

「靴子可不會。那雙靴子也很小。」

「她在哪裡服役？」

「伊拉克和阿富汗，五次。」

「女漢子。」

「你絕對無法想像的。」

「如果真是同一個女人的話。」

「很可能是。」

「這樣的女人退伍返鄉後會用香香的肥皂，穿粉紅色襪子？」

「我相信她真的會這麼做，這類東西正是返鄉的意義所在。」

康納利回頭，注視著那棟房子。

注視著破碎的窗戶。

李奇說：「我了解。」

「了解什麼？」

「我們也無法斷定是誰打破了那扇窗子，十分乾淨俐落的行家手法。單純闖入，沒動屋內任何東西，感覺似乎訓練有素而且經驗老到，感覺像政府單位的傑作，只是這假設太荒謬了。」

康納利說：「重點是，政府單位能從波特菲爾身上得到什麼？不管他有什麼能耐，都不過是小角色，況且政府人員一定會先知會我，為了表示一點起碼的禮貌，同時也為了得到實際支援，就這案子來說我的確辦得到，我有鑰匙。」

「那麼就是最近的普通小罪犯手法變得俐落了。」

「根據我的經驗不是這樣。」

「那究竟會是誰？」

「也許是高級罪犯，負擔得起最昂貴犯罪工具的那種。」

「他們會想從波特菲爾身上得到什麼？」

康納利沒回答。

布拉摩說：「抱歉僭越了，我們沒有不尊重貴郡法律的意思。」

康納利說：「關於這女人的事我幫不上忙，沒有犯罪跡象，我不能帶著香皂毛巾去參加郡議會預算聽證會，很抱歉，我人力不足。」

「誰能幫我們？」布拉摩說：「他的鄰居？」

「也許吧，我是他們的警長，可是那些人我一個也不認識，老實說這是我第二次到這地方來，這一帶非常安靜，是吱吱嘎嘎的輪胎聲音把我吸引來的。」

「我們該走了，」布拉摩說：「警長，讓你多費心了。」

這時，在三百哩外的南達科塔州雷皮德市，葛洛麗．中村坐在她的藍色車子內，隔著街道，巧妙就位，這回監視的是蠍子的後門而不是正門，她已經在那裡待了將近兩小時，還沒發現任何異狀。

直到現在。

一輛掛蒙大拿車牌的哈雷機車駛入巷子，噗噗的聲音在牆壁間迴盪。接著機車熄火，騎士下車，後門打開，騎士走了進去。

中村把它記下。

她的手錶過了四分鐘，騎士又出現。他跨上機車，啟動嘈雜的引擎然後離去。

中村把它記下。

然後她開車回到局裡。

布拉摩和李奇開車沿著農場小徑回到泥路上，然後往西轉彎，因為他們認為會在這一帶找到當地大部分的社區人口，儘管不多。布拉摩留意左手邊的路肩，李奇留意右手邊。兩人講好了在沿路上出現的第一條小徑轉彎，不管是在路的哪一邊，因為照這情形看來，住在這條小徑盡頭的傢伙也就是距離波特菲爾最近的一位鄰居。

走了十一哩，第一條小徑出現。他們差點錯過了，因為那是一個簡單、不起眼的入口。過了入口，小徑曲曲折折通過樹林往上爬升，有些地方非常陡峭狹窄，但是比波特菲爾那邊的維護得好一些。越野車執著地往前行進了三哩多，接著樹林一下子消失，出現一片有著遼闊東向景觀的平坦土地。一棟單層樓房立在岩石地基上，用棕色木板搭成，有好幾處已經翹曲泛白，屋子有前門廊，上頭有支撐著欄杆的老舊木頭結構，門廊上放著一只舊教堂長椅，充作清晨曬太陽、呼吸清新空氣的座椅。

布拉摩把車子停在和屋子有相當距離的地方。

他察看手機。

「訊號強度兩格，」他說：「這一帶的收訊品質真不錯，她從哪裡打都有可能。」

他們正打算下車，房子大門打開，一個女人走了出來。她肯定聽見了輪胎的聲音。她看來精瘦健壯，飽受風吹日曬的皮膚十分黝黑。身穿褪色的紅色裙裝，底下是光裸的雙腿和牛仔靴。大約四十歲年紀，不過很難說。李奇不敢妄加猜測。硬要說的話，他會猜三十歲，比較保險，萬一正確答案是五十歲也不至於太過意外，她站在那裡，兩手扠腰，只是盯著看，沒有敵意，還沒有。

布拉摩說：「她以為我們是摩門傳教士。」

李奇下車，舉起一隻手。全球通行的手勢。沒帶槍械，友善，她半回應半懷疑地偏著頭。布拉摩也下了車，和李奇一起走過去，禮貌地在還不到門廊的地方停下。

李奇說：「女士，我們在找一名失蹤的女人，我們認為她曾經和妳的鄰居小西・波特菲爾同居過一段時間，不知道妳對這方面有多少了解。」

「你們進來吧，」女人說：「我剛好準備了一壺檸檬汁。」

20

李奇和布拉摩尾隨女人進了屋子，屋內的牆面是用和外牆一樣的板條搭成的，但是上了漆而且有光澤，沒有風化斑駁的痕跡，廚房十分低矮昏暗，女人拿玻璃杯倒檸檬汁，三人圍著餐桌坐下。

「你們是私家偵探？」她問。

「我是。」布拉摩說。

她看著李奇。

他說：「軍方調查員。」

這麼說也沒錯，以前他的確是。

她說：「小西是去年還是前年死的？」

「去年，」李奇說：「初春。」

「我和他不熟，從來不曾正式打過照面，只有一、兩次吧，感覺這人相當孤僻，總是來來去去的。」

「他是做什麼的？」

「我們沒人曉得。」

「我們？妳和其他人談過他的事？」

「鄰居之間難免的，要是你不喜歡，就搬去月球住吧，先生。」

「你們的共識是什麼？」

「我們都認為他很孤僻，經常來來去去。」

「從來沒人發現有女人住在那裡的跡象？」

「沒有。」她說。

聽來十分篤定。

李奇說：「妳可曾聽過莎琳娜這名字？」

「一生中？」

「在這一帶。」

「沒有。」她說。

「或者蘿絲？」

「沒有。」

「或者桑德森？」

「沒有。」

李奇說：「我們在波特菲爾屋子裡發現一些東西。」

「哪一類東西？」

「女人的配件和盥洗用品，不多，線索非常模糊。」

女人沒說話。

接著她說：「怎麼個模糊法？」

「我們知道那裡的浴室有兩個人使用。」李奇說。

女人說：「嘿。」

「這是什麼意思？」

「意思是我想有一次我曾經起疑，可是到頭來我想我大概弄錯了。」

「對什麼起疑？」

「當時我在泥路上開車，接近騾子叉口的彎道。他從對面開過來，從彎道過來準備回家。這裡很難看見別的車子，會讓你整個醒過來，趕緊留意別超出車道等等的。你可不想跟人家撞上了，於是我們錯車，揮了下手，沒什麼大不了，只是我確定他旁邊的副駕駛座上坐了人。只是瞥了一下，我想是個女孩，她的身體彎得低低的，轉身背對著他，像是努力往座椅的另一邊擠過去，我看不見她的臉。」

「多大年紀？」

「不年輕，不是孩子，但相當嬌小，大概很靈活吧，她整個上半身扭到一邊，別過臉不看他。」

「真怪。」

「而且不知為何一身銀白，我記得很清楚，一種銀晃晃的顏色。」

「也很怪。」

「我也這麼認為，我越想越不對勁，於是第二天我到他家去，帶了一個派餅，說我多做了一個，但實際上是去察看，那陣子有不少五花八門的社會新聞，販賣人口，監護權訴訟，說不定他涉入了這類事件，或者她真的是他女友，誰曉得呢？也許他們在車上吵了一架，我想那時候他們也該和好了，他應該會替我介紹一下。」

「結果呢？」

「他的反應很怪，他很開心我送他派餅，非常客氣，可是他沒請我進屋子。我們在門廊上談話，他幾乎把門闔上，然後站在門縫前擋住我的視線。他話不多，我試著導入正題，我說真不好意思，派餅一個人吃嫌大了點，很自然的開場，也給了他機會告訴我，他打算和他女友一起吃，可是他沒說，他說他會把剩下的一半用鋁箔紙包起來，留著過兩天吃。」

「那是哪一種派餅？」

「草莓，」女人說：「那天市場有很不錯的，我在路上碰見他時正要去買。」

「後來呢？」

「沒有後來，就這樣，光站在那裡，實在很彆扭。於是我說，好吧，我該走了，他再次謝謝我送他派餅，然後他幾乎是迫不及待把我趕出他的地盤。」

「妳的結論是什麼？」

「他站的方式太可疑了，擋在我和房子之間，他屋子裡肯定藏了東西，或人。然後我又想起我看見他們在車子裡的情景，也許她別過頭是在躲我，而不是躲他，也許他要她這麼做，好像她是個不可告人的秘密。」

「可是妳一直沒能找到答案？」

「之後我再也沒見過他，一個月後他死了，可是始終沒人提起有寡婦或同居伴侶或女友之類的，或者性奴隸或人質，所以最後我想我一定是弄錯了，然後我大概就把這件事給忘了，時間過得很快。」

「他在那裡住多久了？」

「五年左右吧。」

「有沒有哪個鄰居曾經大膽猜測他是靠什麼賺錢的？」

「這就涉及到八卦了。」

「我想的確是這樣。」

「我們猜他本來就很有錢，我們猜他是從別州來的有錢人，來尋找自我。我們這裡不時會有這樣的人出現，也許只是在寫小說。」

這時，在三百哩外的南達科塔州雷皮德市，超商熟食櫃台後面的店員找完零錢給一個買培根生菜番茄三明治和無糖汽水的顧客，拿起電話，撥打警局的號碼。

他說：「請問一下，你們局裡有一位女警，一個東方人，或者日裔美國人，或者亞裔，反正就是那一位，我有事找她。」

電話被轉接，一個聲音說：「侵財罪小組，我是中村。」

「我是便利超商店員，亞瑟蠍子洗衣店轉角那家。我有事要告訴妳，免得妳哪天發現了怪我沒說。」

「什麼事？」

「亞瑟蠍子剛來過。」

「然後呢？」

「他又買了一支手機。」

「多久前的事？」

「五分鐘。」

「哪一支？」

「左邊掛鉤的第一支。」

在這同時，亞瑟蠍子再次撥打電話給懷俄明的比利，還是沒人接聽，只有語音信箱。蠍子說：「比利，我是亞瑟，我要你盡快回覆，我開始替你擔心了，你的電話一直沒人接聽是怎麼回事？那個人就要去找你了，或許還加上另外一個。蒙大拿剛剛捎來口信，他們專程派了個騎士過來，有個聯邦探員到他們那裡去問東問西的，他剛離開比靈斯，我們不曉得他接下來會去那裡。罩子放亮點，懂嗎？快回電給我，別再讓我操心了，比利。」

他結束通話，把手機丟進垃圾桶。

布拉摩的手機叮一聲響起，李奇猜大概是簡訊，他差不多會分辨手機的各種音效了。穿褪色紅裙裝的女人起身，開始收拾空的果汁杯。

布拉摩察看簡訊。

有兩則。

他說：「女士，檸檬汁非常好喝，不過我們恐怕真的得告辭了。」

他說著站起，匆匆走出大門，李奇朝女人聳聳肩，兩手一攤，裝出困惑的樣子。另一個全球通用手勢。我知道，這樣很失禮，但我還是跟我的瘋老哥一起走的好，他尾隨布拉摩到屋外，通過泥地，上了車子。

他說：「怎麼？」

布拉摩說：「麥肯齊太太對目前的調查進度很不滿意，說她打算親自跑一趟懷俄明，到他們舊農莊附近的幾個地方去搜索，顯然她已經修正之前說的，她妹妹不會回老家的說法。」

「她不知道你距離那裡只有六十哩遠？」

「不知道，」布拉摩說：「我從來不讓客戶知道我的去向。」

「為什麼？」

「我喜歡保持神秘。」

「聯邦探員的死性子。」

「我們得先趕到那裡去。」

「她什麼時候離開芝加哥？」

「她會包一架專機，她有會員卡。我們現在就得走了，我們必須比她先到達。可是之前她告訴我桑德森絕不可能回去，這會兒又認為有可能了？好極了，也許她一直都在那裡，兩小時車程，波特菲爾大概沒得抱怨。」

康納利警長說過，政府單位人員進入他的轄區之前一定會先照會他一下，表示一點起碼的禮貌，情況果真如此，他剛從波特菲爾生前住處的臨時任務回到局裡，過了兩分鐘他的電話響起，是聯邦緝毒局（ＤＥＡ）的一名外勤探員，這人說他正從蒙大拿往南走，遲早會經過本郡，目前還沒有具體打算，也許到一、兩個地方看一下，但大致上不需要驚動任何人，他說他沒要求任何協助或禮貌性拜會，但還是非常感謝提起。說完便掛了電話。

烏鴉飛和開車完全是兩碼子事，想越過雪山山脈，他們首先必須回到泥路上，開回驟子叉口，經過舊郵局和瓶火箭煙火商店，一路回到拉勒米，以便進入另一條西向道路，這條路的開端是那家鏡子上有彈孔的酒吧北邊四個街區外的一處左彎道。於是他們的旅程再度從零開始，還有七十哩路要走，李奇要布拉摩往好處想，請款單上有更多工作時數，布拉摩說了一個故事，說有個律師死後到了天堂之門，太不公平了，他說。我才四十五歲。聖彼得說，不，我們實施了新制度，現在我們是按照索費時數來計算的，根據我們的紀錄，你是一百五十三歲。

他們經過一塊告示牌，上面寫著這條路不久即將因應冬天的到來而封鎖，之後道路開始爬升，進入山區，上升了一萬多呎高度，進入稀薄、明亮剔透的空氣層。豐田車放慢了點，但仍然繼續前進，蜿蜒著通過岩石嶙峋的山溝，繞過被強風摧折而發育不良的稀疏樹林，越過感覺像是世界屋脊的地方，接著車子經過一條半哩長的平坦寬敞的彎道，然後又開始下坡，通過同類型的山溝，繞過同類型的樹林，車子在自身重量的驅迫下越衝越快，不耗一滴油。

過了三十哩，導航螢幕上出現一個纖細的農場道路網格，兩條在北邊，兩條在南邊，再過去就空白一片了。

「是這裡嗎？」李奇問。

「大概是吧，」布拉摩說：「其中一條明顯比另外三條粗一點，可以通往舊農莊，其他的路是後來開闢的。」

「這對姊妹有沒有繼承農莊？」

「沒有，她們讀大學時這裡就被賣掉了，她們的雙親搬走，新屋主住了進來，等等的，另外三個地方肯定也是同樣情形。」

「你認為她佔住了其中一個地方？」

「我懷疑一個必須把戒指當掉的人會有錢租房子。」

「這些房子為何會變成空屋？」

「鄉下的房地產經常如此，一些地區興起接著沒落，要是連社區的大戶人家都搬遷出去，那就更不用說了。」

「這是你的看法，還是麥肯齊太太的？」

「都有一點吧，她父親是法官，像這樣的鄉下，這在當年讓他成為郡內的重要人物，所有事情最後都得上法庭解決，麥肯齊太太似乎也明白這點。」

「她的雙親為何遷走？」

「這點麥肯齊太太也說不出個所以然，不過我相信我們應該猜得到，我相信這對姊妹小時候都有一匹小馬，法官的薪水養得起。」

「我相信懷俄明的每個小孩都有小馬，這裡的小馬比小孩還要多。」

「小馬只是一種比喻，一些小奢侈還負擔得起，可是久而久之就撐不住了，這時你可能就不得不離開家鄉，另起爐灶了。」

「這是麥肯齊太太記憶中的狀況？」

「當時她在讀大學，最後她把事情歸功於小布希，她聲稱那跟企業有關，她父親從公共部門到了私人企業。」

「究竟做些什麼？」

「沒人真的清楚，不過他們注意到，金融危機發生後他的職務也停止了。」

「老先生現在人呢？」

「在那之後不久就死了。」

「母親？」

「也死了，不過時間上近了許多，還痛著。」

「所以突然擔心起她那若即若離的孿生妹妹來了。」

「沒錯，」布拉摩說：「如今她就剩這麼一個親人了。」

他們無從知道哪一條車道是通往最大一座農莊的，因為它們全都往前不斷延伸直到看不見的遠方，因此他們試著以寬度或鋪設方式來判斷，或者其他能顯示建築氣勢的線索，最後他們同意其中一條比其他來得寬一些，也或許是路面平坦些。路口堆著好幾落岩石塊，或許曾經是宏偉的大門石柱，就像一座曾有過輝煌歲月的宮殿的建築遺跡。

越野車轉入車道，開始爬坡。

21

這座舊農莊果然又舊又是農莊，典型的西部房產，有著遼闊的牧場、深綠色針葉林、突出地面的岩層，以及從底下奔流而過的藍色溪流。遠方是落磯山脈，淡淡地隱在霧中，主屋是一棟增建了各式各樣側房、範圍廣大的圓木建築物，有圓木穀倉和圓木車庫。好多圓木啊，李奇心想，而且全都是巨大厚重的舊木頭，和石頭一樣穩固，用斧頭削得平滑，用木釘連結。

就像機場廣告牆上的懷舊旅遊海報。

只是多了一輛斜斜停在那裡的新型出租房車，和一個站在車旁的女人。

那輛房車十分氣派，有著雪佛蘭的進氣格柵，正紅色，所有後面車窗都貼有原廠辨識條碼，那女人長得嬌小窈窕，大約五呎兩吋高，一百磅重。穿著靴子、小喇叭藍色牛仔褲、白色薄襯衫外搭無拉鍊皮夾克，肩上揹著皮包。她有一頭濃密的長髮，又厚又亂又鬈曲，主要是淡紅色，有的被曬得泛白了。她的臉美麗如畫，毫無瑕疵的淡色皮膚，完美的骨骼、精巧的五官，坦率豪爽的綠眼珠，自信篤定、幾乎帶著微笑的鮮紅嘴唇，豔光照人，從容又沉著，起碼三十出頭了，看來卻青春洋溢。

有如電影明星。

「糟了，」布拉摩說：「麥肯齊太太。」

孿生姊姊，一模一樣的翻版，女性加入陸軍的身高體重最低標準是四呎十吋、九十一磅，桑德森可以輕易通過，可是其他各方面會比別人辛苦一倍，就從加入那一刻開始，尤其是那張臉，太引人注目了。

布拉摩下了車，走了幾步然後停下，她也一樣，接著李奇下車，他聽見布拉摩說：「麥肯齊太太，沒想到這麼快便又和妳見面了。」

她說：「沒想到的事可多呢，簡訊直到飛機落地才傳送出去，你以為我剛離開芝加哥，事實上我正離開拉勒米的赫茲租車門市。」

「我就在附近。」

「顯然是，對此我由衷向你道歉，你根據事實和邏輯一路追到了懷俄明，我卻不讓你到這兒來察看，我告訴你她不可能回來。」

「是什麼讓妳改變想法？」

「你應該先把我介紹給你的朋友。」

李奇走上前，報上名字，和她握手，她的手摸起來像猩猩掌心裡的鴿子翅膀。

「是什麼讓妳改變想法？」布拉摩追問。

「我恐怕是白費工夫了，」麥肯齊太太說：「這裡沒半個人，我想我誤判了，浪費了一天時間，很抱歉。」

「妳為何認為她會回來？」

「我忽然想到她或許會需要熟悉的環境，我試著從她的角度思考，我們在這裡有過一些美好回憶，十八年的穩定生活，之後她就一無所有了，我想那說不定是她渴望的東西。」

李奇抬頭看著房子。

他問：「這房子空多久了？」

她說：「我想它已經成為某人的避暑別墅了。」

「夏天還沒過。」

「今年例外吧。」

「妳記不記得是誰把它買下的？」

麥肯齊搖頭。「我想大概沒人知道，當時我在讀大學，蘿絲在唸西點軍校。」

「妳習慣叫她蘿絲？」

「我們的約定，珍和蘿絲。」

「當妳家人把這裡賣掉時，妳有什麼感覺？」

「可否讓我知道，是什麼原因讓你對我的家務事如此感興趣？」

於是李奇又把事情經過重述一遍，從搭巴士離開密爾瓦基一路到了哪些地方，接著越過雪山山脈，但是某種直覺讓他把故事精簡不少，完全集中在那枚辛酸的被典當戒指的追蹤經過，沒提到蠍子或比利，也沒猜測任何人的特殊職業性質，最後他提到好不容易在小西・波特菲爾衣帽櫃、起居室沙發和主浴室尋獲的幾樣薄弱證物。

麥肯齊太太愣了一下。

接著她說：「那雙靴子是幾號？」

「六號。」李奇說。

「了解。」

他看著她的頭髮，濃厚的髮叢，蓬亂又糾結，只能用狂野不羈來形容，洗頭想必得費一番折騰。

一模一樣的翻版。

他說：「讓我看看妳的梳子。」

麥肯齊又愣一下。

接著她說：「好，我了解。」

她在皮包裡翻找，掏出一支粉紅色塑膠梳子，梳齒的間隔很寬，不是疏密兩用型，而是普通梳子。

李奇說：「妳一直都使用這種梳子？」

「只有這種堪用。」

「和我們找到的一樣。」

「靴子尺寸也符合。」

他從口袋掏出戒指，放在掌心掂了掂，她把它拿起，用纖細的手指小心翼翼捏著。

West Point 2005。

金絲裝飾，黑寶石，小尺寸。

她看著上面的銘刻。

她選了一根手指，摘掉原來戴著的一枚碩大閃亮得像金假牙的廉價流行戒指，將她妹妹的紀念戒套上去。右手無名指，完全合適，鬆緊度剛好，尺寸剛好，一如預期地顯眼，一如預期地充滿驕傲，但又不至於大得像狂歡節獎品。李奇想像同一隻手，但也許削瘦些，皮膚黑一些，多了幾處已經癒合泛白的傷痕刀疤。

他想像有著類似差異的同樣一張臉。

麥肯齊說：「你說這戒指是你買來的。」

「沒錯。」李奇說。

「我可以向你買回來嗎？」

「這是非賣品，是送給妳妹妹的禮物。」

「我可以把它轉交給她。」

「西點校長辦公室那位女士也可以，遲早。」

「你很想親自交給她？」

「我很想知道她沒事。」

「你根本沒見過她。」

「應該沒差吧？我也不知道，妳告訴我。」

麥肯齊褪下戒指，遞還給他。

她那完美的臉上浮現某種神情。

李奇說：「我了解。」

「你了解什麼。」

「我了解妳在想什麼，妳來這裡是因為她是親人，布拉摩先生來是因為受雇於人。但我是為什麼而來？我給妳一種感覺，好像我是有妄想狂的怪人之類的，落單的散兵餘勇，我不是有意的，不過我懂，我讓妳覺得不自在。」

「沒那回事。」

「妳真客氣。」

「我想這是榮譽感的問題，蘿絲身在一個我無法了解的世界。」

「目前我們需要的是真實情報，妳確定這裡沒人？」

「所有家具都蓋了防塵布，水也被停了。」

「既然不在這裡，蘿絲又會去哪？」

「太荒謬了。」

「什麼？」李奇說。

「我應該躺在心理醫師的沙發上回答這些問題。」

「怎麼說？」

「當年我和妹妹加入了一個綺想世界，懂吧？人家要我們這麼做的，就好像我們是莊園的地主，整個山谷都是我們的，就好像當初左鄰右舍蓋房子時，那些房子完全是我們出於善心施捨給他們的救濟院，當然後來我們發現父親不得不賣掉一些地產，可是感覺就好像那些地方仍然是我們的，類似奴隸宿舍之類的，我們在那些窮人面前作威作福，什麼時候進出隨我們高興。」

「她會到那三個農莊的哪一個？」

「都有可能。」

「一起去吧？妳可以坐前面，畢竟是妳出的錢。」

李奇鑽進後座，舒服坐著，麥肯齊佔了他的副駕駛座的位子。布拉摩開車，但不是回到路上，麥肯齊指引給他幾條別的小徑，她們小時候常走的路。對一個小女孩來說要一路走進去非常容易，但車子可就難了，然而它辦到了，將小樹叢壓彎，像隻笨重的貓，四只輪胎牢牢抓住地面，最近一棟鄰舍出現在眼前，不是炫富小木屋，建造的當時還沒有這字眼，一個相對單純的年代的產物，當時度假小屋可以是平凡簡單的東西，這裡的景觀美如風景明信片。

布拉摩和麥肯齊走向門口。

兩人敲了門。

門打開。

一名男子站在那裡，和住在騾子叉口舊郵局那個人同年紀，同樣佝僂著背。布拉摩不知對他說了什麼，接著是麥肯齊，老先生點了下頭，請他們進去。布拉摩回頭向李奇招手，李奇下車，走過去和他們會合，他們進了屋子，老人家說沒錯，他在多年前買下這塊地，建了這棟房子，原本是家人度假用的，如今只有他一個人來，眼前的狀況確實可以證明這點。李奇環顧了下屋內，發現每樣東西都是單件，感受著屬於孤寂之地的寧靜悠緩氣氛。

這人說他還記得孿生姊妹來過，當時她們還是穿著鄉下花裙子、頭髮亂糟糟的小女孩。她們經常往這裡跑，直到十歲、十二歲的年紀，然後就比較少來了，直到她們十五歲左右，之後就幾乎沒來過了。

麥肯齊說：「你最近有沒有看見蘿絲？」

老先生說：「在哪裡看見她？」

「這一帶吧。」

「容我問個蠢問題，她現在長什麼樣子？」

麥肯齊笑笑。「可能曬得比我黑一點，膚色或許比我深一點，她會自稱她一直很努力工作。她可能把頭髮剪短了，或者染了顏色，身上也許有刺青。」她說著用眼神詢問布拉摩：還有沒有別的需要補充？

布拉摩用眼神詢問李奇。

這是讓她知道她妹妹受了傷的時機？

「沒有，」李奇說：「相信這位先生清楚她長什麼樣子。」

「我沒看見她。」老人家說。

車子沿著老人的車道，越過小徑，進入對面的另一條車道，車道盡頭又是一片田園詩般的景觀，但是小一點，老農莊的四分之一版本，房子新一些，沒有奔流的溪水。

房子關緊了而且沒人。門上了鎖，百葉窗拉上了，窗玻璃沒有破損，沒有遭竊，沒有人擅闖佔住，沒看見跑到熟悉之地來的野生的蘿絲・桑德森。

他們再度上路，沿著另一條似乎是麥肯齊半孰悉半想像出來的崎嶇小徑繼續往前。越野車從樹叢之間鑽過，沿著許多斜坡和山谷上上下下，一路衝撞顛簸，布拉摩冷靜操控著方向盤，多數時候只用單手駕駛。

最後一棟房子浮現眼前。

和之前的房子類似，這是一棟樸素的A型框木屋，在面對景觀的一側裝了大量窗玻璃。布拉摩熟門熟路似地把車子轉入車道，然後在和房子有點距離的地方停下。

大門打開。

一個女人站在陰涼處。

她肯定聽見了輪胎聲。

她期待地跨前一步，走入陽光。

她看來很像波特菲爾那位女鄰居，但態度緊繃許多，不知為什麼事生氣，她左右張望了一圈，然後注視著他們的車子。

布拉摩下車。

她盯著他看。

麥肯齊下車。

她盯著她看。

李奇下車。

她盯著他看。

沒有其他人下車了。

她像腦袋挨了一拳，搖搖晃晃往回走，倚在門框上。

她說：「你們看見比利沒？」

布拉摩沒回答。

女人說：「我還以為是他來了，說不定他換了新車子，他應該要過來的。」

「來做什麼？」李奇說。

「你看見他了嗎？」

麥肯齊說：「比利是誰？」

李奇說：「等會兒告訴妳。」

他對站在門口的女人說：「妳得先回答我一個問題，然後我再把比利的事告訴妳。」

「什麼問題？」

「告訴我另一個女人的事，她長得就像我這位朋友，像她的孿生姊妹。」

「什麼另一個女人？」

「我說過了，聽仔細點，在這一帶，長得像我這位朋友的。」

「沒見過。」

「她很可能也是比利的朋友。」

「不認得。」

「妳確定？」

「長得像她的女人？從來沒見過。」

「妳可曾聽過蘿絲這名字？」

「從沒聽過，快告訴我比利的事。」

「我還沒和他見面，」李奇說：「不過聽說他享有的優惠被暫停了，他缺貨了，除非他先把一個歸他管的問題給解決掉，他還沒解決，這我知道，因為我就是那個歸他管的問題，而我還好端端站在這裡，所以，要是他正巧過來，告訴他我在找他，無敵浩克。告訴他我打算過來拜訪他，把我的樣子好好形容給他聽，那對他可能值二十塊錢，或許還會給妳一些免費優惠。」

「比利從來不給免費優惠。」

「比利是誰？」麥肯齊又問。

他們在車子裡告訴了她，並未和盤托出，仍然撇清他和這事的關係，就好像他只是偏離主題的意外小插曲，他們告訴她裝滿現金的鞋盒子的事，但沒說裝了首飾的鞋盒。

可是麥肯齊是個聰明女人。

她說：「那你們到他住的地方做什麼？」

在她咄咄逼人的注視下，他們只好一五一十說出事情的原委，包括蠍子、波特菲爾和比利的事，布拉摩查到的舊通聯紀錄，以及中村監聽到的語音電郵。

麥肯齊說：「換句話說，蘿絲和毒販、毒蟲，還有冰毒和海洛因這些東西牽扯不清已至少兩年，而且越陷越深，甚至和一個被熊咬死的人同居。」

沒人回應。

麥肯齊平靜地問：「她染上了毒癮？」

他們把裝有首飾的鞋盒的事告訴她。

她哭了起來。

22

他們開車回到舊農莊，也就是麥肯齊的租車有如懷舊風景中的一個浮誇紅色污點，斜斜地停在那兒的地方。

她說：「目前我擔心的是事發時間的問題，她的梳子遺失起碼有一年半了，這點可以確定，或許還早了好幾個月。所以很可能是兩年前出的事，甚至更久，可是她的戒指直到六週前才離開懷俄明，難道這沒有一種最後門檻的感覺？像到了最後階段？」

李奇說：「妳在搜索過程中可曾聯絡軍方？」

「他們什麼都沒說，軍方有他們的隱私考量，要不是情況特殊，我肯定會為他們喝采。」

「我曾經打電話到一個熟單位，用了點小手段打聽，他們知道的也不多，他們留有她在西點期間的紀錄，她表現得非常優異。」

「我記得。」

「他們握有她被部署的紀錄，伊拉克和阿富汗，總共出了五次任務。」

「了解。」

「他們也有她獲贈勳章的紀錄。」

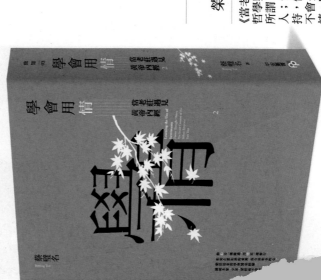

跨越千里的旅途，穿越千年的思念，
絕世凶命的盡頭，是否還能看見幸福

雲空行 肆

張草──著

華文世界最顛峰的奇幻武俠史詩，
終於迎來震撼大結局！
月亮熊、孤泣、許榮哲 不容錯過推薦！

跟隨前世的呼喚，雲空遠渡重洋，來到了陌生的異地──南洋。他離開成長的故鄉，只為追尋記憶中的倩影。千年之前，蚩尤失去了辛；百年以前，朱彥追丟了紅葉；死生流轉，雲空總算能在這一世，與心愛的她重逢。但他的到來，卻早已為當地的「非人」世界投下變數，不管是遊走明闇的鄉野巫者、出入無形的獵頭人，還是隔岸觀火的山精水神，都將隨之捲入未知的因果激流中。而當他的記憶逐漸清晰，千年以來不願面對的殘酷事實，也終於找上了他……

我討厭謊言，但是，不是所有的謊言都是傷人的。

看得見謊言的我，愛上了不說謊的妳

櫻井美奈──著

藤倉聖永遠不會忘記，第一次看見「謊言」的模樣。當喜歡的人對自己說謊時，身體就會發出耀眼的光芒。聖從小就因為這種特殊能力而感到痛苦，並下定決心：絕不喜歡上任何人。高二那年春天，聖認識了轉學生晴夏，兩人因為貓咪的話題而逐漸拉近距離。聖沒有看到晴夏發光，但這究竟是代表自己沒有喜歡她？還是晴夏沒有對自己說謊？聖就在這樣矛盾的心情中擺盪不已……

日本「全國學校圖書館協議會」選定圖書！
特別收錄約500張超精美插畫！

圖解日本懷舊道具百科

岩井宏實──著　中林啓治──圖

我們在日常生活中一定會使用到各式各樣的「道具」，而從這些杯碗瓢盆、生活什物中，不僅反映了時代變遷的軌跡和歷史文化的縮影，更凝聚了前人無處不在的智慧與巧思。本書即透過充滿「古早味」的有趣道具，深入淺出地帶你了解日本文化和庶民生活。現在，就讓我們跟著日本民俗學專家岩井宏實教授

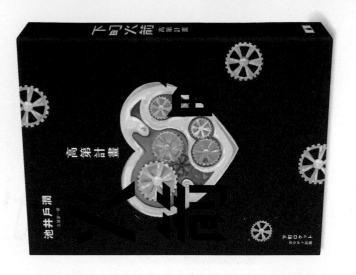

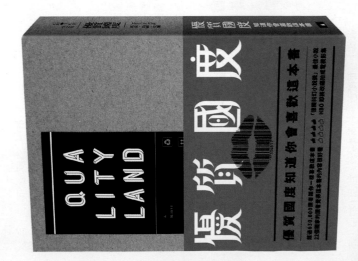

「我不知道她得過勳章。」

「她得過一枚銅星勳章。」

「怎麼得的？」

「根據規章，銅星勳章是頒贈給那些在戰區有英勇事蹟、非凡成就或優異勤務表現的傑出官兵。」

「我不曉得。」麥肯齊又說。

「她還得過紫心勳章。」

麥肯齊久久不語。

她先是說：「怎麼得的？」

接著又說：「哎，糟了。」

李奇沒把規章內容唸出來。會讓人不忍。頒贈給任何受傷、陣亡，或者任何已經或可能傷重死亡的武裝部隊成員。

麥肯齊說：「有多嚴重？」

「很難說，」李奇說：「如今這只是一種勳章名稱罷了，很多人得過，事實上我也得過一枚，老實說這東西得來不易，大多數都會留下一個印記，可是你會痊癒然後繼續往前，幾乎都是這樣的，有一大部分的人是如此，不見得都是噩耗。」

麥肯齊說：「伊拉克和阿富汗就只有噩耗。」

她望著前方那輛時髦的紅色轎車。

她說：「我不回去，我要留在這裡，她就在附近，你自己也這麼說過，她惹上了麻煩，說不定少了一隻胳膊，說不定成了一個無處可去、沒東西吃的殘障退伍軍人。」

她要他們跟她一起回租車門市，然後帶她去看比利的房子。

中村帶著她的筆電通過走廊走向副局長的角落辦公室，她把攔截到的語音電郵播放出來。**蒙大拿剛剛捎來口信，他們專程派了個騎士過來，有個聯邦探員到他們那裡去問東問西的，他剛離開比靈斯。**

她說：「我見過蒙大拿派來的騎士，他四分鐘前才來過。」

副局長說：「這對我們的調查進度有什麼幫助？」

「我那位實驗室的朋友在預測電話號碼方面非常準確。」

「他想要什麼，榮譽勳章？」

「拍拍背鼓勵一下。你知道，偶爾探頭打個招呼。」

「妳想要什麼？」

「如果能知道他們派了什麼樣的探員到比靈斯就好了，還有是誰捎了口信給蠍子，是附庸、集團成員、生意合作對象，或者只是同在一條船上的好心人？」

「關於這方面妳要我怎麼做？」

「打電話給比靈斯警局，問他們昨晚進城的是誰，他們會知道的，因為對方會事先知會他們。」

「接下來這傢伙會到懷俄明去？妳倒是告訴我，我幹嘛管這閒事？」

「因為蠍子被踩中一根觸角，如果我們能知道他畏懼的是誰，也許我們就能追查出他究竟在搞什麼鬼。」

副局長透過一扇關閉的小門向他的秘書叫喊，要她查一下蒙大拿州比靈斯警局的隊長、行政長官或其他高層人員的電話號碼，撥打過去，然後轉到一線。

他們在傍晚到達比利的住處，太陽落向遠方的山脈，叉角羚羊投下超過牠們身長的影子，色彩變得不同了。

房子仍然是空的。

他們從廚房門進去，上樓來到那間使用過的臥房，到了衣櫃前。李奇把兩只鞋盒放在床上。麥肯齊的手指颯颯翻動著一疊疊現鈔，然後撥弄著那些首飾，指甲探入叮叮噹噹的金屬堆中，撈起細得像髮絲的鍊子，隨手把一些高中紀念戒扔到一邊，還有類似黑道大哥戴在小指的那種有著黑色彩紋瑪瑙戒台、周圍裝飾著碎鑽的黃銅色圖章尾戒。

她說：「那家當鋪的櫥窗也像這樣？」

「一樣。」李奇說。

「可憐的蘿絲。」

「妳對這一帶熟嗎？」

「我知道拉勒米，至少以前知道，那時候這裡全都是鐵路用地，鐵軌鋪設前他們用騾子載貨，或許才有這個地名吧。」

「沒有老友或親戚住這裡？」

「這條路一年當中有七個月是關閉的，對我們來說這裡彷彿另一個世界。」

「沒有她認得的地方？」

「長大後或許知道一些市區的酒吧和餐館，可能還有幾家商店，有時候我們會到大學去，聽音樂什麼的，可是我不認為現在她會想要住在那一帶，我們畢竟已經三十五歲了。」

「所以到底是哪裡？」

「忘了我說的，別管熟悉感的問題，我錯了，我太心急了，想到什麼就說什麼。說不定她反而會往不熟悉的地方去，某個她根本不熟悉的地方。」

「她對懷俄明很熟悉。」

「沒錯，所以兩個因素都得考慮，熟悉和不熟悉。」

李奇察看臥房窗戶外的景觀。泥路上塵土飛揚，一條長長的煙霧，盤旋飛捲著，在逐漸朦朧的天光中顯得紅豔無比。它的前端有個小點，在夕陽餘暉中閃閃發亮。

還剩大約六分鐘。

「往這兒來？」布拉摩說。

「也許，」李奇說：「也許不是，但願是。我希望那是比利，他知道蘿絲住哪裡，別的不說，起碼替她的車道鏟過積雪。」

「他說不定帶了獵鹿槍。」

「他聽過那通語音電郵了嗎？」

「我們還沒查證，我猜之前他可能回來過，快速進出，我們畢竟離開了好幾小時。」

「好吧。」李奇說。

「你打算怎麼進行？」

「當然是在屋內解決，最好是在樓下，樓下壁爐裡有一支火鉗，我往那個方向移動，你走另一邊，努力找找，看有沒有牛排刀，通常放在餐具櫃抽屜裡。」

麥肯齊說：「我該怎麼做？」

「妳去察看一下手機還在不在，在後廳的桌上。如果還在，螢幕應該會顯示有一則新訊息，那是布拉摩先生之前發現的最後狀態，如果手機還在，但是螢幕空白，就表示比利回來過而且聽過電郵了，但是為了某種原因還是把手機留在家裡。妳去看一下，告訴我們是哪種情況，用力大喊幾聲，這樣我們便了解面對的是什麼狀況，我們便了解該用多少力道對付那傢伙。」

「如果真是比利的話。」布拉摩說。

「凡事要樂觀。」李奇說。

他們下樓，李奇帶頭，轉往左邊，接著是布拉摩，轉往右邊，麥肯齊殿後，繞到後面的小起居室。李奇從正面窗口眺望。塵埃更近了，被夕陽照得透亮，還剩四分鐘左右。他移往壁爐，拿起火鉗，足足有一碼長的鐵棍，末端有個搭便車客大拇指形狀的鉤子。

麥肯齊大喊。「手機還在，螢幕顯示有兩則新訊息。」

李奇愣了一下。

接著朝她回喊。「聽一下第二則。」

他聽見遠處的手機聽筒傳出第一則訊息被略過的靜電沙沙聲，接著是第二則播放時更多的沙沙聲，他猜它那吁吁喘息的節奏很可能帶有某種急迫性。

麥肯齊大喊。「亞瑟蠍子又傳了一通語音電郵給比利，他們接獲警告，說有個聯邦探員正離開蒙大拿，前往不明單位，蠍子要比利回電給他，似乎很火大。他說，別再讓我操心了，比利，口氣不太好。」

布拉摩說：「要不是ＡＴＦ（煙酒槍炮及爆裂物管理局）就是緝毒局派在蒙大拿的人，這兩個單位在西部都設有工作小組。」

李奇說：「我才不管。」

他們等著。

從屋內的深濃陰影看出去，李奇發現一輛貨車穿過樹林往上爬，出現在坡頂的車道上。不是貨卡車，是一輛雪佛蘭郊區（Suburban）休旅車，大型車，黑色，但蒙上了旅途勞頓的紅色塵土。基本規格，廉價車輪，車輪鍍鉻的部分不多，車頂中央裝了零件市場買來的天線。

車子嘎嘎輾過泥地，在距離布拉摩那輛豐田不遠的地方停下，一名男子下車。這人長得壯碩但個子不高，約莫五十歲年紀，里程表上累積了不少跋山涉水的哩數。他穿著灰色法蘭絨長褲和運動套裝外套，舉止散發著優雅，也許曾經是運動員，以他的體型看來，可能是田賽而非徑賽，也許是擲鉛球或鐵餅。

目前替政府辦事。

他的長褲、外套和車子清楚說明了這點。

「大家不用緊張，」李奇大喊：「降到Defcon（戰備狀態）二級。」

麥肯齊回喊。「什麼意思？」

「我們打算和那傢伙談談，暫時不會有任何動作。」

「是比利嗎？」

「我想應該不是。」李奇說。

男子下車踏上泥地，將外套垂尾拉平，端起肩膀，朝門廊走過來。他邊走邊掏出證件皮夾，握在手中，李奇看見他外套底下有肩帶，肩式槍套的。

他們聽見門廊地板傳來腳步聲，接著有人叩門。

23

布拉摩開了門，李奇和麥肯齊站在他背後，開政府用車的男子高舉著一張聯邦證件，一枚有著老鷹盾牌的老舊金色徽章，以及類似駕照的塑膠卡片，但是上面印有美國司法部緝毒局幾個字。照片是他本人沒錯，稍微年輕點，頭髮梳理得整齊些，領帶也打得比較緊實，證件顯示他的名字是科克・諾博，職級是特別探員。

李奇實在忍不住。

他說：「聽來像連環漫畫的書名，緝毒小子科克・諾博。」

沒有回應。

「你八成沒說過這說法。」

諾博說：「你是誰？」

他們輪流介紹自己，只報姓名。

諾博說：「你們在這裡做什麼？」

李奇說：「我們在等一個名叫比利的人，他住在這裡，我們有個問題想請教他。」

「什麼問題？」

「我們在找一位失蹤女性，我們認為他知道她的下落。」

「什麼樣的女性？」

李奇打從心底不認為諾博幫得上忙，但是他足以礙事，如果他想的話，他替政府工作，他有一枚老鷹徽章，他有一本厚厚的規章手冊。

於是李奇老老實實說出事情經過，也許多少意識到這位聯邦單位來的聽眾，也許有點刻意讓故事往循環論證的角度偏移，不只讓各個參與者的職業背景顯得正當，甚至非有他們參與不可，同時也讓他們免於遭到任何譴責，因為他們的身分。例如，一個得過銀星和紫心勳章的退休陸軍少校，夥同一個年近七十的退休調查局探員——目前在一個人口稠密的州合法經營私家偵探業務——共同搜索另一位退休陸軍少校，這位少校則是得過銅星和紫心勳章，聯邦探員對這種事不會有意見，除非他們認為他們的公職生涯是個屁。就算他們有話說，眼前還有這位孿生姊姊，關係緊密到不行的親人，就像潑灑在犯罪現場的漂白水，轉瞬間證明了一切，尤其是臉和頭髮。諾博是個男人，他心裡想的不會是法律細節，他會想，這等尤物竟然有兩個？

李奇盡可能敘述得委婉。

他終於說完了。

諾博說：「你的問題得不到答案的。」

「為什麼？」

「因為比利不會回來了。」

「為什麼？」

「說來話長。」

那人通過走廊，抬頭看著樓梯，他看看天花板，又看看牆壁。他繞來繞去，伸長脖子，像一個準備提出報價的承包商。

他說：「你們看過冰箱沒？」

李奇說：「幹嘛？」

「找吃的。」

「沒有。」

諾博走向廚房。看了看水槽裡的碗盤，打開冰箱。他回頭，像在數人頭。他說：「我們可以一起吃培根和蛋，裡頭還有啤酒。」

麥肯齊說：「你打算吃比利的東西？」

「首先，這已經不是比利的東西了，再者，我必須這麼做，只要這房子裡有食物，我就不能請款。」

「向誰請款？」

「到頭來，你們，」諾博說：「納稅人，我們這是在替你們省錢。」

「所以是我們逼你吃嫌疑犯冰箱裡的食物？」

「這是你們的冰箱，也是我的，這房子已經在今天下午兩點鐘成為聯邦財產，被政府查封了。」

「比利到底在哪？」

「這部分解釋起來最花時間，」諾博說：「先吃點東西再說。」

到了這年紀，經歷過無數大風大浪，照理說李奇生命中已不會再有讓他感覺新奇精采的事發生了，可是怪得很，在比利廚房裡吃的培根和蛋卻讓他有這感覺。幾個人感覺像共犯，或流浪漢，困在機場過夜、臨時湊合的一夥人。他們彼此並不熟識，有點像幾名頭等艙的旅客，一起搭計程車前往鄉村旅館，麥肯齊找到幾根蠟燭，把它們點燃。這時突然有了電影開場的氣氛，片頭的場景，一夥人莫名其妙湊在一起，搞不清楚狀況。

諾博負責料理，邊聊著海洛因，那既是他的生計來源也是他的興趣，他對它的歷史瞭若指掌，它曾經是一種合法成分，很多東西都含有，包括許多至今仍廣為人知的有名產品，有海洛因咳嗽糖漿，有孩童專用的咳嗽糖漿。含量更多，而非更少。醫生會開海洛因給難搞的小嬰兒，還有支氣管炎、失眠、神經緊張、歇斯底里和各式各樣的憂鬱症，病患愛死了，絕佳的保健用品，數百萬人上了癮，企業輕鬆賺進大把鈔票。後來大家變聰明了，到了一次大戰之初，合法海洛因已成為歷史。

可是企業界始終沒忘，沒忘了這錢有多麼好賺。說到這裡，諾博把奶油融化在炒蛋鍋裡。他讓湯匙停在半空，像是為了強調重點。他說，要知道，緝毒局探員說這些是一種主動性義務，我們很清楚是誰給我們惹的麻煩。

企業界花了八十年，總算重拾海洛因事業，這次改走旁門左道，這個時期海洛因本身只有負面公關，和社會底層的渣滓還有一票過世的搖滾歌手牽扯不清，有點可悲，於是他們做了人工合成版，化學複製品，就像同卵雙胞胎，諾博看著麥肯齊說。一模一樣，可是取了長而乾淨的名字，潔白又閃亮，幾乎不輸給牙膏，他們把它加在小巧的白色藥片裡。有什麼用處？讓你過癮，孩子，讓你爽上天。可是他們不能在包裝上明說，因此他們說是止痛用的，每個人都會疼痛，對吧？

不見得。原本不是，當時疼痛還不構成問題，先得成立一些協會，贊助他們研究基金，說服一些醫生，取得專利權。最後這些都順利推動了，於是疼痛變成一件大事。只是一種自述症狀，檢查不出來的，可是突然間變得和所有病症一樣站得住腳而且意義重大，結果，美國充斥著成千上萬噸用錢包大小的鋁箔泡殼包裝的海洛因。

故事說到這裡，他們已經在吃東西了，諾博則是滔滔不絕，像在學院給學生上課。他再度停住，餐叉舉在半空，然後說：「我要先強調兩件非常重要的事，首先，這些東西大部分都基於正當理由到了真正需要的人手中，這點沒人會否認，它確實有很多好處，但是同樣地，沒人能否認也有不少遭到濫用，產生許多危害。因為，第二，我們絕不能低估嗑毒快感的吸引力。據我了解，那真的是一種美妙的經歷，聽他們談論那種狀態，簡直幸福到了最高點，對某些人來說，它正中他們的需求，甚至讓他們的人生整個改觀。」

他停住，喝了幾口比利的啤酒。

他說：「我說的這些都是普通人，典型的美國人，愛聽電台球賽廣播，還有鄉村音樂，而不是死之華樂團（Grateful Dead）的迷幻搖滾。他們受到白淨小藥丸的引誘，它真的讓他們爽翻了，或許是一輩子從沒體驗過的，他們都只是一般人，可是很聰明，很快地他們便找到更能滿足自己的方式，他們找到長效型的藥片，把它磨碎成粉末，然後一次吸個夠，一天幾次，也許三次，接著他們發現貼片型，把它貼在皮膚上，就像戒煙時的做法。包裝上是一長串新名字，其實和你曾曾祖母當年排隊搶購的是同一種東西，一定的維持劑量，可以撐一整天，要的話你也可以貼兩片，或三片。可是用舔的更好，或用吸的，或者把它揉成一團，當口香糖那樣咀嚼。事實上，這麼做效果太好，很容易讓你想要醫生開給你多一些劑量，甚至到了甘願三不五時多花個十塊錢，只求能多要幾片的地步，接著花一百元買一整盒，必要的話；每天如此，必要的話。每天賺個百來塊錢不是難事，不是嗎？到了這時候，這些人已經上癮，無法自拔了，但是他們本身可不這麼想。這種事多少和自尊有關。毒蟲是指別人，馬桶裡有骯髒針頭的。他們吃的是醫藥製品，由一群對著亮光高高舉起優良試管、清澈的藍眼珠放射出無比關懷的戴著口罩的美女在實驗室中製成。他們在電視上看過，在棒球賽局之間的休息時間，但事實上他們在玩命，因為那種貼片不是用來嚼食的，光是去年就有五萬人因此死亡，全是一般民眾，是槍擊犯罪死亡人數的四倍。」

他又停下，吃了一個蛋。

他說：「可是我們就要贏了，我敢說我們已經贏了，至少在我的轄區是如此。我們可以從頭到尾追蹤處方止痛劑，我們可以把不良醫生剔除，訓練其他醫生多留意他們配藥的天數，而且我們還可以銷毀藥廠內部和運輸沿途的失竊品，所以目前黑市實際上已經沒了，而醫藥市場又受到嚴密監控，全面成功。問題是之前的大發利市留下了數以百萬的癮君子，全都是一般平民，別忘了，他們以為洗手間裡的髒針筒不是他們的命運，可是這是一個自由市場，有供需機制，當我們加以打壓，藥丸的價格便上揚，以前賣十元的突然飆到三十元，這是一大危機。突然間，販毒集團從墨西哥運上來的普通海洛因粉似乎成了誘人的便宜貨。別忘了，說穿了其實是同一種化學製品，這些癮君子精算得很，他們一輩子沒花過一分錢買汽車貼紙，而且數字會說話，就算他們把自尊的代價、髒針頭和洗手間等等因素全部列入考慮，白粉仍然是最划得來的。我們解決掉一個問題，卻得面對另一個新問題。」

他又停下，把餐具收在一起，將餐盤推開，然後拿起啤酒瓶喝了一大口。

他說：「可是總地來說，情況依然對我們有利，新問題比較好解決，販毒集團的普通海洛因粉較不好藏匿，追蹤起來比較容易。依我們看，目前販毒系統彷彿吞下了灌腸劑，整個網絡像霓虹燈那樣亮了起來。標準變得較不嚴苛，我們的任務也變得容易，可是並非到處皆然，例如蒙大拿的某些地區，根本沒亮起來，我們沒看見有貨物進入，沒有販毒集團的海洛因粉進入那裡，所以那些癮君子怎麼了？突然戒毒？還是死了？還是有其他人供貨給他們？我很想知道答案，於是跑了一趟，結果沒查出重要線索，只有一個小發現。沿路上，我不經意發現我驚動了某個低階運毒手，這名運毒手和他的一位朋友之間有一項長久的協定，這位朋友同樣擔任低階運毒手，但是屬於另一個組織網，協定的內容是，只要他們當中有誰一發現苗頭不對，兩人便要在第一時間馬上遠走高飛。當然，這是聰明的做法，我猜這兩人應該不是新手，販毒這種事到最後總會土崩瓦解的，遭殃的也永遠是最底層的人，還不如及早抽身，這正是為什麼比利不會回來，比利就是那位朋友，來自懷俄明騾子叉口。他正在風頭上，還有他那位蒙大拿比靈斯的夥伴。」

麥肯齊說：「你認為他們去了哪裡？」

「另起爐灶，」諾博說：「在別的地方。」

「你打算找他們嗎？」

「我們還不會通報國家警衛隊，我們會先把他們的名字和照片納入系統。」

李奇說：「這項協定顯然意味著他們是為同一個組織網工作，而不是不同組織網，一點風聲嚇跑了兩個人，也許看來像分屬兩個組織網，其實是同一樣東西的兩個部分。」

「或許吧，」諾博說：「我對他們了解不多，別忘了，那是一個曖昧不明的組織網。所以我才跑了這一趟，很可能蒙大拿那傢伙只是街頭小毒販，或者在鄉下。很可能比利也一樣，商業學校把這叫做面向客戶，而這些傢伙有些讀過商業學校，不是比利和他夥伴之類的人，而是掌控比利和他夥伴的那些人。」

「所以，你的下一步？」

「我打算找看有沒有乾淨床單，把床鋪好，只要屋子裡有床，我就不能申請住宿費。」

「然後？」

「開始認真辦事，我們這只是在浪費時間。」

「政府多了一棟房子。」

「兩棟，」諾博說：「別忘了，還有蒙大拿比靈斯的一棟，我敢說無論哪一棟，我們都沒辦法賣出去。」

麥肯齊說：「要是你找到比利，能不能讓我們知道？」

諾博搖頭。

「妳妹妹的事我幫不上忙，很抱歉，女士。不過，你們有多少證據？只有一堆臆測，加上樂觀期待。聯邦探員找人一天要花掉數百萬元公帑，他們需要非常充分的理由，你們卻沒辦法提供，你們只有一堆可能，但是缺乏根據。」

麥肯齊沒說話。

諾博說：「但是我祝你們好運。」

24

他們讓諾博獨自留在屋內，開車回到拉勒米，李奇長手長腳攤在後座，麥肯齊直挺挺坐在前座，布拉摩在方向盤前，單手開車。三人一致同意前往前一晚李奇和布拉摩投宿的連鎖旅館，除了沒供應咖啡，它的設備還算齊全。李奇說他找到的那家餐館可以補足缺憾，布拉摩也同意。他也找到了那家，說那裡的早餐美味極了。

「可是接下來呢？」麥肯齊說：「吃完早餐以後要做什麼？我們的下一步是什麼？這下我們什麼線索都沒有了。」

「這都要感謝緝毒局，」布拉摩說：「果不其然把那幫人嚇得鳥獸散。」

「我們掌握的不單是幾個人名，」李奇說：「沒錯，沒找到比利的確有點麻煩，可是其他人比我們更困擾，例如舊農莊附近那位女士，雖然住在那麼偏僻的地方，今天她癮頭犯了，她越來越心癢難耐，她在等比利，可是他不會過去了，她接著該怎麼做？明天她肯定沒指望了，她一定會下山來找人，她會進城來，他們都是這樣的，如果蘿絲是癮君子，她會來找我們的。」

早上八點他們在大廳會合，布拉摩穿著乾淨襯衫，麥肯齊也換了乾淨上衣。李奇的衣服已經穿了一天，但是在他們身邊覺得還可以，淋浴時他用掉了一整塊肥皂，三人步行到餐館，找了張桌位，麥肯齊沒有意見。

她說：「也許六週前小藥丸的價格飆得特別高，她為了買毒，不得不把戒指賣掉。」

「也許吧。」李奇說。

「我希望是藥丸，」她說：「而不是躲在洗手間注射毒品。」

「當然。」

「相信諾博特別探員提到黑市已經沒有藥丸時只是概括地說說，一定還有的。」

李奇沒說話。

麥肯齊說：「這事結束前，我想弄清楚怎麼會發生這種事。」

「也許是我們的錯，」李奇說：「要看她的傷勢有多嚴重，也許只是小傷，但如果是在戰場上受的重傷，以戰亂下的醫療條件來說，她會在吃力的撤離行動之前先接受嗎啡注射，接著或許在送醫院前的傷員分類之前再注射一劑，接著在等待手術之前再來一劑。然後，她會在恢復室中躺個兩週，床邊吊著類鴉片止痛劑，她在出院前說不定已經成了癮君子。」

「這得看傷勢的嚴重程度而定，也許她到現在還會疼痛，也許這是為什麼她需要藥丸，或者白粉，甚至躲在洗手間注射毒品，如果諾博探員說得沒錯的話。」

「妳妹妹穿不穿銀色衣服？」

「怎麼？」

「波特菲爾的鄰居可能看過她搭他的車，她記得看見銀色的東西。」

「當時是冬天嗎？」

「在初春前一個月。」

「有可能穿銀色的冬季外套，顏色和鋁箔差不多，像高科技衣料。」

「她會穿這種顏色嗎？」

「我可能會穿。」麥肯齊說。

李奇想了一下，那頭髮，那雙眼睛，那張臉，穿著銀色鋁箔外套，她的樣子肯定就像時尚雜誌的封底照片。

一模一樣的翻版。

他們開車到大學地理系所，再度查閱了那部地圖巨冊，他們從騾子叉口彎道往西追蹤沿途的住屋。首先是位在泥路以南的比利的房子，接著是波特菲爾的，在泥路以北，接著是他鄰居，在南邊，這幾個地方他們都去過了，再過去還有十二戶人家，泥路的兩側各六戶，前後在山間延伸達四十哩遠，然後泥路便到了盡頭，除了迴轉沒有別的出路。不能說是盆地，也不算是山谷，充其量只是幾座起伏的小山丘，蜿蜒其中的小徑一遇見山脈便中斷了。

麥肯齊說：「你認為她在那一帶？」

李奇說：「她要不和波特菲爾同居，要不經常去找他，然而沒人見過她，或許就那麼一次吧，如果她住在別的地方，她勢必每次都得開車從騾子叉口進出，看過她的人肯定不少，或許連郵局的老先生都見過，可是從來沒人看過她，她一定是從另一頭開車往返那裡的，深入山丘地帶，極有可能目前她就在那裡，不然她還會在哪？」

「她沒有車子，」布拉摩說：「根據懷俄明機動車輛管理局（DMV）的資料顯示她沒有，其他州也一樣。」

「她寄宿在廢棄農莊，要不開人家的車，要不偷一輛，她不在乎車子在誰名下，只要在她需要用車時發動得了就行了。」

「我要去，」麥肯齊說：「回騾子叉口，那裡就像漏斗頸，如果她在山裡，遲早都得出來，我要守在那裡等她。」

「如果我判斷沒錯的話。」李奇說。

「如果你錯了，今晚我們會在城裡找到她，或者明天。」

他們在舊郵局附近停車，坐在車上。這個位置讓他們可以清楚看見從泥路過來的任何人車。就在彎道之前，所有車子到了這裡都會放慢速度，小心翼翼看看一邊，再看看另一邊，然後才轉入左或右側的道路，近得可以看清楚臉孔，剛開始有點怪，李奇猜想他們心中大概都有同樣的疑問，想像不出自己究竟期待看見什麼，他們只能推測，沒了比利，那些犯毒癮的人會被逼出來，可是他們長什麼樣子？李奇看過不少電影預告片，一群活死人，千奇百怪的殭屍。他發現自己期待的是某種可怕的末日景象。

第一個從西邊過來的候選者是一輛一路搖晃顛簸、後面拖著一哩長塵霧的舊貨卡。不是蘿絲・桑德森，開車的是一名像古早傳教士那樣不滿地撇著嘴角的瘦臉男子，也許是癮君子，也許不是，他左看右看，然後轉往科羅拉多的方向。

塵埃逐漸落定。

三人等著。

坐在後座的李奇問麥肯齊。「蘿絲在西點軍校的時候，妳在哪裡？」

她回頭。

「芝加哥大學，」她說：「接著普林斯頓大學，研究所。」

「什麼科系？」

「英國文學，我知道，差別很大。」

「也不盡然。他們有些人現在也能讀西點軍校了，只要老師手指著字母慢慢教。」

她笑笑。

「我不是那個意思，」她說：「我知道蘿絲和我一樣聰明，這是科學事實，我的意思是說她隨時可以動手殺人，我沒辦法。」

「妳們常為這爭執？」

「我們從來就沒起過爭執，我們從來不吵架。可是當時太多事情接連發生，一晃眼蘿絲已經去服役了，那可是不得了的大事，我們可以說用盡一切辦法找她。九年當中她幾乎沒回家過，我一直不知道她在哪裡，我不能去探望她，多數時候連打電話都很困難，況且我還得工作，我結了婚，這就是當時的情況。我們有各自的生活要過，和一般手足沒兩樣。」

「差別只在她準備要殺人，妳沒有。」

「我的意思不是說她想要，或者打算那麼做，這是一個道德議題，如此而已。當時我們十八歲，我並不是說一定會或一定不會，事實上從來就不是這樣的，沒人敢打包票說絕對會或絕對不會，我們會說偶爾，可是她的偶爾和我的不同。她會在我之前扣扳機，這也無所謂，也許我錯了，也許我太天真，令我不安的不是我們作了不同的選擇，我們一直都有許多不同的抉擇；而是她真的在考慮這件事，非常認真而審慎，最後決定，是的，她做得到，確確實實，這想法讓她有了點變化。作了這決定的同時，她也改變了自己，生平第一次，我感覺自已和她不一樣。」

李奇沒說話。

她轉過頭去。

他們繼續等待。

末日恐怖場景的第二個候選者是那個帶草莓派餅去送小西・波特菲爾的女人。他的鄰居，左邊第二戶人家，她開著一輛破舊的吉普休旅車，左看右看了一陣子然後轉往拉勒米。也許想到市場去，也許打算去逛逛水果攤位。

他們看見的第三輛車從他們後方過來，它從雙線公路轉進來，從他們旁邊經過，開始沿著泥路往西走。

是一輛貨卡車。

車子前面裝了用來驅動鏟斗的活塞，用螺栓鎖在車架上。

25

布拉摩使了個徵詢的眼色，麥肯齊和李奇點點頭，於是他發動引擎，把車開上泥路，全體一致的決定，再簡單不過的行動。他們只消尾隨那輛貨卡車，頂多跟到比利的住處。他們的眼睛將一路緊盯著漏斗頸，不管那車子什麼時候突然停下，他們肯定都會和它擦身而過，近得可以觸及，當然也近得能夠仔細打量一番，要是那輛貨卡繼續往前走，那麼他們就順勢緩緩停下然後迴轉，把這輛裝了鏟斗活塞的貨卡當作一次詭異的巧合。

「要是它進了比利的車道？」麥肯齊說。

「也許是一個剛聽見消息的競爭同業，」李奇說：「也許他想要比利的名片盒，也許鏟雪是競爭非常激烈的行業。」

「如果是比利本人？」

「相信那位緝毒小子已經把門鎖給換了，不然就是用膠水或者目前他們慣用的其他方法把它封住，不管哪一種都會讓比利氣瘋了，他會惱火、沮喪到不行，跑回車子去拿獵鹿槍，把門鎖轟開，我們走過去時會發現他拿著槍呆站在門廊上，手指扣著扳機。」

「如果我們也繞進去的話。」

「他還沒聽手機訊息，他會以為我們是摩門傳教士，或其他允許女人加入的組織。」

這時他們已加速趕到那輛貨卡車後方約一百碼的地方，在如此遼闊的地景上，這可以說是超近的追蹤距離，可是由於塵霧的關係，他們隱形了，那輛貨卡車的後照鏡看不見他們。

他們悄悄尾隨著，那群叉角羚羊已移到另一片牧場上吃草，走了兩哩，以目前的速度，不到一分鐘便會抵達。

貨卡車慢了下來，他們看見它從前方的塵霧中鬼魅般逼近，布拉摩向後退。那輛貨卡煞車，亮起信號燈，一直減慢到步行的速度，接著緩緩往左繞了個大彎，進了比利的車道。

「繼續走，」李奇說：「追上去。」

布拉摩看著麥肯齊。

她遲疑著。

李奇說：「他還沒聽過那通語音電郵，根本不知道我們是誰，我們只是三個路人。」

麥肯齊說：「他知道蘿絲的下落。」

布拉摩轉入車道，車道上沒有塵土，這是一條林中小徑，道上全是石塊、砂礫和碎石，這時他們的豐田車藏不住了，他們遠遠跟著，看著貨卡車在他們前方兩百碼穿過樹林，在陽光和樹蔭中忽隱忽現。

「急著回來，真蠢。」李奇說。

「也許他想回來拿錢。」麥肯齊說。

他們一路緊跟著。貨卡車通過最後一段彎道，沒了蹤影，再走五十碼他便會離開樹林。接著走最後一百碼，越過被壓平的紅土到達他的房子。

「在這裡放我下車，」李奇說：「剩下的這段路我準備步行穿過樹林，我可以抄近路，搶在他之前到達。」

「這樣做明智嗎？」布拉摩說。

「比一起行動明智，人多難辦事，目標太明顯了。」

布拉摩把車停下，李奇下了車。布拉摩繼續往前開，李奇看著他遠離，接著迂迴地穿過樹林，開始踏上他希望是筆直通往最接近房子的一棵樹木的路線。接近那裡時，他正好看見貨卡車通過最後一段泥地，在房子附近停下。

他等著。

他看見布拉摩在一百碼外的車道入口停下車子，他那輛豐田完全被遮蔽了，沒露出半點烤漆顏色，沒露出半點鍍鉻光澤，整個車身蒙上一層厚厚的紅土，比沙漠迷彩效果更好。

他等著。

貨卡車的引擎停了。

駕駛座車門打開。

一名男子下車，很年輕，年紀約二十出頭。六呎高，兩三百磅重，或許不止，主要重在脂肪，一個體型臃腫的大個兒，看來相當遲緩笨拙。

不是比利。

比利穿三十二吋腰、三十吋長的褲子，八號半鞋子。

大個兒從口袋掏出鑰匙環，像從沒見過這東西似地盯著看，他帶著它登上門廊，走向門口，他挑了根鑰匙，彎腰對著鑰匙孔。

他顯得很困惑。

他用指尖碰了碰鑰匙孔。

接著他直起腰桿，轉過身來，像是突然認定有人在他背後，也許帶著相機，準備拍給一群小孩看，逗他們開心的。

李奇從林子裡走出來。

他越過泥地，朝布拉摩招手要他過來，門口的傢伙一直盯著他看，沒有動作，仍然一臉疑惑。李奇走上門廊，近看下，那人一派溫和老實，他的體型把他的衣服繃得又緊又光滑，他口袋裡沒有異常的團塊或隆起，顯然沒帶傢伙。他非常年輕，體力上也不構成威脅。或許也不是太聰明。

腦袋裡沒有太多算計。

李奇說：「你是誰？」

年輕人說：「我過來拿東西。」

不算真正的回答，可是李奇沒追問，布拉摩和麥肯齊也走上了門廊。年輕人看著他們，仍然滿臉困惑，李奇看看鑰匙孔，裡頭有一小團黏膠。緝毒小子換掉了一副門鎖，也許是後門的，然後把其他門鎖用黏膠封死。有效，又能替納稅人省錢。

年輕人說：「你們是誰？」

李奇說：「我先問你的。」

「我沒做壞事。」

「告訴我你叫什麼名字。」

「梅森。」

「好，梅森，幸會，你到這兒來做什麼？」

「我過來拿東西。」

「替誰拿？」

「替我自己，比利說要給我的。」

「比利是誰？」

年輕人說：「他是我哥哥。」

「是嗎？」

「同父異母。」

「他在哪裡？」

「我不知道，他又去跑路了。」

「他以前也這麼做過？」

「我印象中有兩次，這次他打電話給我，告訴我他把他的小貨車留在哪裡，說要給我，還有他房子裡的某樣東西。」

「他把車子留在哪裡？」

「北邊卡斯珀附近。」

李奇點了點頭，比蒙大拿州的比靈斯更靠近騾子叉口，比利的夥伴必須大老遠開車來跟他會合。為什麼？肯定是他們約定的路線，他們計畫往東南方走，經過內布拉斯加州，遠走高飛。

他說：「他在屋子裡留了什麼東西給你？」

「我不確定是不是應該告訴你。」

「是不是裝在盒子裡的錢？」

年輕人很驚訝。

「沒錯，」他說：「裝在鞋盒子裡。」

「他要你把錢送去給他？」

「不是的，先生，錢是給我的，他說他已經跟一個有很多錢的人在一起了。」

「在哪？」

「他沒說，他不會說的，不可能。他曾經對我說，梅森，萬一哪天你得去跑路，絕不能告訴任何人你打算去哪裡，連我都不能說。」

「你真的確定他沒告訴你？」

「是的，先生。」

「比利是做什麼營生的？」

「他開鏟雪車。」

「夏天呢？」

「好像是買賣一些雜貨。」

「他都賣些什麼雜貨？」

「就一般雜貨，類似跳蚤市場的東西。」

「他都在哪裡兜售？」

「四處跑吧，只要是有人願意買的地方。」

「你認不認識他的哪個顧客？」

「不認識。」

「你有沒有見過一個和我這位朋友長相酷似的女人？」

「沒有。」

「你知道什麼是accessory（配件、從犯）？」

「放在貨車上備用的東西。」

「這也是一個法律用語，」李奇說：「意思是如果你知道什麼內情，卻不說出來，那麼你也得去坐牢，比利恐怕已經離經叛道很遠了，他在人生路途上作了一些很糟糕的抉擇。政府已經在昨天查封他的房子，一位聯邦探員用黏膠把他的門鎖封死，這就是他們目前的做法，所以我們只有這最後的機會可以幫你了，梅森，要是你知道比利的下落，最好現在就說出來。」

「我不知道比利在哪裡，」這位弟弟說，有點雀躍。「可是不用擔心，過個一、兩年他就會回來的，前兩次也都是這樣。」

李奇看看布拉摩，後者聳聳肩膀；再看看麥肯齊，她點了下頭，她相信這年輕人。

他說：「我要怎麼進屋子？」

「你不能進去，」李奇說：「進去了也沒用，錢早就沒了，今天早上你還沒醒來，它就已經躺在聯邦單位的證物室裡了，不過貨車你可以留著，裝個鏟雪用的鏟斗，開始投入這個行業。」

他們目送年輕人開車離去，麥肯齊待在門廊上眺望風景，右邊是遼闊空曠的平原，舊郵局和煙火商店，還有大約一哩外的叉角羚羊群。那條紅土道路，路面依然平整，依然緩緩拱起，左邊是彷彿小型山脈的起起伏伏的低矮山丘。

她說：「照理說我們應該繼續往前，她不在這裡，她不在波特菲爾的住處，也就是下一站。她不在那位派餅女士的家裡，也就是下下一站，因此照理說我們可以繼續往前走，然後在第四站之前停車，這會比較接近目標，我們後面不會有人跟來，只要注意前方的狀況就行了。」

「這是假定李奇說得沒錯，」布拉摩說：「說不定他錯了。」

「那為什麼沒人見過她？」

布拉摩沒回答。

李奇說：「我猜比利把車子送人其實是鄉下牛仔的作風，他也許只是想確保有人照料他的愛馬，免得發生什麼意外，類似的用意，可是盒子裡的一萬元就是另一回事了，那可是送出一大筆錢，我不認為他真的樂意。我猜他接到蒙大拿的通報時可能正在車上，離家太遠了沒辦法回來拿錢，依照約定他根本沒有多餘時間，他必須馬上趕到卡斯珀去。而且由他夥伴從比靈斯開車過來的方向看來，我們得假定他們繼續往東越過內布拉斯加州，假設他們是在收到蠍子的第一通語音電郵之後出發的，那麼起碼已經是四十八小時前的事了。這時候他們應該已經到達芝加哥，只不過我不認為他們會到芝加哥去，我不認為他們在那裡會覺得自在，我猜他們會繼續往南走，到奧克拉荷馬州去，他們可以在那裡找到營生方式，或者用同樣的法子賺錢。」

「也許吧。」布拉摩說。

麥肯齊說：「可是諾博探員絕對沒辦法作出這樣的推測，因為他怎麼也不可能知道比利把他的車留在卡斯珀，還有我們決定讓他弟弟保有那輛車子。」

布拉摩說：「我們決定的？」

「沒什麼好難為情的，我相信這完全是基於一片善意，創造工作機會是件很棒的事，可是我希望諾博探員能試著去尋找比利，因為我覺得他一旦找到了就會通知我們。他有什麼理由不這麼做？我認為我們應該打電話給他，把奧克拉荷馬的事告訴他。」

「那只是推測罷了。」布拉摩說。

「有事實根據的，」她說：「而且是諾博沒能掌握的。」

「他或許會有不同的推論。」

「起碼讓他有個機會。」

「妳真要打電話給他？」

「我覺得我們應該這麼做。」

布拉摩看著李奇。

李奇說：「畢竟他曾經下廚請我們，按理說我們也該傳個簡訊什麼的給他。」

布拉摩掏出他的玳瑁邊框近視眼鏡，和一本小筆記，用大拇指把它翻開。

李奇說：「你有諾博的電話號碼？」

布拉摩說：「只是西部分局的總機號碼。」

他撥打號碼，然後開始玩電話捉迷藏遊戲，一次又一次反覆報上人名，變換著各種說法。科克・諾博特別探員，諾博特工，科克・諾博。最後肯定是本人來接聽了，因為布拉摩提醒對方自己是誰，還提到培根蛋晚餐，接著他說目前有極為充分的理由可以相信，兩個亡命之徒已經前往奧克拉荷馬。

顯然諾博要求和李奇說話。

布拉摩把手機遞給他。

諾博說：「關於波特菲爾，遇上麻煩了。」

26

諾博說：「我照著你告訴我的逐字打成稿子，然後帶入我們的某個程式中，這個程式會自動把資料和我們現有的檔案進行核對，看我們是否已經透過其他管道掌握了這些名字，結果發現西摩・波特菲爾這個名字被封鎖了。我到處搜查，總共找到三個和這個人有關的檔案，全都被鎖定，全都需要高階密碼才能開啟。」

李奇說：「你們會替什麼樣的人建立類似的檔案？」

「消息來源，」諾博說：「這是安全措施。」

「有意思。」

「我要知道波特菲爾是什麼人。」

「他有一間非常高級的廚房。」

「我要你把知道的全部告訴我。」

「我對波特菲爾一無所知，他常穿牛仔褲，對室內裝潢頗有品味，可是說真的我不在乎，我插手這事不是因為他的緣故。」

「其中一個檔案是關於波特菲爾和另外一個人的，從代碼看來，這第二個人是個女人，我無法讀取這份檔案的日期，不過它的時間排序顯示它第一次被開啟是在大約兩年前，最後一次被人閱覽是在波特菲爾死之前不久的事。」

「有意思，」李奇又說：「這些檔案在你們組織裡頭有多機密？」

「非常機密，可是我不認為它們是緝毒局的原始檔案，我認為是某人為了做人情，把副本寄給我們。」

「誰？」

「這個代碼很怪，不是調查局或緝毒局的人，很像以前我們在哥倫比亞部署特種部隊時用的那種。總之不是很遙遠，而是在相當接近我們總局的某個地方。」

「好吧，」李奇說：「我了解，記得向奧克拉荷馬分局探聽一下。」

他結束通話，向另外兩人轉述對話內容。

麥肯齊說：「這對我們有幫助嗎？」

「不知道，」李奇說：「就算波特菲爾兩年前的身分弄清楚了，也不見得能告訴我們蘿絲的下落，我們不該在這上頭花太多時間，我想我們不妨把車停靠在第四站之前的路邊，到時我可以趁著等待的時間打個電話。」

他們把車停在路肩斜坡上，像拿著測速槍的警察那樣斜斜停在那裡。他們前方還有十二戶人家，沿著四十多哩長的泥路兩側分布，散落得極廣而且不見蹤影，可是沒有動靜，沒有人車出現。李奇向布拉摩借手機，撥打了記憶中那個熟悉的舊號碼。

同一個女人接聽。

「西點軍校校長室，」她說：「我能為您效勞嗎？」

「我是李奇。」

「少校，您好。」

「我想和校長說話。」

「你不知道他的名字，對吧？」

「目前的確是。」

「是辛普森上將，他會很高興你來電的，他有事情要告訴你。請稍候，少校。」

一連串咔嗒咔嗒的轉接聲和死寂，接著校長的聲音傳來。

他說：「少校。」

「上將。」李奇說。

他沒說對方的姓氏辛普森，以防萬一不是，西點的文化充滿各種惡作劇，儘管他並不真的認為接聽電話的女人會陷害他，但小心點總是沒錯。

校長說：「你那邊有多少進展？」

「有一些，」李奇說：「我可能就要追蹤出正確位置了。」

「在哪裡？」

「懷俄明州的右下角。」

「這麼說她回家了？」

「也不是，但距離不遠，我在一個叫騾子叉口的地方的一棟房子裡找到微物證據，她大約一年半前在那裡待過，我感覺目前她應該還在那一帶附近。」

校長說：「有些事必須讓你知道，這或許相當重要，出於好奇，我查了一下桑德森的服役紀錄和醫療檔案，可是進不去，它們封鎖得比暴風天的鴨子屁股還要緊，我想是你的人幹的。」

「我的人？」

「軍警。」

「什麼時候？」

「很難確切地說，不是最近，但幾乎可以確定是在她退役之後，也許兩年前吧。」

「好吧，」李奇說：「現在輪到你猜猜看，我為什麼打這通電話？」

「我怎麼猜得出來？」

「我找到證物的那棟房子，屬於一個同樣在政府單位留有機密檔案的傢伙。事實上有三個，其中一個檔案頭一次開啟是在大約兩年前，而且顯示有個女人牽涉其中，顯然這些都不是原始檔案，這個單位的人認為是其他單位為了做人情，將副本傳給他們。」

「他們知道是哪個單位嗎？」

「他們暗示是五角大廈。」

「這真有意思，」校長說：「你也知道我會這麼覺得，不過你打電話給我不會只是為了逗我開心吧，你有事情要請託我。」

「你在那裡有熟人嗎？」

「有幾個。」

「他們欠不欠你人情？」

「這事得要他們冒多大風險？」

「不多，這事在一年半前就冷卻下來了，早成了陳年舊事。況且他們也不需要一五一十托出，只要確認一下桑德森是否就是和本案屋主共同被列入檔案的那名女子，這位屋主名叫西摩・波特菲爾，他的社會保險資料應該會顯示，有個郡警長在去年初春前後通報他死亡的紀錄。」

「他死了？」

「這裡是懷俄明，他被熊咬死了。」

李奇拼出波特菲爾的全名。

校長複述一遍。

「謝了，校長，」李奇說：「你可以回電到這個號碼找我，我的夥伴布拉摩先生會接聽。」

「謝謝你，少校。」

李奇說：「校長，你姓辛普森嘛？」

「沒錯，」校長說：「尚恩，辛普森。」

「是的，長官。」李奇說，純粹出於習慣。

他按掉電話，把手機還給布拉摩，布拉摩把它接上充電器。

他們在路肩等了一小時，沒看見任何來車，只有一小群大角鹿，從山壑一側的樹林子出現，走進另一側的林子裡。頭頂，幾隻搜尋獵物的黑鳥高高盤旋在空中。路面空蕩蕩的。

「抱歉，」麥肯齊說：「我又錯了，每個點子都看似好點子，直到它破功。」

「反正我們也沒有更高明的點子。」李奇說。

「也許我們沒看見她反倒是件好事，表示她不需要比利販售的東西，也就是說她沒事，是有人偷了她的戒指，妳自己也這麼說過。」

「最佳狀況。」

「偶爾也會發生。」

「偶爾。」李奇說。

「多常？」

「比沒有多，比經常少。」

「等等。」布拉摩說。

他指了指。

前方的路上有一縷塵霧。在遙遠的西邊，高聳的地平線上，塵霧的前端有一個小圓點，被煙霧遮住，但是正火速接近中。

他們等著，圓點越來越大，煙霧在它後方飛旋呼嘯，猛烈且不斷地一次又一次重新生成，完全就是降落傘的形狀，但是長了不知多少倍，受了某種內在空氣動力的制約而凝聚在一起，最後終於軟化，屈服於風和重力，冉冉飄回大地。

他拔掉手機的充電器，準備拍照。

「預備。」布拉摩說。

他們等著。

一輛休旅車飛馳著一閃而過，舊車款，方方正正，老舊又古板，布滿鐵鏽和一層厚得像被烤乾了的紅色塵埃。它的車窗玻璃狀況也很糟，前擋風玻璃除外，這片玻璃有兩道雨刷形成的模糊弧形，這裡的塵埃薄一些。透過這兩個地方，他們飛快朝車內瞥了一眼。

只是一丁點暗淡朦朧的印象。

一個退縮開去的嬌小身影。

銀白色。

27

布拉摩將車子甩離路肩然後追了上去，就像高速公路上的巡警，前方的車子仍然快速移動著。這條道路沿途有許多筆直的路段，忽而降落到山谷，再爬上圓丘，蜿蜒著消失在山間，但是那條塵霧始終在那裡，為他們指引方向，他們的豐田大車一路咆哮前進，啪嗒啪嗒努力攀越崎嶇不平的地表，同樣飛速行進著，但是他們的目標絲毫沒有慢下來，甚至還加速前進，有時候兩輛車之間的塵霧一直飄到了半哩遠。

然後它不見了。

豐田車鑽出一條長長的高速彎道，穿過最後的煙霧，來到空氣清新純淨、空間明亮空曠達數哩遠的地方。

沒看見那輛休旅車。什麼都沒有。

在他們後方，中斷的煙霧在空中飄搖，飛離了路面，消失在灌木叢裡。

布拉摩停車。

「她突然拐彎了，」李奇說：「農場道路上沒有粉塵，那裡頭是什麼？」

布拉摩轉了個U形彎，到了對面的路肩，繞回原處去察看。

「左邊的車道，」麥肯齊說：「大概吧，我也搞不太清楚。」

「派餅女士，」李奇說：「波特菲爾的鄰居，昨天我們才來過，當時差點錯過了。」

「可是派餅女士出門去了，我們親眼看見的。」

布拉摩把車轉入小徑，往前開，和前一天一樣，但是快一些，起伏彎折地通過許多樹林，跑了三哩多的路，在這當中他們沒看見遠方有任何人車，接著和之前一樣，突然間樹林變得開闊，豐田車瞬間進入一片平坦的土地，這裡有著遼闊的東向景觀，還有一棟以棕色板材搭建、老舊的木造門廊上擺著舊教堂長椅的單層樓房子。

那裡什麼都沒有。

沒有風塵僕僕、結了層厚厚紅土的舊休旅車。

沒有任何活動。

沒有半點聲音。

麥肯齊說：「肯定還有別的路可以進來，就像昨天我帶你們看過的那些人家。」

布拉摩繼續往前開，起起伏伏兜著大圈子，繞著屋子四周，繞著附屬建物的四周，一路緊貼著林木線，他們發現有三條不同的林中小徑持續往前深入樹林。一條往正西方，一條往南，一條居中。這些路感覺像是登山客或獵人用的步道，全都被踩踏、磨蝕得厲害，全都纏結著樹根和石塊，全都映著柔和的斑斑陽光，全都蜿蜒著消失在遠方。

全都十分狹窄。

可是足夠讓一輛方正的舊休旅車通過。

難說它究竟是從哪一條進去的，泥地全都乾透了，到處都有輪胎痕跡，泥土印子也都完好。

「想賭一下嗎？」布拉摩說。

「白費工夫，」李奇說：「這些小徑左彎右拐的，咱們根本沒有勝算，況且你的車子比她的大，會被卡住。」

「如果真是她的話。」布拉摩說。

「就假定是吧。」

「她走哪一條路不重要，」麥肯齊說：「問題是她為什麼要去，出了什麼事？」

「我們嚇著她了，」李奇說：「我們守在路肩等候，我們說不定是州警，她不想被我們逮到，於是偏離公路，循著某一條只有她知道的偏僻森林便道溜進山裡，現在她一定正藏在某個地方，思索著下一步該怎麼做。」

「哪裡？」

「從這裡過去大約一千平方哩的範圍，在一個我們絕對找不到的位置。」

麥肯齊沉默了會兒。

接著她說：「你們看見銀白色沒？」

布拉摩說：「有印象。」

「你認為那是什麼？」

「外套，」布拉摩說：「有帽兜的。」

「可是很緊身，」李奇說：「感覺像運動員穿的，起跑前得脫掉的那種。」

「看來像鋁箔嗎？」

「多少有點，」布拉摩說：「尤其飾條的部分。」

麥肯齊說：「她為什麼不希望我們追上她？」

「她不知道是妳，」李奇說：「她沒看見妳的臉，她的車窗玻璃積了灰塵，我們的也一樣，而且當她迎面過來，她正轉頭對著另一邊，那不是出於情感的決定，而是非常實際的，她以為我們是警察。也許她是不方便讓警察察看她車子內部的那種人。」

「如果那真的是她。」布拉摩說。

「因為她有毒癮。」麥肯齊說。

「最糟的狀況。」李奇說。

「有時也會發生的。」

「比沒有多，比經常少。」

「你偏向哪一種？」

「凡事要從好處著眼，從壞處著手。」

「說正格的。」

「我在想西摩・波特菲爾，」李奇說：「我們假設比利接收了他的業務，而這種情況往往會在不久後引發某種激烈的事業擴張，這似乎正是當初業務換手的原因所在，完全是因為別人看見了新的機會。再說這種生意本來就不太可能越做越小，只會越做越大。因此，純就理論來說，基於各種理由，我們可以預期執法機關會把現在的比利看得比以前的波特菲爾重大得多。可是那位緝毒小子幾乎已經告訴我們，他對比利這類人根本不感興趣，他說他會把比利的照片納入系統，這麼做跟放了他沒兩樣，因為找他問話太無趣了。然而另一方面，比他更無趣的西摩・波特菲爾卻在五角大廈列有封存檔案。

布拉摩說：「或許沒什麼，說不定他曾經和中美洲有某種微不足道的關係，軍方什麼事都記下來，他的檔案裡說不定只有一個字，你也知道這是怎麼回事，搞不好當時你還在軍中。」

「為什麼一個字的檔案會被封存起來？」

布拉摩說：「不知道。」

「我們對波特菲爾到底了解多少？」

「非常少。」

「你對他有什麼印象？」

「就像那位女鄰居說的，一個從別州來的有錢人，來懷俄明尋找自我，或者寫小說。」

「真愜意。」

「那當然。」

「你說你喜歡他的房子。」

「我願意住在那裡。」

「一個人想要的他都有了，」李奇說：「包括大理石廚房流理台，還有在五角大廈的專屬檔案，事實上他在五角大廈有三個檔案，其中一個似乎涉及他在人生最後半年當中，和某個身分不明女子的合夥事業，除此之外還有他屋子那道被敲破的窗戶，看來像是政府單位的人幹的。原本很可笑，這會兒不同了，加上這個人是被熊咬死的，或者山獅，而這兩者可能性都非常低，凡此種種不免讓人對這最後半年——尤其在死前——究竟發生了什麼事產生許多古怪的臆測。也許蘿絲剛才逃走是因為她在一年半前學會了不能相信擠滿人的高級黑頭車，所以順便回答一下麥肯齊女士剛才的問題，目前我稍微偏離了最糟狀況的假設，因為最糟狀況往往非常老套，而這件事似乎比那複雜得多。」

麥肯齊說：「你認為波特菲爾不是你當初以為的那種人？」

「他有可能比那壞上十倍，目前還很難說，這正是有趣的部分，因為這表示他也有可能比那好十倍。」

布拉摩說：「倘若如此，亞瑟蠍子怎麼會知道他的名字？」

「也許是透過比利，比利是波特菲爾的鄰居，和那位派餅女士一樣，鄰居間都會閒聊幾句，說不定蠍子喜歡聽點左鄰右舍的八卦。」

「他在鞋盒裡藏了一萬元。」

「也許是為了在寫小說期間花用。」

布拉摩沒回應，他的手機響了。他接聽，聽了會兒，然後把手機遞給李奇。

「是辛普森上將，」他說：「找你的。」

李奇將手機放到耳邊。

校長說：「波特菲爾待過海軍陸戰隊。」

28

校長說：「檯面下的東西全被封鎖得很緊，不過從社會保險和其他非機密資料看來，去年在懷俄明死亡的西摩・波特菲爾原本是一個常春藤名校研究生，在九一一事件發生第二天投入海軍陸戰隊，他可說是完美的新兵，活生生的宣傳典範。他在第一波伊拉克戰役中到了那裡，在步槍中隊任職中尉，他只待了一個月不到，早早成了傷兵，傷勢不明，他光榮除役，回歸市民生活。當時海軍陸戰隊還有餘力為這類離職官兵提供心理保健諮商。有一份紀錄寫著，波特菲爾似乎很高興能重回學校進修，而且還預期將會獲得一份遺產，包括現金和房地產，因此大家不需要為他過度擔憂，尤其是海軍陸戰隊。接著有很長一段時間政府單位再也沒有他的消息。」

「直到？」李奇說。

「兩年前，五角大廈的某個單位立了一個新案子，和波特菲爾有關的，我們不清楚內容。他們似乎是從他當初的服役檔案中挖掘出一些背景資料，然後就把它封存了，通常這表示事關重大，在這同時他們又立了另一個新案子，和波特菲爾以及一名女子有關，這就是目前我們了解的狀況，就如你說的，三個檔案。」

「那名女子是否就是桑德森？」

「還不清楚，這是檯面下的部分。」

「你會繼續搜索嗎？」

「暗中進行，」校長說：「再聯絡了。」

手機結束通話，李奇把它還給布拉摩。布拉摩把它接上充電器。

麥肯齊說：「有幫助嗎？」

李奇說：「那也許不是她。」

「就假定是吧。」

「也就是說，一名受傷的海軍陸戰隊軍官和一名受傷的陸軍軍官在同一個地方待了六個月，這種事可以朝正反兩面發展。他們可能成了有史以來最慘的毒蟲，或者也可能他們在彼此的精神支援下，沒有陷得太深，也可能他們根本沒碰毒品，畢竟他們都是極為出色的人才，波特菲爾毅然輟學去從軍，蘿絲在西點是前十名，而且出了五次任務，也許他們湊在一起是為了從同類身上得到寧靜平和。」

「那現在她人呢？」

「問題就在這裡，這個問題本身也是答案。」

「很不幸，」她說：「它迫使我們作出結論，這陣子她比較可能是毒蟲而不是出色人才，不然她肯定還會跟我聯絡。」

「最糟狀況。」

「你已經偏離了這種假設。」

「現在仍然是，」李奇說：「仍然抱著最樂觀的期待，我可不可以問妳一個私人問題？」

「直說無妨。」她說。

「妳和蘿絲是什麼樣的孿生姊妹？妳們長得一模一樣嗎？」

她點頭。「我們是同卵雙胞胎，一點都不誇張，比大部分雙胞胎還要相像。」

「那麼我們應該去一趟醫院。」

「為什麼？」

「到了這節骨眼，那些毒癮者一定很難受，我猜其中有些應該有朋友，或許會願意向他們透露心事，我猜其中有些可能會到城裡買毒，其他人則會到急診室去。他們會佯稱自己牙痛得不得了，或者嚴重背痛，總之是檢查不出來的症狀，可是這年頭疼痛是件大事，醫生不能不把他們的話當真，他必須開止痛劑藥單給他們。我們應該去查一下她去過沒有，就像活人版的尋人啟事看板。」

「我感覺像背叛了她，這等於承認她是毒蟲。」

「這是百分比的遊戲，我們總得有個起頭。」

她沉默了好一陣子。

接著她說：「好，咱們走吧。」

布拉摩啟動他的八汽缸大引擎，轉了個大圈子駛向車道入口，他們背離了那片有著遼闊東向視野的平坦土地，和那棟以棕色木板搭建、有著老舊門廊和舊教堂長椅的房子，準備啟程跋涉三哩長的崎嶇山路，接著回到泥路上。

可是就在這時，那個烤了草莓派餅的女人從車道另一頭過來了，住在這裡的女人，駕著她的吉普休旅車從市場回來。布拉摩停車，退後讓她通過，可是她也停了下來，和他們的車子並排，然後按下車窗。

布拉摩也開了車窗。

李奇也是。

女人認出他們前一天來過，戒慎地點了下頭，然後越過他們打量著麥肯齊。

她沒認出麥肯齊來，臉上沒有任何跡象，毫無反應。一模一樣的翻版，活生生的尋人看板。

陌生人。

女人說：「各位有何貴幹？」

李奇說：「我們來確認幾件事，和我們昨天向妳提過的事情有關的，我們不知道妳出門了。」

「你們知道，我在彎道那裡跟你們錯車。」

「我們大概沒留意。」

「你們是私家偵探，應該會留意才對。」

「我們正在找一名失蹤女子，」李奇說：「也許當時分神了。」

「你們想確認什麼事？」

「妳看見波特菲爾的時候，」李奇說：「他有沒有任何傷殘的跡象？」

「我想沒有。」

「四肢健全？」

「沒錯。」

「沒有跛腳走路？」

「我想沒有。」

「說話流利、思路正常？」

「他非常殷勤有禮貌。」

「好，」李奇說：「還有關於那次在泥路上和波特菲爾錯車，妳在他車內看見的東西，能不能再說一遍？」

「我弄錯了，他車子裡沒東西。」
「假設妳沒錯，當時妳看見了什麼？」
她頓了一下。
「當時速度真的很快，」她說：「兩輛車交會，就這樣，風很大，像沙塵暴。」
「就算是吧，」李奇說：「妳看見了什麼？」
她又停頓。
「一個女孩轉過頭去，」她說：「還有一抹銀白色。」
「印象很深。」
「很怪。」
「在那之前妳可曾看過類似的情景？」
「從來沒有。」
「之後有沒有再看過？」
「沒有。」
「妳確定？」李奇說：「也許在另一輛車上？她一個人開車，也許從西邊過來？」
「從來沒有，」女人又說：「你這是在尋我開心？」
「絕對不是，還有一個不相干的問題，妳會不會讓別人借用妳的車道，隨時進出？」
「除了你們？」
「實在很抱歉，」李奇說：「不過平常妳會不會讓別人開車進入妳的車道，並且使用妳家附近的森林小徑？」
「不會。」

「妳從不准人家這麼做？」

「為什麼要？」

「妳會不會偶爾看見有人這麼做？像是陌生人入侵之類的？」

「從來沒有，」她第四次否認：「到底怎麼回事？」

「我們到這兒來的真正原因是，之前我們跟蹤一輛車子，結果它溜掉了，開進妳的車道然後從妳這兒的一條森林小徑離開，我們不清楚是哪一條。」

女人環顧了下周遭。

她說：「從這裡溜掉？」

「以前妳這裡有沒有發生過類似的情況？」

「從來沒有，」女人又說：「怎麼可能會有？再說怎麼可能有人知道我家的小徑通往哪裡？」

西點軍校的人，李奇心想，早在閱讀地圖仍被視為重要求生技巧的年代。

他說：「妳家的小徑實際上是通往哪裡？」

「四通八達，」她說：「你要的話也可以一路開到科羅拉多，你們在追蹤誰？他們肯定是慌了才會打這兒經過。」

「我們研判開車的是個女人。」

「好吧。」

「她看來相當嬌小，而且頭轉開了，我們沒看見她的臉。」

女人沒說話。

「還有一抹銀白色。」

「我的天。」

「和妳以前看見的相同。」

「在這裡？」

「我們一路跟著那輛車進來的。」

「你們會害我作惡夢。」

他們留下她，掉頭沿著車道回到泥路上，接著走雙線公路到了拉勒米，醫院就在大學旁邊，也許是相關機構，急診室有七個病患在等候，其中兩個可能是因為比利不在而折騰著，看來正渾身發抖、冒汗，症狀相當符合。另外五個可能是學生，就像一般候診室裡的病人，七人全部抬起頭來，打量著新來的人。

包括麥肯齊。

沒有認出熟人的跡象。

櫃台的人也一樣。麥肯齊詢問是否有個名叫蘿絲・桑德森的病患，熱心的女服務員查了下電腦螢幕，露出鼓舞的笑容，說他們沒有這樣的病患，同時以一種坦然、率直且充滿同情的眼神直視著麥肯齊。

沒有一點似曾相識的跡象。

麥肯齊離開櫃台，說：「好吧，要不她有幾個可以分擔痛苦的朋友，要不她這會兒正在城裡，努力想要解癮。」

他們開車到了第三街和格蘭大道轉角，一個街區一個街區尋找他們要的商店組合，也就是互相在視線之內的兩家低級酒吧和一家可以用餐的像樣的餐館。他們需要吃點東西，可是麥肯齊不想犧牲監控時間，她想要邊吃邊監視起碼兩個可能有斬獲的地方。因此他們找到一家對街有兩間牛仔酒吧的咖啡館，兩間酒吧都在髒污的櫥窗內掛著霓虹啤酒招牌，他們推測這類地方可能暗藏著某種交易行為。牛仔和普通人一樣喜歡止痛藥，說不定更喜歡，因為競技活動的意外，還有給牲口套索、不時摔下馬背等等造成的損傷。

咖啡館是新世紀風格，提供五花八門的健康蔬果汁，還有李奇猜可能是某個沒長眼的人搭配出來的三明治，各種材料隨機湊在一起，麵包裡有大顆種子，好像摻了滾珠軸承的鋸木屑。

布拉摩到盥洗室去，留下麥肯齊和李奇兩人在桌位上獨處。她脫掉外套，往左右兩邊轉身，好把外套披在椅背上，然後回頭看他，無瑕的淡色皮膚、完美的骨骼、細緻的五官，綠眼珠充滿哀傷。

她說：「我向你道歉。」

他說：「為什麼？」

「我們剛認識時，我說你是古怪的妄想狂，落單的散兵餘勇。」

「我記得這話是我說的。」

「因為你知道我是這麼想的。」

「這不能怪妳。」

「或許吧，」她說：「可是現在我很慶幸有你加入。」

「很高興聽妳這麼說。」

「我應該比照布拉摩的待遇付你酬勞，以日計費。」

「我不想要酬勞。」李奇說。

「你覺得為善最樂?」

「我對善了解不多,我只是想弄清楚究竟怎麼回事,我總不能為了個人的滿足感向妳索費。」

布拉摩回來,三人用餐,望著窗外。

他們什麼也沒發現。

麥肯齊付了帳。

李奇說:「還有一家酒吧,咱們應該去看看。」

「和這兩家一樣?」布拉摩說。

「可能稍微好一點,或許能找到可以聊聊的人。」

他領著他們越過一個街區,朝鐵軌的方向前進,接著繼續走了兩個街區,來到那家用鏡子遮住牆上彈孔的酒吧。之前那傢伙坐在同一個桌位,喝著同一品牌的長頸瓶裝啤酒。熱心的傢伙,或者愛管別人閒事的包打聽,或者滿肚子專業知識的行家,或者三者皆有。他坐的是雙人桌位,因此麥肯齊在他對面坐下,布拉摩和李奇站在她背後。

那人說:「你是那位問我騾子叉口怎麼走的先生。」

「沒錯。」李奇說。

「你找到那地方了?還是你一眨眼錯過了?」

他對著李奇說話,眼睛卻看著麥肯齊,不看也難。又多又亂的頭髮,還有那張臉、那雙眼睛、白色薄上衣底下的嬌小窈窕身軀。

沒有看見熟人的跡象。

死了。」

「找到了，」李奇說：「事實上我在那裡聽到一個消息，說有個人在一年半前被熊咬

那人拿起酒瓶灌下一大口。

他抹去嘴上的泡沫。

他說：「西摩．波特菲爾。」

「你認得他？」

「我兄弟的朋友是替他修理漏水屋頂的師傅，幾乎每年冬天都得去，因為那屋頂蓋得很糟，因此我有一些耳聞。那塊土地很久以前的事我也知道，它屬於鐵路用地，儘管那裡看不見半條鐵軌，被訛詐了，一百多年前發生的事，每隔一段時間就會有某個東部的有錢人繼承了一份產權地契，跑到西部來蓋一棟木屋。以波特菲爾的例子來說，蓋房子的是他父親，他建了一棟現代風格的木屋，我猜這就是屋頂漏水的原因所在。後來他過世，波特菲爾依他的遺囑繼承了木屋，我猜他自認很喜歡單純的生活，因為他在那裡定居下來了。」

「他是做什麼的？」

「他老是在打電話，而且經常開車到處跑，到底做什麼工作，似乎沒人真的清楚，也許只是嗜好，因為他父親的錢全部歸他，家族早年在東部累積的財富，也許是鐵工廠，所以才跟鐵路扯上關係。」

「他是什麼樣的人？」

「他上過大學，待過海軍陸戰隊，不過這位富家子都表現得不錯。」

「他的身體狀況如何？」

那人頓了一下。

他說：「你會這麼問，有點不可思議。」

「為什麼？」

「表面上看來他非常健康，活像電影海報上的主角，可是他房子裡有很多經濟包的外科手術敷料，他的醫藥櫃也塞滿了各種藥片。」

「你兄弟的朋友連這都要檢查？」

「你知道，經過時順便。」

「那裡可曾出過什麼狀況？例如陌生人突然出現之類的？有沒有什麼古怪的地方？」

那人搖頭。

「沒有陌生人，」他說：「也沒出過狀況。而且也沒有任何古怪之處，直到那位神秘女友出現。」

29

拿著長頸啤酒瓶的傢伙說：「大概是前年冬天剛開始的時候，波特菲爾的屋頂又漏水，我兄弟的朋友幾乎每天都在那裡。有時候他會從窗口瞄一下屋內，不久就開始看見她的東西，堆得越來越多，可是他從來沒看過她，要是他必須進屋去施工，有時候她就不在了，就算她在，也總是躲在臥房裡，這點他很肯定。」

「她並非一直都待在那裡？」李奇說。

「有時候他也一樣，她肯定是有自己的住處，我猜他們是兩邊來回跑。」

「可是當她在的時候，並沒有隱藏她的東西。」李奇說。

「沒有，東西就全部攤在那裡。」

「有沒有可能混淆了？也許那全部都是波特菲爾的。」

那人搖了搖頭，說：「我想不會，尤其是睡衣，況且你可以從房間的外觀看出來。男人和女人把房間弄亂的方式不一樣，那裡是兩種方式一起上演，不騙你，真的是這樣。所有東西都成雙，兩個人，水槽裡有兩只盤子，沙發旁有兩本書，床的兩邊都有一個凹痕。」

「顯然你兄弟的朋友調查得非常仔細。」

「屋頂可以覆蓋整棟房子，總之應該是這樣。」

「可是你兄弟的朋友從來沒當面見過她。」

「所以他才稱她叫神秘女友啊。」

「從沒見過她進出屋子，或者出現在馬路上？」

「從來沒有。」

「波特菲爾有沒有提起過她？」

那人把酒喝光，將瓶子放在桌上。

他說：「他從沒否認過。他從來不曾明白表態，說一些像是，喂，順便說一聲，我沒有女友喔，之類的奇怪的話。但是同樣地，他也從來沒說過，對了，我女友正在午睡，不要進臥房，他就只說過，別進去。就這樣，從來不說為什麼。總之，我兄弟的朋友說，在那裡工作實在是奇怪的經驗，就好像波特菲爾在窩藏她，否認她的存在，這麼一來就不會有人跑來找她，問題是這根本說不通，因為她的東西丟得到處都是，我認為男人要是有不良意圖的話，應該會做得更謹慎小心才對。」

李奇說：「你相不相信他被熊咬死的說法？」

「郡警長相信，」那人說：「他說了算。」

「你有疑問？」

「我不在場，可是每個人私下的反應都一樣，這是無意識的。人活在世上，偶爾有那麼一、兩次，你會面對某個人非死不可的局面，這時你會怎麼做。或者你會想，要是事情一發不可收拾，結果有人不該死卻死了，你又該怎麼辦才好。無論是哪一種情況，你都會把他丟到深山的樹林子裡，正是波特菲爾被發現的那類地點，這根本想都不用想。說不定還會把他全身塗上蜂蜜，或者再割斷幾條血管，讓氣味不斷散發出去。也許你運氣好，剛好有大型動物出現，也可能沒有，但是你根本不需要牠們幫忙，因為有幾百種別的生物早就摩拳擦掌，排隊等著替你收拾善後。總之我要說的是，我敢向你保證，每個聽見波特菲爾消息的人都在想，是啊，換作是我也會這麼做，我自己就會。」

「你認為郡警長其實也這麼想？」

「私底下，當然。」

「可是他對外都聲稱是意外。」

「沒有證據，」那人說：「妙就妙在這裡。」

「波特菲爾有沒有仇家？」

「他是遠從東部來的有錢人，相信這些人難免都有仇家。」

「結果那個女人呢？」

「有人謠傳說她還滯留在那一帶，沒人知道究竟是哪裡，也沒人知道究竟該找誰，因為根本沒人知道她長什麼樣子。」

「結果波特菲爾的屋頂呢？」

「郡警長要我兄弟的朋友一次把它修好，絕不能再漏水，因此他在壞掉的板材上覆蓋新的金屬板。其實他一直都想這麼做，可是波特菲爾不肯答應，因為當初建築師的設計圖不是這樣的。」

他們給那人買了一瓶他最愛品牌的啤酒，然後向他告別。他們回頭走向豐田車，車子停靠在那家新世紀咖啡館對街，大約就在兩家酒吧——髒污的櫥窗內掛著啤酒招牌的——之間的半途，離他們較遠的那一側路邊。這時街燈已亮起，天色昏暗，咖啡館也關門了。酒吧裡有些嘈雜，可是店門緊閉。

有三個人在豐田車四周分散著站成一圈，就在大馬路上，投下三道黑影，像是準備抵抗敵人的攻擊，三人全長得精瘦，但相當高大，全都有著粗鈍的大手掌。

他們全都穿著牛仔服裝和靴子，其中一雙是蜥蜴皮。

布拉摩在暗處止步。

李奇和麥肯齊跟著在他背後站住。

麥肯齊說：「他們是誰？」

「牛仔，」李奇說：「他們的斷奶食物是牛肉乾和響尾蛇肉乾。」

「他們想做什麼？」

「我猜是想給咱們一點顏色瞧，這類陣仗通常都有這用意。」

「給我們顏色瞧？我們做了什麼？」

「我們四處打探，問人家關於一個女人的事，而這個女人極可能涉及本地某種不光彩的事業，我們引起他們的不安。」

「我們該怎麼辦？」

「我得跟我的資深搭檔商量一下，看由誰先出面。」

布拉摩說：「你的意思如何？」

「我覺得我們應該一起上，也許我領先一步，不過我要你看清楚他們的臉。」

「為什麼？」

「萬一我打輸了，你可以在我病床邊，向警方描述他們的長相。」

「打輸？」麥肯齊說：「我相信他們只是想找我們談談，我相信那些人一定非常好鬥、惹人厭等等的，可是我看不出有拳腳相向的必要，除非我們先挑釁。」

「妳住哪？」

「伊利諾州森林湖市。」

「好吧。」

「這是什麼意思？」

「現在已經是拳腳相向的局面了，從他們站立的姿勢就可以看出來，不是贏就是回老家。」

「是蠍子派他們來的嗎？」

「這個推測十分合理，」李奇說：「基本上本地這個不光彩的事業是他的，而且還遠及蒙大拿，但同時又完全不合理，要是蠍子稍微受點刺激就能馬上召集三個牛仔帥哥來對付我們，他怎麼會叫比利這個蠢小子躲在樹後面對我開槍？他應該會讓這幾個傢伙出馬才對，也許這是某種地方性的小組織，某種自發性民主，蠍子根本不曉得。」

「你怕他們？」布拉摩說：「剛才你提到會輸。」

「牛仔是最可怕的對手，」李奇說：「馬兒都奈何不了他們，更何況是我。」

他從暗處走出去，穿過幽暗的薄暮走向前去，他的鞋跟鏗鏗踏在水泥地上，布拉摩和麥肯齊從他後面趕了上去。他們走下人行道，斜斜地越過街道，朝車子筆直走去。

那三人有了動作，對著他們往前移動，聚成一團，一人在前，兩人影子似地緊跟在後，李奇在心中和那個格鬥者的永恆困境纏鬥著：何不現在就把帶頭的拿下？就這麼直直走過去，來個出其不意的鐵頭功。

通常是聰明的技巧。

但也並非絕對。

李奇止步，三個牛仔跟著停住，兩方相隔大約八呎距離。近看下，李奇感覺這三人看來相當精幹，其中兩個大約四十出頭，第三個比他們年輕十歲，就是那個帶頭的，穿著蜥蜴皮靴子。

「我猜猜，」李奇說：「你們帶了口信來給我們，沒問題，每個人都有表達意見的權利，我們給各位三十秒，不介意的話現在就開始，說清楚點，方言要記得翻譯一下。」

穿蜥蜴皮靴子的傢伙說：「口信就是滾回你們老家去，這裡沒有你們要的東西。」

李奇搖頭。

「這樣不對，」他說：「你們確定聽清楚口信內容了？說話客氣點，這裡的人很歡迎陌生人的。」

那人說：「我的口信沒錯。」

沒多解釋什麼。

李奇說：「等你說到要是我們不滾就要狂扁我們一頓的部分，再通知我一聲。」

那人沒回應。

李奇盯著他，盯著他們。三人沒有後退，但也沒有往前走。只是杵在那裡，活像一支攻擊計畫受阻的新兵小隊，有東西轉移他們的注意力，不是麥肯齊。的確，在這滾蛋不然就挨揍的緊張攤牌好戲當中，他們盯著她看的時間嫌長了些，可是那眼神是獸性的，不是看見熟人，主要表現在他們的嘴角。

穿蜥蜴皮靴子的人說：「還沒到有人得挨揍的地步。」

「同意，」李奇說：「起碼我的人是。」

「可是你們得放棄才行。」

「回敬你一句，」李奇說：「你不惹我，我也絕不會惹你。」

那人點頭，不是同意的意思，而比較像是聽懂了這話的含義。李奇說：「聽好了，年輕人——」李奇示意那人靠近點，像要對他耳語，像兩個交心的世界級領袖。

李奇將手放在那人手肘上，友好的動作，包容、親密，甚至有幾分詭秘。

他輕捏一下。

他悄聲說：「告訴派你們來的那個人，不管他是誰：這次情況和調查局、緝毒局或煙酒槍炮管理局大不相同，告訴派你們來的人，這回你們面對的是美國陸軍。」

那人有了反應，李奇從他的手肘感覺了出來。他鬆手，雙方恢復相距八呎的陣仗。李奇端正筆直地站著，軍警工作養成的老姿勢，遲早大夥兒都會起暴力念頭，還不如坦然面對，還不如告訴對方，恕難照辦。因此他直挺挺站著，下巴昂起，肩膀後縮，兩手鬆垂，不像馬戲團巨人，但是比普通高個子稍微壯碩一點，足夠引起他們的注意。加上他的雙眼，多數人都覺得好看，只是他可以眨一下眼睛，迅速變換眼神，就像轉換電視頻道，從一個開心的節目，瞬間變成描述百萬年前的史前生存競爭的沉悶紀錄片。接著，突然間他再一次轉換頻道，笑嘻嘻點頭，帶著同享、求情的味道，彷彿像他們這樣的兩個人物顯然不可能真的鬧翻，另外四個人遲早會理解的。

永遠要給對方優雅退場的機會。

穿蜥蜴皮靴的男子領會了，他回以微笑，好像他們只是兩個瞎胡鬧一場的老友，這種事不稀奇，尤其面前有個這麼標緻的美女。接著他轉身，領著他的同伴走開去，李奇則走向對街的人行道，帶著他們繞過街角。那三人上了一輛車頭朝內停靠在圍牆邊的雙排駕駛座大貨卡車，倒車然後離去，它在第一條四線道路左轉，消失了蹤影。

「看吧？」麥肯齊說：「根本不需要動拳頭。」

李奇沒說話。他看著她，又看看街角，那輛貨卡車剛才轉彎的地方。

不太對勁。

錯得不太對勁。

他對布拉摩說：「你有沒有到我們部隊上過訊問課程？」

布拉摩說：「只上過用橡皮管逼供的那個學期，我們學到，訊問的技巧主要在聆聽。他說話的用語很怪，遣詞用字。最後他說我們應該放棄，那是什麼意思？放棄什麼？」

「四處打探，」麥肯齊說：「尋找蘿絲，顯然是。我的意思是說，放棄某樣東西，必然是你原本在做的，而我們一直在做的不就這個？我們沒別的東西可以放棄。」

「哪一類人會在乎我們有沒有找到蘿絲？」

「不一定，我們可能踩中了各類人等的痛腳。」

「哪一類人可能最在乎？」

麥肯齊沒回答。

派你們來的那個人。

李奇腦中響起電話中辛普森上將從自西點軍校傳來的聲音，說不定她不想被找到。

然後他想不對，不可能是這樣。

30

李奇說：「一開始那傢伙說這裡沒有我們要的東西，最後他提到要我們放棄。這是一句客氣但是充滿恫嚇的開場聲明，和一句客氣但是充滿恫嚇的結尾聲明，可是在這當中他拒絕打鬥。我想只有一個理由，他很不安，出現了一個人家沒事先向他說清楚的新的因素，讓他渾身不對勁，他被派來把對手狠狠打一頓，卻突然發現我們是很可能會還手的那種人。這點人家沒警告他，這很怪，因為我們在這鎮上向人打聽消息，一直都是站著問的，完全沒有閃躲，誰會派了人來傳口信，卻沒向他描述我們的外貌？」

麥肯齊說：「不知道。」

「也許是某個從來沒見過我們站著的人，也許是某個從來沒真正看過我們的人，只有當她從那條泥路飛速經過時，看見我們攤坐在車子裡的模糊身影，她記得的會是車子，而不是我們，一輛掛伊利諾州車牌的黑色豐田大地漫遊者，也許她要三個講義氣的朋友追蹤這輛車並且逼車子裡的人離開，因為她不想被找到。」

麥肯齊說：「你認為他們是她派來的？」

「我一度也這麼想，我告訴那個人美國陸軍快來了，他起了反應。起初我以為是因為敬畏，可是後來我又想不對，他的反應或許是因為，派他來的人也待過美國陸軍，他大概被其中怪異的關聯巧合嚇了一跳，也許他並不清楚這意謂著什麼，也許只想盡快離開然後回報上去。」

「回報給蘿絲，」麥肯齊說：「那些人是她朋友。」

「只不過他們不是，」李奇說：「他們和蘿絲一點關係都沒有，我們可以確定他們連她的面都沒見過，我們知道這點是因為他們沒認出妳來，他們怎麼可能是妳孿生妹妹的朋友，卻看不出妳是誰？所以我才要妳走近到可以看見他們的臉，這麼一來他們也可以看見妳的臉，他們應該會盯著妳，充滿困惑，可是他們並沒有。」

「那他們究竟是誰？」

「我不知道。」李奇說。

他們開車回到旅館。布拉摩直接上樓休息，李奇留在停車場，他仰頭望著夜空。它是美國西部。那麼巨大、黝黑，灑滿星塵，它們燦亮無比，數以百萬計。

麥肯齊走出來，站在他身邊。

她說：「也許我們根本來錯了地方。」

李奇仍然望著夜空。

「在宇宙中？」他說。

「在這個州，沒人認得我，表示沒人見過她。我們只知道六週前她在比利的廣大地盤中的某個區域出現過，典當了她的戒指，憑什麼說是這個區域呢？」

「波特菲爾的房子，她並非一直都待在那裡，修屋頂的人說的。可是從來沒人見過她開車前往彎道，這表示她是從另一個方向來回往返的。」

「兩年前。」

「她有什麼理由搬走？」

「她男友死了。經歷了這種事，人都會搬家的，衝擊太大。」

「她到伊拉克和阿富汗出了五次任務，受過比這更大的衝擊。她應該會就現況作策略上的評估，沒人見過她，實際上沒有任何動線可以入侵她目前的住處。看來應該是不錯的地方，好得足以吸引波特菲爾過去住，何必捨棄呢？想找到可以取代的住處太難了。」

「要是我就會搬走。」

「她會留下。」

「你比較了解她？」

「我了解要熬過五次任務有多苦。」

「但願你說得沒錯。」

「明天就知道了，」他說：「我們大體上知道她在哪一帶，她不可能永遠躲著。」

「既然你不肯接受酬勞，我想請你喝一杯，」她說：「向你致謝，可是旅館裡沒有酒吧。」

「不必謝我了。」李奇說。

「我會很開心的。」

「我大概也是。」

她走開幾步，在一張水泥長凳坐下。

他在她身邊坐下。

她說：「你結婚了嗎？」

「沒有，」他說：「但是妳已婚。」

她大笑，短促但輕柔。

她說：「只是隨口問問，純粹出於好奇，沒有心懷不軌的意思。」

「談談麥肯齊先生吧。」

「他是個好人，我們很登對。」

「你們有小孩嗎？」

「還沒有。」

「我可不可以也隨口問個問題？只是純粹出於好奇？」

她說：「無妨。」

「這問題有點怪，我不希望妳會錯意。」

「我盡量。」

「美成這樣是什麼感覺？」

「果然是個怪問題。」

「對不起。」

「那些傢伙不敢跟你打架的時候，你是什麼感覺？」

「覺得自己很有用。」

「對我們來說這只是最低要求，我父親有宏偉的理想。」

「他是法官。」

「他以為自己活在故事書裡，所有一切都必須美麗如畫，晴天時，我們會穿著白色棉質裙裝在樹林子裡跑來跑去。起初主要是因為我們的頭髮，亂飛亂竄，看起來好像森林女神或小精靈，臉蛋是後來才有的。接著他開始幻想我們會嫁給誰，我們都覺得那實在很傻氣，都已經快二十一世紀了，況且我們住在懷俄明鄉下，因此我們也沒怎麼在意。可是老實說，這觀念已經根植在我內心，我自己也意識到了，這已經變成我人格的一部分，我打從心底認為長得漂亮勝過長得醜，我打從心底知道就算重來一次我還是會選擇這副長相，我很擔心這些內心深處的東西讓我顯得淺薄。回答你的問題，長得漂亮就是這種感覺。」

「蘿絲也有同感嗎？」

麥肯齊點頭。

她說：「蘿絲事事要求完美，雖然她很聰明，又勤奮，但基本上那都是她努力的結果。長相如何不是她能決定的，但幸運的是她在這方面相當過得去，我想內心深處她還從中得到不少滿足。在我認為，她想成為最頂尖的，她要成為人生勝利組，她的確就是。」

「她為什麼從軍？」

「我說過了。」

「妳說要是哪個傢伙敢動一下歪念頭，她會毫不猶豫對他開槍，而妳則會稍微猶豫一下，她大可以在家裡這麼做。」

「我覺得我好像躺在心理醫生的沙發上。」

「放輕鬆，就假裝妳是電影女主角，就當這家旅館有酒吧，妳正在請我喝咖啡。黑咖啡，不加糖。或者他們沒有咖啡，啤酒也行，國產的，瓶裝啤酒。妳呢則是喝某種古怪的白酒，因為妳住伊利諾州森林湖市，現在我們正在桌位上閒聊，我問妳蘿絲為何去當兵，而妳正在告訴我。」

「她在尋找活著的價值，結果故事書是騙人的，她不是郡裡的賢達。一開始我們告訴自己這種做法是傳統，畢竟他是律師，而律師總會有酬勞，例如在起訴前提供意見，可是有不少風聲傳出，如果那些都屬實，情況可就更嚴重了。我們始終不清楚真相，蘿絲和我上了大學，他們把房子賣了，搬到別州。我們很開心搬走，因為住在那裡實在很怪，我們一直知道自己只是在演別人的劇本，最後發現寫劇本的人本身也是虛構的，我們的反應略有不同，這讓蘿絲很想要某種真實感，我則想要一本真實的故事書，我們大概都得到了，我想。」

李奇沒說話。

「我要去睡了，」她說：「謝謝你陪我聊天。」

她留下他一個人在黑暗中，他仰靠在水泥椅背上，凝望著星空。

在這同時，在三百哩外，距離南達科塔州雷皮德市不遠的一個九十號州際公路卡車休息站裡，一輛掛懷俄明州車牌、後面加裝玻璃纖維露營車外殼的破舊貨卡車上的一名男子把車開上一條他聽說通往一座停車棚的便道。他叫史戴利，三十八歲，很勤奮工作的一個人，儘管有點時運不濟，但一直非常肯打拚。人家告訴他說這座停車棚裡有大堆閒置的鏟雪機和別的冬季裝備，而且車庫的另一半是空的，有足夠空間，人家告訴他那些空間都歸他們使用。

人家告訴他門口會有一名警衛。

果然。

他緩緩停下車子，按下車窗。

他說：「我是史戴利，蠍子先生應該向你打過招呼了，我是來替代比利的。」

警衛說：「你是新比利？」

「從今晚開始。」

「恭喜了，史戴利，把車開進來，停在五號停車格。往前，在斜角線上，下車，把後擋板打開。」

史戴利照著做了，他把車子往前開進一個足足有停機棚大小、有著波浪牆板的空曠空間。左邊有好幾排因為夏天而暫時閒置的巨大黃色機械，右邊是偌大的空間。有人用粉筆在水泥地上畫了許多斜線做為停車位，編號從一到十，一號在最遠端，十號最近，七和三號已經停了車子。七號停的是一輛後門掀起的老舊道奇杜蘭戈（Durango），三號是一輛已經生鏽、載貨平台裝了捲式金屬罩的雪佛蘭索羅德（Silverado）貨卡。史戴利把他的車停在它附近，然後徐徐轉入五號停車格，他下車，把後擋板放下。

接著他看了下手錶，等午夜到來，急也沒用，只能慢慢等。三號和七號的駕駛人和他一樣在等候，他們點頭招呼，不算友善，但也沒怎麼提防。比較像是對人生的甘苦起伏有著共同的體會，他們和他沒什麼不同，接著一輛黑色舊四輪傳動車開進來，停在六號停車格。駕駛人下車，點頭招呼了一圈，然後掀開他的後車門，站在旁邊等著。他看來和其他人一樣，三十七、八歲，日子可能過得不是挺順。

五分鐘後，十個車位都停滿了，十輛車子排成一列，十道後車門掀起或放下，十個駕駛人等在那裡，警衛在門口看守著。史戴利又看了下時間，快到十二點了，他看見警衛用手機打電話，看見他聆聽，看見他關掉手機，聽見他大喊。「快到了，各位，還有兩分鐘。」

兩分鐘後，一輛白色廂式運輸車從停車棚較遠的那一端開進來，看來像剛下高速公路，讓史戴利聯想起一匹剛飛奔完一大段路的又熱又喘的馬。它小心翼翼開進來，隨即煞住，讓它的後車門正對著一號停車格上的貨車，駕駛人下車，繞到車尾，打開後車門，他從車子後部搬出幾只白淨的紙箱，一號停車格的駕駛人把它們接過去，轉身放進他的貨車的載貨平台。

駕駛人回到運輸車上，把車子往前移動六、八呎的距離，然後再度停下。他和二號停車格的駕駛人重複同樣的卸貨程序，在他臂膀裡疊起一大落搖搖晃晃的潔白紙箱，接著那人轉過身去，將它們堆到自己車上，接著運輸車繼續往三號停車格移動，也讓一號停車格的人有了空間可以倒車出去，打直然後從運輸車進來的車庫門離開。

十分流暢的運作方式，史戴利心想，而且供貨全是高級品，從他站的地方可以看見四號停車格那傢伙接收了什麼東西，高劑量緩釋型可待因酮，還有吩坦尼止痛貼片（fentanyl patch），後者有三種不同長度。那些紙箱是用高光澤卡紙做的，潔白無菌，屬於醫療等級，上頭印有商品名稱，是道地的真貨。美國製，工廠直送。

真品。

運輸車繼續往前，史戴利走上前去，他拿到蠍子事先交代的東西，和比利以前經手同等的量，就一個人口稀少的鄉下地區來說數量相當可觀，他把紙箱放進露營車外殼內，用毯子把它們蓋住。倒不是怕有人看見，車殼是玻璃纖維，全都龜裂、泛黃了，遮蔽效果比維修廠的有色貼紙更好。

他一直等到運輸車交貨給七號停車格的人，然後倒車，打直，驅車從門口離開。

在這同時，葛洛麗・中村坐在她那輛昏暗寂靜的車子裡，監看亞瑟蠍子洗衣店後面的巷子。她看得見他的後門，那道門有一輪光圈，像是開了一吋寬的門縫。這晚相當暖和，但並不太熱，之前她曾經悄悄走路靠近那裡，用一隻眼睛透過門縫窺探，可是什麼也沒看見，角度太偏了。因此她回到車上，試圖列出一份會讓洗衣店熱到非得敞開門來透氣不可的理由清單，滾筒乾衣機，顯然是，但在午夜說不通，而且也影響不了後面辦公室。

手機響起。

她在電腦犯罪組的朋友。

他說：「蠍子又失聯了，他一定是到量販店買了支不同批號的手機。」

中村說：「他在辦公室，說不定正在打電話，我這會兒正在監看。」

「我們攔截到訊息了，可能是他發出的，這可以用三角測量法來定位，如果是從他的位置過來，就可以推測出訊號會是什麼形態。這次他打了電話到這裡以北、但又不是太遠的某個地方，他收到同一個號碼傳來的簡訊，內容是說今晚一切順利，包括新比利。」

「這是什麼時候的事？」

「現在，一分鐘前。」

「等一下。」她說。

後門的光圈變寬了，接著整個消失。亞瑟蠍子出來，走入黑夜之中。他回頭看了下後門，然後走向他的車子。

她說：「我該跟蹤他嗎？」

「浪費汽油，」她朋友說：「他是要回家，他每天都會回家的。」

「新比利，什麼意思？」

「可能是舊比利出了狀況。」

李奇，她心想。

比利沒能找到夠粗壯的樹。

李奇並不迷信，不會耽溺於突發的幻想，或者突來的預感，或者各種關於生存的恐懼。可是這天他和黎明一起甦醒，久久沒起床。就是不想動，他用手肘撐起身體，看著對面牆上鏡子裡的自己，一個遙遠的身影，流日不利。不只軍人，很多其他行業的人都會有這樣的感應，一早醒來，根據歷史、經驗和疲乏不堪的直覺，你知道，這嶄新的一天鐵定沒好事發生。

31

和前一天一樣，他們八點在大廳會合。布拉摩又換了件新襯衫，麥肯齊也穿著新上衣，到了這時李奇這身衣服已經穿了兩天，可是早上他淋浴時再一次用掉了一整塊肥皂。他們走路到同一家餐館，選了同一個桌位。隨後布拉摩打開話匣子，要求他們在某個法律問題上達成共識，也就是說，倘若他們接受李奇的假設，照理說他們只要搜索那條泥路在波特菲爾住處以西的路段，那是一個非常特定的調查區域，明確到可以用上搜索票，當地執法單位通常都會受理通報，不是應他們要求，而是應該要，算是一種職業上的禮貌。

「你又在告誡我了？」李奇說：「一步一提醒？」

「有些事值得一提再提。」

「這麼一來康納利警長將會把蘿絲的住處列為潛在犯罪現場，他會把我們排除在外，還是別告訴他的好，他還不清楚波特菲爾的死亡地點，任何關聯他都會追查到底。」

「蘿絲的住處本來就是犯罪現場，」麥肯齊說：「無所謂潛在，起碼也有非法侵入罪，或者非法佔用他人土地，懷俄明訂有這方面的法律，看來還得加上一部贓車，可能得再加上毒品，再加上她用來買毒的不知什麼東西，我不希望郡警長先找到她，我不能讓他把她納入司法系統，因為她很可能一進去就再也出不來了，我們必須先找到她。」

「好吧。」布拉摩說。

他們往南開車到騾子叉口，在瓶火箭招牌轉彎，往西上了泥路，最初三哩路相當冷清，接著，經過比利住處後不久，他們看見遠遠的地平線上出現一縷細細的塵霧。路上有輛車子，正朝他們而來，大約在兩哩外。

要看見別的車子可不容易。

就像那位鄰居說的。

「靠邊，」李奇說：「停在路肩。如果是她，我們就跟上去，或者她那三位朋友也一樣。萬一不是，也沒有損失，沒有壞處。」

於是布拉摩使出和前一天同樣的絕技，在車道上嘎地煞車，然後像在市區停車場那樣小心翼翼倒車，最後以九十度角精準停靠下來，使得朝西的視野出現在麥肯齊那側的車窗，她把車窗按下又按上，以便把塵埃抹乾淨。

塵霧越來越近，這時仍然是大清早，空氣還涼爽，還沒有熱氣流，沒有霧靄，不會閃爍不定。他們可以清楚看見那輛逐漸接近的車子，遠遠的一個小點，深顏色，太遠了看不見細部，布拉摩讓引擎繼續運轉，等著隨時啟動，腳踩煞車踏板，準備好向左或向右轉。

那股塵霧更近，車子也更清楚了，不知是老舊或顏色暗沉，或兩者都有，沒有鍍鉻配件反射朝陽的閃光，沒有烤漆的亮澤。

「不是她的朋友，」麥肯齊說：「這輛車太小了，那三人開的是大貨車。」

塵霧又更近了些，這輛車是棕色的，也許是塵埃、泥土或烤漆被曬黃了，很難說。車身貼著路面，看來相當低矮。

「不是她，」麥肯齊說：「車身太低，她的車是四四方方的。」

一分鐘後，車子一溜煙駛過，搖搖顫顫地，他們從沒見過的車子。只是一輛掛懷俄明州車牌、車子後部裝了玻璃纖維露營車殼的破舊貨卡車，一名男子坐駕駛座上，大約三十七、八歲，眼睛直勾勾盯著前方，看都不看他們一眼。

沒事。

「走吧。」李奇說。

他們往西開，經過波特菲爾的車道，接著在十一哩路之後經過和以往一樣不顯眼的他鄰居的車道入口，再過去還有六戶人家，三戶在左邊，三戶在右邊，他們打算一戶戶全部察看一遍，說來簡單，實行起來可能並不容易，那本地圖巨冊只顯示了工整的褐色長方形房子和穀倉，可是麥肯齊說經過那麼多年，那些住戶很可能增建了不少。也許持有擴建許可，也許沒有。可能有車庫和小型穀倉，還有曳引機庫房、木材儲藏間，還有發電機棚屋、嗜好收藏小屋，還有傭人房、客房和姻親房，樹林子裡說不定還蓋了避暑小屋，蘿絲有上百個地點可以躲藏，李奇心想。可是她會選個像樣的住處，絕不會是地窖或閣樓，要相當大，不會是蓋在樹上。以前波特菲爾不時會過去住的。

要嘛就要最好的。

第一個車道入口在左邊，他們轉進去，沿著條和之前其他小徑一樣到處是樹根、岩塊和碎石子的崎嶇小路前進。豐田車奮力推進，但很緩慢，像隻超載的山羊，這裡多了許多針葉樹，還有白楊，因為海拔較高，地勢較多山。小徑始終在樹林裡行進，只在一段髮夾彎的路肩有一處面向東邊的光禿泥地，住得最近的一位鄰居派餅女士的房子已經遠得看不見了，因為地球曲度的關係，接著小徑又繞回樹林裡，彎彎曲曲地一路向前攀爬。

走了六哩路，他們穿出樹林，來到一片廣達五英畝、蓋滿麥肯齊提過的那類建物的雜亂農莊。

有一棟主屋，不算大的老舊圓木房子，還有一棟和它差不多大小的獨立圓木房舍，比較新，隔了相當距離，在它們之間有一些圓木穀倉、木柴庫房和儲藏建物，有些大得可以容納一輛大卡車，有些則只有庭院工具棚或狗屋的大小。

他們做的頭一件事是敲門，沒人在家，不意外。李奇判斷這房子有兩、三年沒人住了，或許不止，在門廊上每走一步便揚起一陣灰塵，像滑石粉那樣飄來的紅沙堆積成的。

他們做的第二件事是察看周邊的地面，已經因為風和雪融水而結成一層平滑的硬殼，完好無損，顯然沒有最近的輪胎痕跡。至於豐田車的轍痕則是清楚浮凸出來，清晰鮮活得不得了，再明顯不過的對照。麥肯齊認為這一局當場結束了，她覺得在懷俄明沒車子根本活不下去，因此沒有車輛的跡象就代表沒有生命跡象，蘿絲不在這裡，沒有借住在那堆建物當中的任何一棟裡。李奇同意，布拉摩也同意。

他們繼續往前。

他們回頭沿著小徑開了六哩，接著轉入泥路，再度往西前進。少了一戶，還剩五戶。下一個車道入口很可能是在右邊。

「你們看！」布拉摩說，伸手指著。

在仍然相當遙遠的前方，又一縷塵霧出現，在它前端，又一輛車子朝他們而來，要看見別的車子不容易？不盡然，這裡越來越像時代廣場了。

他們繼續往前，縮短距離。

來的是一輛大車。

「可能是她的朋友，」麥肯齊說：「大小一樣的貨車。」

「把路堵住，」李奇說：「要他們停車。」

布拉摩的腳離開油門，向左轉，讓車橫跨在路拱上。他打開危險警告燈，把大燈切到遠光，接著讓車子緩緩往前滑向一處一側是膝蓋高的岩架，另一側是排水溝的百碼長的路段。他在道路中央停下，對方這下無路可走了。引擎空轉著，警告燈急切地閃個不停。他快速切換大燈模式，快、慢、隨機，像摩斯密碼。

大貨車在前方慢了下來，它後方的塵霧一下子追上，接著消散、飄遠。貨車停在西邊三百碼的地方，同樣橫在道路中央，頗有遠距離攤牌的架式。

「不只一個人，」李奇說：「他們拿不定該怎麼辦，停下來商量對策。」

他們等著。

前方的貨車向前移動。緩緩地，像在停車場找車位。它向前推移，距離兩百碼，接著一百碼、五十碼。

是前一晚他們見過的那輛雙排座駕駛艙貨卡，龐然大物，排氣管隆隆吐著廢氣。上面坐著三個人，同樣那三人，李奇很有把握。他們在五十呎外停住，布拉摩關掉危險警告燈，場面一下子冷了，在一條四周荒無人煙的狹窄紅土路段上，兩輛車子近距離對峙，引擎怠速空轉著。

麥肯齊下了豐田車。

布拉摩正要跟著下車，李奇一手按住他的肩膀。

「我們得談談。」他說。

「談什麼？」

「你的客戶，她這天恐怕不好過了。」

「你已經知道接下來會如何？」

「很不幸，」李奇說：「這是唯一說得通的部分。」

可是麥肯齊已經轉過身來，打著手勢表示不耐，於是布拉摩下車和她會合，李奇也落後三步跟著，穿蜥蜴皮靴子的傢伙從大貨車走過來，還有他的兩個同夥。三人一組，總共六人，全部緊盯著兩輛車進氣格柵之間的三不管地帶，本著古老本能擺出姿態。兩隊人馬在中央會合，禮貌地相隔五呎，免於被匕首刺中的安全距離，另一種古老本能。

穿皮靴的人說：「還是一樣的口信。」

「我想也是，」李奇說：「在我看，歸結起來，你們帶的口信重點就是要我們滾回老家去，聽來比較像是建議，不是嗎？就說是請求吧，這樣也顯得你們比較有君子風度。當然，很多請求都是完全合理的，這點我們都清楚，我很想請求得到一百萬加上和懷俄明州選美小姐共進晚餐。可是所謂請求，重點就在它是可以被回絕的，恭恭敬敬，萬分懊惱，但仍然遭到了回絕，也就是現在的狀況。」

「礙難接受。」

「不接受也得接受，我們會繼續賴在這兒，要是本地有哪位地主對這有意見，相信貴州也有法律可以供他們尋求補償。」

那人說：「到目前為止我們都還十分客氣。」

「建議你們繼續這麼客氣下去，就算我們打輸，你們多少還是會有些折損，你們有兩個人得進醫院，這是最佳狀況，可是依我看，我得說，最佳狀況的機會非常渺茫。我不認為我們會輸，我估計你們三個都得進醫院。」

那人頓了一下。

接著他說：「好吧，就算是請求。」

李奇說：「很高興這點總算釐清了。」

「別在這裡浪費力氣了。」

「誰的請求？」

「我不會告訴你的，事關隱私，你怎麼就是不明白呢？」

李奇說：「你有手機？」

「拍張照片，視訊效果好些，你的手機可以錄影吧？」

「你想打給誰？」

那人說：「大概吧。」

「我們只是想報上姓名，也許加上一點簡單的自我介紹，用你的手機錄下，然後你把它帶回去，播給那個提出這請求的人看，這麼做，想必各方都能接受。」

「你們說不定會跟蹤過來。」

「我保證絕不會。」

「我們幹嘛要相信你？」

「你們就住在這一帶，這點我們很清楚，目前有五分之一機率，我們一定會找到的，只是時間早晚罷了。」

那人沒答腔。

「不過我們寧可在這兒等，」李奇說：「這樣文明些。」

那人沒說話，但終究點了頭，他的一個後排隊友拿著手機走上前，他張開手指把它橫握著，專注盯著螢幕，說：「開始。」

麥肯齊說：「珍．麥肯齊。」

布拉摩說：「泰利．布拉摩，芝加哥來的私家偵探。」

李奇說：「傑克．李奇，退休陸軍人員，很久以前曾擔任第一一〇特調組指揮官。」

那個後排隊友放下手機。

李奇說：「我們在這兒等著。」

「可能要好幾小時，」穿皮靴的人說：「你們有水嗎？」

另一個後排的傢伙從他們貨車抱了好幾瓶水到豐田車來。接著他們倒車、轉彎然後開走，塵霧在他們後方揚起，不停打轉、上升，好像證物那樣懸在空中，彷彿卡通片裡的吁吁！字幕特效，指出他們的去向。

布拉摩說：「要跟上去嗎？」

「不必，」李奇說：「這是職業性禮貌，不是應人要求，本當如此。」

麥肯齊說：「你知道，對吧？」

「我知道兩件事，」李奇說：「她住在這一帶，還有，沒人認出妳來。」

32

布拉摩把車倒回岩架逐漸消失、排水溝被填平的路段。他停在路肩，稍微偏斜地對著西邊。李奇喝掉一瓶人家送的水，然後走回岩架，在太陽底下坐著，已是夏末，沒人開口說話。基本上布拉摩坐在車內，面無表情，一個從生活學會忍耐的男人，基本上麥肯齊獨自站在那裡，跟車子之間的距離和李奇差不多，但在反方向。幾隻渡鴉在他們頭頂的高空盤旋，注視著，心想還不到時候，凌空飛走了。

結果等了兩小時不到，九十三分鐘，一個半小時多一點，遠遠地一抹塵土揚起，前端一個黑點，越來越大，直到可以清楚看見那是誰，是開雙排座駕駛艙貨車的那三人。他們回來了，和之前一樣，他們在五十呎外停車，下車，走上前來。

李奇、布拉摩和麥肯齊走過去和他們會合。一群人止步，總共六個人，一邊三個，禮貌地隔開五呎遠。

穿皮靴的男子說：「只有麥肯齊女士能去。」

李奇等著。

麥肯齊說：「不，我們三個一起。」

那人沒說話。

李奇繼續等著。等他們的B計畫。他知道他們肯定有，不會蠢到來了卻沒有腹案。

那人說：「好吧。」

他轉身走回去，三人又上了他們的雙排座貨車，布拉摩、麥肯齊和李奇上了豐田車。

雙排座貨車倒車，掉頭，往西開過去，布拉摩遠遠跟著，忽左忽右，試圖閃躲猛烈的塵霧。

雙排座貨車轉進右邊第二條小徑，布拉摩跟上去，小徑很寬，可是路況很糟，布滿樹根、石塊和碎石。前方的雙排座貨卡一路顛簸、蹦跳，輪胎在被歲月磨蝕得光溜的岩石上唧唧地打滑，左右兩側都是樹木，大部分是針葉樹，有些被風吹得撓曲，有些依然挺拔，遠處閃著點點金黃，多半是在深谷和山溝裡，白楊最感自在的地方。小徑左彎右拐地繞過樹叢，繞過汽車般大小的岩石，有的岩石高高堆疊著，有的懸在半空。

經過四哩多的迂緩路程，小徑到達一棟建物，用圓木搭建，看來像度假小屋。可以住，但不適合長居，不是永久的家。積滿塵埃的窗戶，顯然沒人，也許被棄置了。雙排座貨車沒停下，繼續顛簸著往前，四輪齊驅。過了半哩，車子經過另一棟類似的木屋。窗戶積了灰塵，沒人住，也許是廢棄建物。李奇推測這裡可能是一片類似舊式度假營區的廣大住宅群，在各處的一些林間空地分別蓋了許多住宿設施，由一條蜿蜒的小徑串連起來，就像此時他們走的這條路，理論上應該遲早會到達某個中央基地之類的地方。

果然，小徑從一處森林斜坡下繞過，來到一個乍看下像是空蕩蕩的藍天，結果是低緩山坡上的一小片有著絕佳朝北、朝東視野的高原的地方，這裡有一棟用大量木材搭建、佔地廣闊的圓木房子。不是營業單位，不是辦公室或營區俱樂部，只是一棟大型住屋。也許那些小木屋是為他們的客人設置的，或者孩子和孫子們，或者曾孫們，某種家族元老的夢想，也許屋主是郡裡的要人。

雙排座貨車沒停下。

他們尾隨著繼續向前，遠離那棟大房子，沿著另一條曲折小徑，繞過一段穿越樹林的長而巧妙的彎道，接著是方向相反的另外一段，最後來到另一片林間空地。這裡有一棟高高聳立在岩石地基上的木屋，位在一條小山溝或峽谷的開端，這條小溝壑往西南方向逐漸崩解消失，當中的林木也變得稀疏，讓這裡有了能夠窺見遼闊平原和遠方地平線的窄小視野，從門廊上望過去，日落前的夢幻時刻想必壯觀極了，房子本身是圓木搭建，工整樸素，像小孩子的圖畫，門在中間，左邊一扇窗，右邊一扇窗，綠色鐵皮屋頂和煙囪。十分像樣，李奇心想，也相當大，不是在樹上，加上地處偏遠，遮蔽性絕佳。隱密得不得了，門廊上卻視野開闊。

何必捨棄？

房子旁邊有一座入口敞開的穀倉。

穀倉內停著一輛舊休旅車，舊車款，方方正正，破破爛爛，車身蒙著一層厚得像被曬乾了的灰塵和紅土。

前方的雙排座貨車停了下來。

布拉摩跟著停車。

穿皮靴的男子下車，繞到豐田車的副駕駛座車門外，把它打開。

他說：「麥肯齊女士先請。」

她下車，那人帶她通過一條被踩平的泥徑，上了門廊台階，走向門口。他敲門，她等著，嬌小的身影，表情凝重，頭髮又蓬又亂。

屋內有了回應，那人把門打開，像飯店門僮那樣扶著門。麥肯齊呆立了一下，然後越過他身邊進了屋子，那人隨即把門關上，走下門廊，回到他車上。

沒有聲音。

沒有動作。

「蘿絲．桑德森在那裡頭？」布拉摩說。

「對。」李奇說。

「你早就知道，因為你清楚兩件事。」

「總共三件，」李奇說：「另外一件我沒提。」

「你知道蘿絲住在這裡，你也知道鎮上沒人認出她姊姊來。」

「我也知道她得過紫心動章。」

布拉摩久久無語。

「是顏面創傷。」他說。

李奇點頭。

「肯定是。」他說。

「有多嚴重？」

「嚴重到沒人認得出她姊姊，嚴重到她得時時刻刻躲起來，嚴重到她必須把頭轉開，嚴重到她必須在屋頂工人進屋子施工時藏到臥房裡。」

布拉摩坐在車子裡，可是李奇坐不住，他下車去閒逛，活動筋骨，和之前在威斯康辛的公路休息站一樣。他從口袋掏出戒指。金絲裝飾，黑色寶石，小尺寸，刻著S.R.S. 2005。在大片荒野環繞下，它尤其顯得精美纖巧到了極點，而且做工講究。

他走到山溝口，望著遠方，他可以遠眺直到五十哩遠的地方，科羅拉多的一部分，但主要還是懷俄明。稀薄清澈的空氣，遼闊的草原，尖聳的樹林，裸露的岩層，煙霧朦朧的山脈。沒有一絲動靜。他感覺在空曠的星球上孤零零的，他能想像一個人藏匿在這裡，看不見半個人，也沒人看得見他，再理想不過了。

也許她不想被找到。

他轉過身來，走向穀倉，察看那輛舊休旅車。那是一輛老式福特野馬，和他從卡斯珀到拉勒米搭的那輛便車——駕駛人是用電鋸製作原木雕塑的——同樣的廠牌和車型。那輛車子已夠陽春了，蘿絲・桑德森這輛甚至更寒酸，車身已經被風沙刮得鈑金外露，金屬板看來像是已經還原成某種原始的礦砂，坑坑疤疤，到處是小衝撞造成的凹痕，沒有一塊鈑金是平整的，輪胎也磨損得厲害，車頭有股汽油味。

他走回豐田車，這時麥肯齊已經在屋裡待了一小時了。布拉摩把車窗按下，大概為了透氣吧，稀薄、清澈，太陽下很暖和，有遮蔭處很冷。

布拉摩說：「流日不利。」

「我一早醒來就知道了。」李奇說。

「愛插手的客戶最麻煩了，我本來可以讓她先有些心理準備，我本來可以把一些事先釐清楚的。」

「現在沒有你的事了，不過先別走，我需要你載我回城裡。」

「等你把戒指給她之後。」

「那已經不重要了，現在不是適當時機，讓麥肯齊女士轉交給她就是了。」

「我不會馬上走，」布拉摩說：「一方面是因為我認為麥肯齊女士會要求延長我的合約，她會需要一些協助。萬一不需要，她起碼也會希望我送她回旅館，或者到機場。」

「你的手機還能收訊嗎？」

「訊號強度兩格，不過要面對山溝。」

「房子就是對著山溝，她很可能是從這裡打的電話。她說，閉嘴，小西，我正在講電話……的時候。不是在這裡就是在波特菲爾住處，總之不外這兩個地方。」

「你打算盤問她關於波特菲爾的事？我贊成多數人的意見，被熊咬死的說法多半是鬼扯。」

「計畫改變了，因為有這位愛插手的客戶在場，故事突然變成以姊妹大團結為主軸了。蘿絲暫時不會和我們談，她想都不會想到的。怎麼會呢？當你失聯多年的孿生姊姊突然找上門來，你未必會邀她的司機進屋子，你不會想要寒暄閒聊。」

「可是你想了解事情真相。」

「我差不多都知道了，」李奇說：「我早在十萬八千里外便嗅出了端倪。」

二十分鐘後，大門打開，麥肯齊步出到門廊上，她轉身把門帶上，然後在那裡站了足足一分鐘，明顯在喘氣，一呼一吸，深長、緩慢吞吐著。接著她走下台階，沿著灌木叢小徑走過來，布拉摩和李奇下車去和她會合，顯然她剛哭過。

她一開始沒說話，就好像突然喪失語言能力，嘴唇蠕動著發出聲音，可是吐不出半個字。

「放鬆。」布拉摩說。

她深吸了口氣。

她說：「我妹妹想和李奇先生說話。」

李奇看著她，先是驚訝，接著像是想發問，可是沒問，因為，他能說什麼呢？她的樣子是不是很糟？是不是大大出乎妳的意料？

她回看他，沮喪著臉，半聳肩半點頭的，像是用對但又不對回應所有的問題。

他通過灌木叢小徑，走上門廊台階。

33

李奇轉動門把，打開門，進了屋子，他知道自己暗暗等著見到某種精心布置的恐怖場景，包括密不透風的窗戶和大片黑暗，也許有一根長蠟燭在角落燃燒，一個模糊的身影隱在厚重的紗帳後面幽幽訴說著。但實際見到的是一間用有著冬蜜色澤的光亮圓木搭建的充滿明亮陽光的屋子。大門進去就是起居室，小巧而且整潔，但幾乎是空的。裡頭只放了兩張大扶手椅，壁爐兩側各一張，以舒適、方便談話的角度擺放。

蘿絲·桑德森在左手邊的椅子上坐著。

頸子以下的部分她是姊姊的翻版，這點毫無疑問。她在椅子上的坐姿一模一樣，放鬆的姿態完全相同。手腕的角度，手指張開的方式，腰部歪斜的樣子，像極了。

頸子以上就不怎麼像了，她穿著銀色連帽運動套裝上衣，彈性帽兜把她的頭部緊緊包住。她把前面的拉繩收緊到整張臉只露出小小的橢圓，左臉有一大片散亂、凹凸不平的疤痕組織，右臉有一塊滲出某種濃稠藥膏的鋁箔，她把鋁箔順著頭形牢牢貼住，像戴著半張面具。

一抹銀色。

她沒有盜汗，沒有發抖。她的眼神算正常，正常得不得了，是一個人內心無比寧靜、滿足才會有的那種眼神。

她說：「我想問你關於我姊姊剛才說的某件事。」

聲音也很相似，同樣的音調，同樣的音高，同樣的音量。李奇和她握手，在空椅子上坐下，近看下，他發現她左手邊的那側臉頰接受過重建手術，許多小塊皮膚縫合在一起，右手邊的臉頰則是用自製鋁箔藥膏敷蓋著。

他說：「妳想問我什麼？」

「我姊姊說你在一家當鋪發現我的紀念戒。」

「沒錯。」

「所以你介入這件事完全是偶然。」

「沒錯。」

「可是我感覺不管是真是假，你都會這麼說的，而且我覺得我姊姊就是會輕易相信這種事的那種人。」

「不然我會是在哪發現的？」

「例如警方的證物室。」

「妳認為我的真實身分是？」

「也許還在第一一〇特調組工作。」

「那是很久以前的事了。」

「既然這樣，你為何要在視訊中提起？」

「好讓妳知道我說自己當過兵不是在唬弄人，要不是真待過，沒人敢說自己是一一〇特調組出來的。」

她在帽兜裡點了點頭，她臉上的鋁箔窸窸窣窣的。

李奇說：「妳在等第一一〇特調組的人找上門來？」

「也不是，」她說：「也許是類似的人。」

「為什麼？」

「有些緣故。」

「不是我，」李奇說：「我只是個過客，就這麼簡單。」

「你確定？」

「千真萬確。」

她又點點頭，彷彿問題已解決了。

他最後一次從口袋取出戒指，交給她。她放在手掌上滾轉，從各個角度端詳。她笑了，鋁箔喀嚓一聲，一條粗糙不平、中空的皺摺出現在她左臉頰，就好像她的臉部組織一下子垮了，也許是縫線不夠牢固。

她說：「謝謝。」

他說：「不客氣。」

她說：「我真的以為再也看不到它了。」

她說著把它還給他。

「這要四十塊錢，」她說：「目前我手上沒有這麼多錢。」

「送妳的。」他說。

「那麼我接受，謝謝你，但不是現在，你可以替我保管一下嗎？只要一個月左右，我準備好了會給你電話。」

「妳擔心自己又會把它賣了？」

「最近什麼東西都變得很貴。」

「量入為出一定很辛苦。」

「的確。」

「就因為這個，所以妳擔心有第一一〇特調組軍警之類的人找上門？」

她搖頭。

「我不擔心自己做了什麼，」她說：「沒人有興趣知道我的狀況，他們對我們這些人早就不抱希望了。」

「那妳為什麼認為他們會來找妳？」

「是別的事，我有個朋友的案子還沒結，我相信不是大案子，可是總得有些行動吧，總有一天他們會準備好的。」

「準備好做什麼？」

「重新調查吧，我的初步假設是，總有一天他們會派人過來。我原本以為你就是那個人，還配備了我的戒指做為舞台道具，但顯然你不是。不過沒關係，我只是想問問看，你可以要我姊姊再進來一下嗎？」

麥肯齊坐在豐田車前座。她的皮膚白皙，那張無瑕的臉龐顯得亢奮而亮麗，光滑得不可思議，完美得不可思議，李奇告訴她蘿絲想再見見她，她朝他露出詢問的眼神。他不知道她想問什麼，也許她是在尋求某種共同意見：情況並不算太糟。某種樂觀的看法，也許不是，他看不出來，於是他露出一種全方位的未知表情。她點點頭，像是明白了。她下車，沿著小徑走過去，再度進了屋子。

她把門關上。

李奇坐上她留下的空位。

他關上車門。

布拉摩說：「如何？」

「很糟，」他說：「傷口沒有痊癒。」

「她現在是什麼狀態？」

「亢奮到不行。」

「憑什麼？」

「她需要的某樣東西最近變得非常昂貴，我猜她仍然堅持用高級貨，她還沒到躲在洗手間注射的地步。」

「諾博探員暗示她已經這麼做了，他聲稱每一批貨他都會追蹤。」

「也許學校教真實人生課程那天他剛好生病請假，沒有什麼方法是百分百有效的。」

「她找你進去是想談什麼？」

「她以為遲早會有調查員上門，問她關於波特菲爾的事，她很失望我不是那個人，她以為這案子還沒結。」

布拉摩沒吭聲。

李奇問他：「剛才麥肯齊女士怎麼說？」

「不太妙。」

「我一早醒來就知道了。」

「蘿絲・桑德森在阿富汗一個小鎮外面，被藏在道路邊的一個克難爆炸裝置的五個彈丸擊中臉部，這些彈丸主要是小金屬碎片，也許是鄉下機械工程行的切割廢料，擊中她的五個碎片刮掉她臉上好幾塊肉，剩下的部分也被爆炸中的細小碎片嚴重挫傷，不過最近的戰地醫療非常進步，他們在她頭盔裡找到大部分缺損的皮肉，把她的臉重新縫合，一群頂尖整形醫師的精湛演出。」

「可是？」李奇說。

「主要有兩個問題，」布拉摩說：「沒錯，手術非常成功，這點毫無疑問，這絕對和緬甸的克欽獨立軍（ＫＩＡ）有得拚，是有史以來的壯舉，只是近幾年逐漸變了樣。這是一群醫生的大師級演出，可是偉大歸偉大，實際上卻很糟，手術難度太高了。她滿臉都是歪歪扭扭的疤痕，沒有一個地方是平整的，慘不忍睹，她的臉簡直像恐怖電影，這還算是好的部分。」

「壞的部分呢？」

「那個藏起來的爆炸裝置是包在一隻死狗體內的，那個地方的人常這麼做。這隻狗大約只有四天大，屍體已經開始腐爛。當時天氣很熱。爆炸當中，一些腐敗組織、壞死病原體和各種壞菌全部跑進她頭部的皮膚底層，這已經是四年前的事了，直到現在她還沒脫離感染，她會漏膿，她的樣子比妖怪更恐怖，她沒有一刻不疼痛。」

李奇沉默許久。

接著他說：「難怪她沒告訴她姊姊。」

「關於這點她們打算以後再討論。」

「她為什麼在一年半前突然不再打電話？」

「她們還沒談到這裡，但是應該和波特菲爾有關，不然還有什麼理由。」

李奇又下車，他想透透氣。他又走到山溝邊，眺望著遠方，感覺像是透過狹窄的窗戶往外看，他背後的房子被森林茂密的山丘簇擁著，他很好奇這位屋主是誰。

他回頭走向雙排座貨車，所有車窗都敞開著，裡頭的三個人靠在椅子上休息。耐心等著，節省體力，他們知道這事肯定得拖很久，算是牛仔的義氣吧。

穿皮靴的傢伙抬頭看。

李奇說：「之前你說你們算是很客氣了，我同意，你們對這事的態度一直非常客氣，值得好好記上一筆。」

那人點了下頭，像是接受了誇讚。

李奇說：「你們是怎麼認識的？」

「我們需要有個住的地方，無意間發現這片聚落。蘿絲先佔用了，可是她讓我們留下，協助我們安頓下來，我們也幫她處理一些事，有點像護衛吧，她不喜歡人家來找她。」

「這是多久前的事？」

「三年前。當時蘿絲剛退伍，才搬進來不久。」

「這是誰的地產？」

「某個就算三年不來住也無所謂的人吧。」

「你們應該認識波特菲爾。」

「見過幾次。」

「他被熊咬死的事你們有什麼看法？」

「我們都認為換作任何人也會這麼做的。」

「波特菲爾是做什麼營生？」

「我們沒問過，我們只知道他似乎讓她很開心。」

「她現在亢奮到不行。」

「你覺得她錯了？」

「沒的事，只不過我擔心她的貨源被斷了。」

「我們不能和你討論這個，我們不清楚你的來歷。」

「我是跟她姊姊一起的。」

「不對吧，另外那傢伙是她雇的私家偵探，可是沒人知道你是誰。」

「我不是警察，」李奇說：「重點在這裡，我不在乎毒品什麼的，可是如今比利開溜了，她很可能會有麻煩，我只關心這個。」

「你知道比利是誰？」

「開鏟雪車的，處理起白粉尤其拿手。」

「你以前當過警察。」

「每個人都有過往，我相信就算你在路上看見一頭牛，也不會覺得非得把牠護送到鐵路終點不可。比利不會回來了，希望蘿絲沒事，我只是這意思。」

那人說：「他們已經找到人替代比利了，早上他才來過。這人叫史戴利，似乎是不錯的一個人，讓我想起我一個拉保險的表哥，所以一切又都回復正常了，交易方式完全照舊。」

李奇說：「她買了什麼？」

「可待因酮，還有吩坦尼貼片。」

「我們和一個傢伙聊過，他說這東西已經不流行了。」

「越來越貴了。」

「他說應該不可能再買到了，你們是從哪弄來的？」

「和以前一樣，正常供應，裝在白色紙箱裡，上面有商標名，美國製，工廠直送，內行人一眼就知是好貨。」

「你們也都中意？」

「偶爾也來一點，時不時放鬆一下。」

「聽說這種東西已經很難取得了，也許我消息不靈通。」

「沒有，」那人說：「這東西的確很難到手，多數地區非常困難，可是這裡不一樣。這也給了你們這些人一個大難題，我不知道你們接下來有什麼盤算，可是你們得弄清楚一件事：蘿絲絕不會離開這裡，打死都不會離開一步。她怎麼離開？她已經被套牢了，你不了解這對一個人意謂著什麼，從她的立場想一想吧。」

34

日落前的夢幻時刻是太陽每日旅程的最後一段，有如一場六十分鐘的火球表演，低懸在空中，透過大氣層斜斜地照射過來，顏色變得火紅，投影也拉長了。李奇坐在門廊上，望著大片草原金澄澄的，接著轉為赭黃色，再轉為辣椒紅。布拉摩在他下方，在山溝邊的岩石上。雙排座貨車上的三人坐在泥土地上，背靠著樹幹。

門打開，麥肯齊走出來。

李奇起身，她越過他下了台階，走上灌木叢小徑。在這同時，那三人也全部站起，拍去身上的泥土，麥肯齊在小徑盡頭和他們會合。她逐一和他們握手，謝謝他們照料她的妹妹。

接著她對布拉摩說：「回旅館。」

麥肯齊將妹妹獨自留在那裡覺得很不妥，可是蘿絲很堅持，沒得商量。她喜歡待在那裡，她說，她要的東西那裡都有。她斷然拒絕離開，連一個晚上都不行，就算是看醫生也一樣，她甚至不肯考慮去醫院，或者退伍軍人事務部（ＶＡ），也不考慮到診所，或者復健中心，或者搬到伊利諾州森林湖市。

「給她一點時間。」布拉摩說。

他們在騾子叉口舊郵局轉彎，沿著雙線公路回拉勒米。他們在城裡用餐，接著開車回旅館，布拉摩停了車然後道晚安，李奇又留在停車場，夜空依舊，依然浩瀚、黝黑，灑滿千百萬顆亮閃閃的星塵。從微觀上看，在昨晚過後應該有了改變吧，但不是因為他生活中這些小插曲，它根本無所謂。

麥肯齊走出來，在長凳上坐著。

他在她身邊坐下。

她說：「她癮頭不大。」

他說：「我有個哥哥，不是孿生哥哥，但我們小時候非常親近。我問自己，如果出事的是他，我會希望別人有什麼態度？客氣點好，還是直白比較好？我不是在表達看法，我是真的不知道，教教我吧。」

「我要聽真話。」她說。

「在我看來她的癮頭不可謂不大。」

「那也是情有可原，她那麼痛苦，一方面是因為她需要，她那麼做不單是為了好玩。」

「那片鋁箔是什麼作用？」

「防止感染，有機會時她會弄來一些抗生素，磨成粉，和藥房急救用品部買的殺菌藥膏混在一起，像抹奶油那樣塗在鋁箔紙上，如果有多的可待因酮藥片，她也會摻一顆進去。」

「世事難料。」

「昨晚你問我長得美是什麼感覺，當時你已經知道了。」

「這是唯一說得通的地方。」

「我覺得她的狀況還不錯。」

「我也是。」

「我甚至有點喜歡那棟房子，我好意外，不知怎地，我原本以為裡頭很陰暗。」

「我也是。」他又說。

「你倒是說說，接下來會如何。」

「但願我知道。」

「說真的，」她說：「我得仔細想想，這事該怎麼處理。」

「她的狀況還不錯是因為她每天都過足癮頭，我想妳可以給她錢，這樣的話她的良好狀態應該就可以一直保持下去，只要那個新來的史戴利繼續準時來報到，只要我們的緝毒小子不會出手把最後的漏洞堵住，斷了所有人的生路。」

「這很有可能發生。」

「花無百日紅，」李奇說：「她在那裡的處境並不如她想的安穩。」

「就算是吧，我也不能把她留在那兒。」

「妳要怎麼讓她遷出來？」

「我也很想問，任何點子我都歡迎。」

李奇說：「她不準備接受任何治療了？」

「剛開始的時候她在醫院待了整整一年，磨光了耐性，之後她再也沒看過醫生，她說什麼都不肯去。」

「她寧可清靜過日子，自行治療，而她確實做得相當好，這點剛才我們也都同意。我們應該給予尊重，想讓她遷離那裡只有一個辦法，就是承諾別的地方也能有一模一樣的條件，甚至更好，藥丸和貼片要多少有多少。妳得設法找到肯配合的醫生，妳得給她找個能安靜度日的住處，妳得保證不會囉囉嗦嗦，而且必須說到做到，起碼一年不能有事，這也還好，不過這種事可是長期抗戰啊。」

「她不喜歡人家去找她。」

「那麼比起伊利諾州，她還是繼續待在這兒好。」

「這裡找不到肯配合的醫生。」

「妳的院子有多大？」

「六英畝左右。」

「妳可以替她蓋一棟木屋，築一道高高的圍籬，把她的處方藥丟過去給她，讓她起碼能清靜個一年，到時再看看。」

「所以幫助她的唯一辦法就是當一個更厲害的毒品販子。」

「緝毒小子說過，絕不能低估嗑毒快感的吸引力，我相信她打從心底高興見到妳，可是妳得假定，對她來說，目前的需求能持續得到滿足說不定還來得更重要。」

「實在很難接受，不是說我，而是沒想到她陷得這麼深。」

「眼前她很需要妳的支持，證明這點是妳的第一要務，別讓她失望。她還有誰可以依靠？妳就咬緊牙關，把藥丸大把大把倒進她嘴裡就是了，別忘了她內心是很強悍的，她是打過仗的退役軍人，總有一天她會明白她得振作起來，否則再也沒得混，這時她就肯好好談了，尤其是跟妳，因為妳懂得該如何對待她，這時候妳就能真正開始幫她了。」

「但願我做得到。」

「有幾本這方面的書，頭一年妳可以花點時間讀一下。」

「你以前上過這類課程？」

「沒有全部修完，」李奇說：「部隊都只教些用水管或警棍逼供之類的東西，可是軍醫當中有不少優秀人才，穿軍服的心理醫生，也算是一大奇觀，而且他們的軍階都很嚇人，我認識幾個，他們教了我們不少東西。」

「例如？」

「他們會告訴妳，要釐清她內心沮喪不安的真正原因。」

「這點再清楚不過了。」

「可是他們是心理醫生，而且是在軍中，他們會說一個人很可能同時為兩件事心煩，他們會說他們很了解步兵軍官是怎麼回事，想多知道一些關於那樁路邊炸彈意外的細節。」

「為什麼？」

「他們尤其會想知道有沒有其他美國傷兵，如果有，他們會假定蘿絲非常難受，因為她是步兵軍官，她帶的人卻死了。事實如何不是重點，說不定她還沒弄清楚狀況就受傷昏迷了。可是這不重要。他們是她的弟兄，出了事都該怪她。步兵軍官們都是這麼想的，不是多偉大的情操，可是對這些人來說意義重大。西點軍校的頭頭說她帶兵的表現非常出色，光這點就有資格進名人堂了，可以把它刻在墓碑上：她帶兵表現傑出。對一個步兵軍官來說沒有比這更大的恭維，因為這不容易做到，到頭來成功了是因為你們心照不宣，你絕不會讓他們沒命，這變成你的一種信念。」

麥肯齊說：「她不肯談這件事。」

李奇說：「心理醫師也會想知道這次行動的狀態，是上面交代的例行性任務？還是其中含有個人主動的性質？倘若是後者，他們會假定她會更加難過，因為是她將士兵們帶向傷亡。」

「他們是心理醫生，你自己說的，喜歡把事情複雜化。如果聽見蹄聲，你會去找馬，而不是斑馬，蘿絲心裡難過是因為有人把她的臉放進攪拌機而且塗滿狗屎。」

李奇沒說話。

麥肯齊說：「怎麼？」

「我相信這是主要原因，怎麼可能不是？」

「可是？」

「沒辦法，我習慣從警察的角度看事情，她退役時的軍階是少校。西點的頭頭告訴我說，她在最後一次服役期間做了件大事，少校的工作就是批批公文、做簡報之類的，很少有機會到外面出勤務。她為什麼會突然決定跑到一個小鎮外的路邊去察看？她不會的，因為她早就對前四次服役當中的這類事情厭煩了，她去是因為她必須以指揮官的角色參與，她得負責主持一項軍事行動，她底下有上尉，上尉底下有中尉，這些人全都忙著保自己的小命，因此我們可以確定當場在她周圍的防護措施十分嚴密。我們可以確定參加那次行動的人不少，她是不是唯一的傷者？不太可能。可是我們無法確定，檔案已經封存了，這表示她這次行動很可能失敗了，美軍可能有多人傷亡。所以說，她的臉也許不是唯一因素。」

麥肯齊說：「真不曉得你是想安慰我，還是打擊我。」

「無論是哪一種都不會有好話的，」李奇說：「咱們別過度樂觀，不過她有個男友，小西・波特菲爾，他床上有兩條凹痕，這多少說明了她的自我觀感，也讓未來的發展多了一線希望。」

「她不肯談他的事，我把你找到梳子的事告訴她，她也沒否認，她說還是別讓我知道比較安全，天曉得是什麼意思。」

「她以為我是來調查波特菲爾案子的探員。」

「沒人相信熊的故事版本。」

「這可能是另一個造成創傷的因素，她其實不清楚她男友發生了什麼事，她真的不確定哪一種狀況比較糟，熊還是別的因素，那些心理醫師會樂歪了，他們會告訴妳這是混合了諸多因素的複雜案例。」

「換句話說，需要醫治的不單是她的臉。」

「這麼解釋又太悲觀了點，不過這也是為什麼我會問妳想聽客氣或直白的意見。」

「我說我要聽真話，可是你說的全是臆測。」

「同意，」李奇說：「我真心希望我全都說錯了。」

她沉默了會兒。

接著她說：「你這人心地真好。」

「這樣的形容很難得聽見。」

「謝謝你來。」

「樂意之至。」他說，這是真話。這是一張設在柏油停車場上的水泥長凳，可是地面以上一碼的地方景色十分可觀。星星是他從未見過的美麗，空氣涼沁、輕柔，瀰漫著股靜謐的氣息，和他並肩坐在石凳上的是一個有如時尚雜誌封底人物的女子。他猜她的身軀應該相當結實、輕盈而涼爽，也許後腰脊除外，那裡可能有點汗濕。

她問他：「你還記得我是怎麼說我丈夫的嗎？」

「妳說他是個好人，你們很登對。」

「你記性真好。」

「不過是昨天的事。」

「我應該告訴你，他養了小三，對我無視。」

李奇笑了。

他說：「晚安，麥肯齊女士。」

她留下他，和前晚一樣，一個人在黑暗中，坐在石凳上，仰望著星空。

這時候，在一哩外，史戴利關掉手機，把他的破舊貨卡車停在距離鎮中心三個街區的一棟歇業零售商業大樓後面的停車場，他年輕時很喜歡上高級髮廊，有一次等候剪髮，他讀到一本雜誌上說，事業成功的不二法門就是嚴格控制成本。因此無論到哪裡他都盡量睡在車子裡，所以才裝了露營車殼，住旅館會用掉他賣兩顆藥丸賺的錢，何必浪費？

雪山山脈過去那個老小姐買了一盒吩坦尼貼片，可是他已經在一小時前小心翼翼把準備給她的那盒打開，抽出一片來留著準備自己用，好省點錢。老小姐絕不會發現的，就算發現了，她也會以為是她嗑藥恍神，數錯了，自然反應。毒蟲習慣怪罪自己，現在的人也都這樣。

他從車子雜物箱拿出剪刀，把貼片剪下四分之一吋寬的一小條，放到舌頭底下。這叫舌下含片。他從同一家沙龍的另一本雜誌看來的，說這方法最棒。

史戴利沒得挑剔。

在這同時，在六十哩外，小鎮以西的低矮山丘地區，蘿絲・桑德森準備上床。她已經放下帽兜，脫去銀色運動裝上衣。底下是T恤，她也把它脫掉，還有胸罩，也一樣。她剝去臉上的鋁箔，用牙刷柄刮去皮膚上多餘的藥膏，把它塗回鋁箔上。幸運的話，她或許又可以不必貼著它度過一天。

她把洗臉槽注滿冷水。她深吸一口氣，把臉埋進水裡。她的最高紀錄是四分鐘。她抬起臉來，甩了甩頭。她的頭髮又長回來了。進西點軍校前的那一週她把頭髮剪了，因為要戴軍帽。這是規定。就這樣留了十三年短髮，如今又長回來了，夾雜著絲絲灰白，像大捆乾草裡的帶刺鐵絲。

算不上什麼大煩惱。

她從櫃子拿出剪刀，把貼片剪下四分之一吋寬的小條，把它貼在下嘴唇內側。維持劑量。可以讓她熟睡一整晚，可以讓她全身暖和，變得輕柔又放鬆，又恬靜，又安詳，又快活。

這時，在三百哩外的南達科塔州雷皮德市，葛洛麗・中村坐在車內，監看亞瑟蠍子的後門。和上次一樣，那道門透著圈光暈，敞開一吋寬的門縫，同樣是暖和的夜晚。他已經在裡頭待了兩個多小時，她正忙著列出能夠讓一個房間熱到必須打開門來透氣的理由清單，電子器材吧，她認識一個擁有家庭電影院的傢伙，他有一只擺滿了各種黑盒子的櫥櫃，這櫃子散發著炙人的熱氣，稀薄又強烈，微微帶著油脂和矽膠的氣味，那人在櫃子裡裝了風扇，整天不停吹著。

手機響了。

她在電腦犯罪組的朋友。

他說：「回答是或不是，我們是不是假定收到關於新比利簡訊的人就是蠍子？」

她說：「這不能當作呈堂證物。」

「這不是是或不是的答案。」

「是的，我們可以假定是蠍子。」

「同一個訊號剛收到一則從懷俄明州拉勒米市的一個基地台發出的語音電郵，一個叫史戴利的人傳的，他稱呼蠍子叫蠍子先生，他說一切順利，還提到說有兩名男子和一名女子到處打探，問東問西的，其中一名男子是個大塊頭，他們開的是一輛黑色豐田車。」

李奇，她心想。

她朋友說：「然後蠍子回電，同樣留了一則語音電郵，內容和他之前對比利說的相同，他要那個大塊頭出局，他又下了格殺令。」

「等等。」中村說。

蠍子的門打開。他走到巷子裡，轉身把門關上，然後朝他的車子走去。

「我得跟上去。」她說。

「浪費汽油。」她朋友說。

她關掉手機，發動引擎。

蠍子要回家。

他每次都會回家。

這時，在六百哩外，位於奧克拉荷馬狹長地帶的一個叫蘇利文的小鎮，比利闖了紅燈，他開著輛車齡超過二十年、用六百塊錢買的福特遊騎兵（Ranger）貨卡。他想再去買半打啤酒，之前的半打讓他有點茫。他那位蒙大拿來的同夥已經回到汽車旅館，正在房間裡等著，明天下午他們得跟一個在德州阿馬里洛有門路的傢伙會面，找工作的事看來相當樂觀。

他剛才闖過的交通燈號有個警察在那裡停車，那傢伙閃著車頂的警示燈，讓警鳴器響了一聲，比利愣了一下，繼續往前開。真蠢。他車上又沒藏東西。有點茫是真的，可是拜託，這裡是狹地，不先喝個幾杯要怎麼上路？除了這點他可是清清白白的。他不能開溜，開這種六百塊的爛車就是不行。

他踩煞車，停靠在路邊。

和所有人一樣，那名警察受到許多下意識微小情緒的影響，比利沒有立刻停車讓他很火大，他覺得這很輕佻而且不敬。通常他只會跟著在對方旁邊停車，搖下副駕駛座車窗，要對方別猴急，可是這次他只覺胸中一股怒氣，激使他胸一挺，牙一咬，準備給對方一點顏色瞧瞧。

他在貨卡後面停下，讓警示燈繼續閃爍。

他戴上警帽，默數二十下然後下了車。他解開槍袋，將手放在槍上。他緩緩走向前，停在那輛舊福特的載貨平台前方，然後清晰而大聲地喊道：「先生，請下車。」

車門打開。

比利下了車。

「抱歉，警察先生，」他說：「我大概是恍神了，還好旁邊沒別的車子。」

警察確定這人身上飄過來陣陣酒氣。

他說：「駕照。」

比利從口袋掏出駕照，遞了過去。

警察說：「先生，請在這兒等著。」

他走回警車，慢到不能再慢，上了車子，他車上有一具連著蛇管的終端螢幕，用螺栓固定在排檔桿附近的槽溝內，新上任市長的德政，競選支票一大堆。

他輸入比利的個資。

出現一組聯邦緝毒局西部分局的代碼。

他又下車，走回比利那裡，慢到不能再慢，他一到達，立刻將那人的頭按在舊福特車的車頂上，把他的雙手銬在背後。

35

早上八點他們在大廳會合。早餐後，他們開車到雜貨店，替蘿絲採購了大堆東西。主要是食物，有些有益健康，有些不是，但也買了肥皂，還有一雙粉紅色襪子，一把新的寬齒梳和一本平裝書，一個人省吃儉用時不得不捨棄的那類小東西。

他們又買了兩條不同種類的消炎軟膏。

排隊付帳時，布拉摩的手機響起，他瞄了下螢幕，說：「是緝毒局的諾博探員。」他接聽，發出感激但態度不明的聲音，還一度微張著嘴巴，像是該說點什麼但是沒說出口。像是他決定不說出來，兩個聯邦探員間的鬥智。李奇看得出門道。

布拉摩按掉手機，說：「比利昨晚在奧克拉荷馬的一個小鎮被捕了，諾博在電話裡訊問他，目前他一概否認，包括聲稱他不認得名叫蘿絲・桑德森的人，也不知道她住哪裡。」

「那是昨天的舊聞，」麥肯齊說：「我們不需要比利了。」

回蘿絲住處的這段車程可說是一趟懷俄明特有的時間扭曲之旅，想想也沒有多遠，只不過是本地的一小段路程，騾子叉口就在路的前方，而蘿絲就住在彎道西邊。可是實際一走卻足足花了兩小時才到達，沒完沒了的雙線公路，接著是比想像中的太空漫遊還要漫長的泥路，接著是崎嶇不平的四哩長車道。天空鐵青著臉，不是威嚇，而是提醒。冬天不遠了。

小徑穿出樹林時，三名牛仔站在林間空地盡頭迎接。他們什麼也沒做，只是在距離房子三十碼的地方零散地站成一列，在那兒巴巴等著，像一道環形防線，我們有點像護衛。布拉摩放慢速度，擺明了不帶威脅，緩緩繞到之前停車的地方，李奇把雜貨搬下車，堆到門廊上，麥肯齊將它們抱進屋子，隨手關了門。

空地安靜下來。

李奇看見布拉摩站在山溝邊上，一個儀表整潔的小個子，深色套裝，襯衫領帶。在大片曠野之中他應該顯得格格不入才是，然而並不會，看來非常協調。他就是這樣的男人，他正在思考著什麼，李奇可以從他的表情看出，某個難題，某種矛盾掙扎，某種道德上的兩難。

李奇十分確定是什麼。

比利。

不是昨天的舊聞。

是明天的新聞。

李奇走向布拉摩站立的地方。

「我了解。」他說，希望語氣傳達了同情。

「你了解什麼？」布拉摩回說。

「你覺得不妥，沒告訴緝毒小子我們沒靠比利幫忙便找到了蘿絲。」

「你會說嗎？」

「不會，」李奇說：「事情太多了，奧克拉荷馬是什麼情況？」

「他闖了紅燈。警方的檔案出現他的名字和照片，諾博打電話給他，想要獲得一些解答。問題是，他為什麼通知我們，也許只是為了關照我們，因為他同情麥肯齊女士的處境，畢竟她曾經要求他讓她知道。也許只是做做樣子，也許不是。說不定他是來真的，說不定他覺得，既然把比利的消息奉送給我們，不如就寫份翔實點的報告吧。多少可以得到一點滿足，他對幽靈運毒網絡很不爽，因此，一旦他知道蘿絲的下落，照理說他的第一個行動會是把她當證人詢問，或者以非法購買麻醉藥的罪名把她逮捕，或者兩者並行，無論是哪一種結果，我都不容它在這時候發生，不是時候。有好幾個理由，其中一個就是我的客戶已經表明一個前提，絕不讓她妹妹被納入司法系統，因此我沒告訴他。沒錯，我是覺得有點不妥，對於像他這樣的人，我寧可不要有所隱瞞。」

「你的合約延長了嗎？」

「在目前緊急狀況的發生期間。」

「會是多久呢？」

布拉摩抬頭望著房子。

他說：「我不是這方面的專家。」

「比利能撐多久？」

「如果諾博來真的？」

「就算不是，我猜也一樣。比利隨時都可能說出蠢話，不小心說溜嘴，緝毒小子說不定會豎起耳朵來聽。別忘了，這當中可能大有斬獲，一些識貨的人說送到這裡來的那些東西全是真貨，美國製，工廠直送，一整批貨，裝在原廠紙箱裡。緝毒小子會認為這是不可能的事，他會當它是對他的挑釁，他會追查到底，把最後的漏洞堵住。而目前同樣不容許有這方面的突發狀況，我相信你客戶表明的另一個前提是，不讓她妹妹被關進醫院病房。」

布拉摩又抬頭看著屋子。

他說：「我想她們必須作出的那些決定，大概不容易很快商量出結果。」

「通常的確是這樣，」李奇說：「不過這次恐怕不容許她們考慮太久。」

「我們有多少時間？」

「我直覺認為，最好是在兩、三天之內離開這裡。」

「在那之前我們什麼都不能對諾博透露。」

「我沒問題，」李奇說：「可是你拿的是伊利諾州執照。」

「還用你說嗎？更何況我還握有可靠證據，有個住在南達科塔州雷皮德市——可能正巧就位在緝毒局的西部轄區內——人稱亞瑟蠍子的人建立了一個緝毒局找不到的運毒網絡，至少擴展到了懷俄明和蒙大拿，而且擁有某種像是黃金國（El Dorado）一般的殘存的非法供貨來源。如果能破獲這批貨，將被盛讚為一次大勝利，為一則出色的地區性成功緝毒故事畫下完美句點，我可以把這消息雙手奉上，事實上基於職業道義我也該這麼做，如果或者當我相信真有不法事件正在進行的話。撇開這些不談，我明顯還負有道德義務，我應該把我知道的告訴諾博。」

「但還不是時候。」李奇說。

「因為這個非法供貨源頭非得持續下去不可，起碼得等到我的客戶在別的地方安排好一個半合法的供貨管道。」

「放心，」李奇說：「你已經退休了。」

「事業第二春。」

「起碼規矩沒有以前多。」

「但還是比你多。」

「我也有規矩的，」李奇說：「我規矩才多呢，其中一個是，受傷的退伍軍人享有無罪推定的待遇，可是另外一個是，永遠要在政府人員到達之前走人。所以我同意，我們必須努力克服困難。」

房子始終靜悄悄，大門依然緊閉，李奇借來布拉摩的手機，帶著它走向收訊效果最好的山溝口。

他撥了記憶中的號碼。

同一個女人接聽。

「西點軍校校長辦公室，」她說：「很高興能為您服務。」

「我是李奇。」他說。

「少校，您好。」

「我找辛普森上將。」

「請稍等，少校。」

校長來接聽。「有進展嗎？」

「我們找到她了。」李奇說。

「狀況如何？」

「很令人擔心。」李奇說：「紫心勳章是臉部創傷換來的，她對軍事醫院開給她的止痛劑依賴成癮，看樣子很欠缺經濟來源。」

「我幫得上忙嗎？」

「目前你也只能提供情報了，我想知道她在精神狀態方面有哪些症狀，或許有助於我們面對接下來的發展。」

「什麼情報？」

「那是路邊的一個簡易爆炸裝置，我想多點了解，尤其她為什麼會到那裡去，還有當時死傷的還有哪些人。」

「我盡量。」

「另外我也想對波特菲爾有多點了解，她說我們不知道比較安全，我不太懂這是什麼意思，這人到底是誰？我們只知道他是十四年前的一個沒能通過考驗的菜鳥中尉，是什麼原因讓他十二年後如此受到矚目？」

「桑德森肯定知道。」

「我不能追問這方面的事，她的情緒狀態十分脆弱。」

「你把戒指還她了嗎？」

「她要我暫時保留，等情況好點再說。」

「等得到嗎？」

「或許吧，」李奇說：「凡事起頭難。」

他把手機還給布拉摩，他們繼續等待，各自到了前一天的相同位置，李奇在門廊台階，布拉摩在山溝邊的岩石上。三名牛仔聚集在小徑出口，站成一圈等著，彷彿知道有人即將到來。

史戴利這人向來認為所有資料和情報都應該馬上加以應用，這是現代商業環境下的第一條守則，或者第二條，排在嚴格控制成本後面，各家雜誌的說法不盡相同，最保險的方法是雙管齊下。每天早上，在貨車裡，他在起床前會先把夜裡進來的簡訊看一遍，播放所有語音電郵，因此當下他就知道那個大個子必須出局。他打的頭幾通電話便是為了安排該如何進行的，他相信充分授權是成功決策者的特徵，這是現代商業環境下的第一條守則，或者第二條，或第三條，或者隨便第幾條，總之這點非常重要。

到了車子在騾子叉口轉彎時，史戴利已經擬好了策略，到了車子經過據說是他的前輩比利的住處時，他已經選好了誘餌。到了車子經過據說曾經是一個叫波特菲爾的人的住處時，他已經決定好要在哪裡祭出他的誘餌。

他繼續往前開，然後從右側的第二條小徑轉進去，準備展開一趟——根據他前一天早晨的經驗——布滿樹根和岩石、長達四哩的漫長路程。對車子不太好，不過他這人一向相信生產力取決於所有固定資產的充分使用，這是當前新環境下的第一守則。

李奇聽見背後房子的大門打開，他站起，轉身，正好看見麥肯齊走出屋子，她背後的陰影中有個模糊的嬌小身影，一抹銀色。麥肯齊對著它把門關上，沿著小徑走過來。她看了眼仍然遠遠站在車道出口的三名牛仔，然後朝布拉摩走去，李奇也跟了上去。她找了塊岩石坐下，李奇在六呎外也找了一塊，布拉摩坐在之前的老位子，他們看來像是漂流到岩岸上的三個海上難民，正在討論生存大計，他們後方的無邊原野猶如大海般遼闊。

麥肯齊說：「我想頗有進展，沒想到這麼快就能談出這樣的結果，意思是說，如果她說的那些都算數的話，有時候我感覺有些事她未免贊同得太快了些。因為那些都是未來的事，她知道今天不會有任何改變，她的眼界似乎就只到那裡，可是每一天終歸都會變成今天的，她不能不認真考慮，她必須了解，我遲早都得帶她離開這兒。」

「什麼時候？」布拉摩問。

「新的住處和合適的醫生是基本要素，我們可以在等待的同時一邊搜尋這方面的資料，要的話明天就可以開始。還有，我決定搬進來住，我認為我們都該搬進來，這裡有不少空房子，開車來來回回的太不濟事了。」

布拉摩說：「搬進來？」

「較有效率，你不覺得？如果我無時無刻都在這裡，就可以無時無刻照顧她了，也許到頭來我們能提早把這事給解決。」

布拉摩說：「我們不知道這裡的地主是誰。」

「某個三年沒來過一次的人，有什麼道理突然跑來？再說我們也不會在這裡待太久。」

布拉摩說：「妳估計會待多久？」

「完全得看住處和醫生人選是否有著落。」

「樂觀估計？」

「我心裡預計大約一個月，」她說：「最多兩個月。」

前方的車道出口傳出引擎聲和輪胎打磨聲，三名牛仔連忙後退。李奇看見一輛破舊的貨卡車穿出樹林，它的載貨平台裝了塑膠露營車殼，他見過這輛車子，在泥路上錯車，駕駛是一名年約三十七、八歲的男子，直盯著前方，沒看他們一眼。

麥肯齊回頭看。

「一定是史戴利，」她說：「蘿絲巴望著今天他會再來。」

36

史戴利看見幾個牛仔往後退，他認出他們是他前一天見過的，同樣那三人。他們一方面是讓路給他，一方面像是形成一支歡迎隊伍，或者榮譽護衛隊。私心裡，史戴利很喜歡和毒蟲打交道，顧客總是感恩又熱絡，不像以前他做過的一些工作。

接著，他看見牛仔後面停著那輛髒兮兮的黑色豐田車，就在那兒，正是他打電話向蠍子報告的那輛貨卡，他停在泥路的路肩，像警察那樣詳細描述這車子，裡頭坐著據人家說到處打探消息的那兩名男子和一個女人，其中一名男子是個大塊頭。

史戴利大喊報到，等著回應。

他望著房子。靜悄悄，大門緊閉。

他望向右邊，遠處的林木線。

什麼都沒有。

他望向左邊，山溝邊緣一帶的岩石堆。

上頭坐著三個人。

一個穿套裝的老先生。

一個漂亮女人。

還有一個異常高大的男人。

史戴利在車道出口停車，他停頓了一下，然後關掉引擎。他下車，領著幾個急切的牛仔走向後車門，他在這裡做了一件他從沒做過的事。他讓他們看車子內部。他把毯子往後拉得稍微遠一點，像是不經意地，讓那些紙箱露出來。好幾十個，有些仍然包著收縮膜，有些已經打開，但都還相當滿，全都又白又乾淨，上頭印著美國文字。他感覺背後傳來焦渴的呻吟，好現象，他要讓他的新夥伴感受一下他供應的好貨。

他和他們圍成一圈，對他們說他們能為他做什麼，他能給他們什麼。委託授權，當前商業環境下的不二法則，尤其當對手是個大塊頭。

李奇看見他們聚在貨車的車尾，一起探頭看著車內，也許是在察看貨品，他們似乎對品質相當滿意，或者數量，或者兩者都有。這讓李奇想起他母親，很久以前在某個海外營地，每次魚販貨車來報到，她和另外幾個軍眷簇擁在路邊的情景，接著史戴利湊過去，一夥人開始認真討論起來，大概是價格吧。對他們雙方都很重要，儘管立場不同。

麥肯齊說：「蘿絲沒出來，我猜她朋友會替她買，也許他們一直都這麼做，這表示比利從沒見過她，就算找到他也沒用。」

李奇說：「我們得談談比利。」

「為什麼？」

「他被警方逮到了，緝毒小子已經和他談過一次。」

「他什麼也沒承認。」

「他撐得了多久？」

「你們提到用橡皮管和警棍逼供什麼的，那都只是開玩笑吧。」

「他會接受他們的條件，或者不小心吐了出來，他並不清楚他們的調查還缺哪些部分，他遲早會說出不該說的。保守點估計，時間或許相當急迫，我們得重新考慮離開這兒的時程安排。沒道理貨源被切斷了還待在這裡，更沒道理一直在這裡待到聯邦探員趕來，我了解這對妳們姊妹倆非常煎熬，可是這些麻煩的枝節問題也不能不管。」

「你認為一個月太長了？」

李奇看見在車道出口那輛貨車的車尾，鈔票易手。

「我覺得應該快一點。」

他看見幾只白色小紙箱被交給買方。

「要多快？」麥肯齊問。

「我告訴過布拉摩先生，我直覺認為最好在兩、三天之內離開這裡。」

「不可能。」

「妳最快多久可以結束？」

那輛貨卡發動，轉彎，沿著車道往回走，幾個牛仔抱著白色小紙箱朝房子走去，把其中一半堆在門廊上，門口外面，然後將剩餘的帶走，走進一條曲折的林間小徑，沒了蹤影。

「我們得找到肯配合的醫生才行，」麥肯齊說：「沒有這東西她活不下去。」

「問問妳在森林湖市的鄰居。」

「他們只認識復健中心的醫生，我們要的是一個毒品販子。」

「咱們像是待宰的鴨子，」李奇說：「這下麻煩了。」

麥肯齊又進去陪她妹妹一小時，然後出來，說她準備好回旅館去辦理退房了。她保證四小時就回來，連同行李，準備在這兒待上一陣子。布拉摩聳聳肩，最後同意比照辦理，脫離了舒適圈，但這可是他的事業第二春呢。李奇說他已經退房了，他一向習慣一次只付一晚的住宿費，他的牙刷已經在口袋裡，沒有別的行李。總之他寧可在這裡清靜清靜，稍後和他們見面，麥肯齊進屋去告訴妹妹他們的最新安排，接著她和布拉摩開車離去。

李奇坐在門廊台階上，這裡已成了他的指定席，他前方的山溝向前開展，而後逐漸往下降。再過去的地平線一片灰濛濛的橘色，更遠是朦朧的藍色山脈，空氣無比清澈恬靜，他望著幾隻食肉鳥在八哩高的空中乘著熱氣和飛機凝結尾盤旋，十呎外的岩石上有隻花栗鼠。

在他背後，門打開了。

花栗鼠沒了蹤影。

一個耳熟的嗓音說：「李奇少校？」

他站起，轉身。她出現在門口，穿著銀色運動套裝上衣，帽兒往前拉，她從陰暗的屋內探出頭來，模糊的疤痕，鋁箔紙，堅定的眼神。

她說：「我想繼續昨天的談話。」

「哪個部分？」

「我以為你是來執行公務的。」

「我不是。」

「這我相信，我只是想聽聽你的意見，有些事你或許比我懂。」

「到這兒來吧，」他說：「天氣很棒。」

她略微遲疑，然後步出大門，越過門廊走來。她個子非常嬌小，走起路來像運動員。她的確就是，步兵團有著運動員式的紀律，她和李奇坐在同一級台階，相距約一碼。她身上有股肥皂味，和一股澀味。大概是她臉上的東西，他猜想。鋁箔底下的。從側面，他只看見她的帽兒，洞穴似的向前突出。

花栗鼠又跑了出來。

她說：「我說過，我有個朋友的案子還沒結。」

「小西‧波特菲爾。」

「你果然是政府派來的。」

「不是，不過我這一路上收集了不少情報。」

「你對他了解多少？」

「非常少，」李奇說：「只知道他和妳有過一段交情，是個有錢的常春藤名校畢業生，待過海軍陸戰隊，而且他非常尊重原創，寧可拿水桶接雨水，也不肯把漏水的屋頂修好。」

「十分中肯的一段總結。」

「而且五角大廈列有他的三份封存檔案。」

「我無法談論這些。」

「這樣的話我要如何給妳意見？」

「從理論上說，」她說：「一個調查案始終沒下文的原因會是什麼？」

「很多可能，也許調查結果不如預期，也許遇上了瓶頸，也許一開始就困難重重。我需要知道多點細節。」

「我不能告訴你。」

「那我就憑經驗作個推測，也許是雙頭馬車結果兩頭落空的狀況。五角大廈似乎握有原始檔案，就說兩年前波特菲爾有正義要伸張吧。他為什麼會打電話給五角大廈？這反應不太自然，十二年前他是海軍陸戰隊的戰地中尉，五角大廈從來就不是他生活的一部分，我敢說他連那裡都沒去過，我敢說他也沒有那裡的電話號碼。可是他查出它的號碼然後投下了硬幣，這表示他心中那件事必定帶有高層次的軍事面向。接著五角大廈把檔案副本給了緝毒局，這表示這事肯定也帶有高層次的麻醉毒品面向，也許兩個單位之間有些溝通不良的問題，也許五角大廈以為緝毒局正在處理，而緝毒局以為五角大廈正在處理，結果到最後沒人管。」

「我不能跟你談細節。」

「我們知道他的房子在他死後曾經被闖入。」

「對，我看見了，我回去過幾次，只是去走走看看。」

「依我看很像老派秘密調查人員的手法。」

「我同意，相當俐落。」

「妳知道是誰幹的。」

「我不能談這些。」

「妳知道他們拿走了什麼東西。」

「是的。」

「妳可以回答我一個問題嗎？」

「得看是什麼問題。」

「只要回答是或不是，就這麼簡單，不必說細節，不必交代背景，不想說就別說。」

「一定？」

「只要回答是或不是，讓我對某件事能安下心來。」

「關於什麼？」

「妳知不知道波特菲爾是怎麼死的？」

「知道，」她說：「當時我在場。」

科克・諾博特別探員所屬的分局位在科羅拉多州丹佛，他的辦公室是單調的米色空間，由於他從比利在懷俄明的住處帶回來的那只鞋盒裡的金子而突然亮了起來。那些東西整齊排列在他辦公桌上。全是些零碎的小金飾：帶有鍊子的十字架、耳環、手鐲、小墜子、頸圈、流行戒指、婚戒、畢業紀念戒。他得填寫一張細目表格，還得描述外觀和價格。

有些不值錢，有些是用沒有珠寶工匠認得出來的薄薄的合金壓成的，二十分錢吧，其中有些大概就值這麼多。另外有些也只是廉價品，以重量計算大約值七塊錢，運氣好的話九元。有些比較貴重，有一只相當厚重的十八K結婚戒環，很漂亮，在當舖值五十塊錢，還有一對耳環也差不多，十八K金，沉甸甸的。兩只，共值約六十元。

填寫完畢，他瀏覽著清單，右手邊的欄目是價格，相當凌亂，沒個準兒。從一文不值一直到價值大把鈔票不等，當中有一連串重要停頓點，兩元、三元、四元一直到六十元以上，販毒市場不是這樣運作的，那可不是賣熟食的小店，可以讓你東捏一點、西掐一點，你得付十塊錢買一包十塊錢的褐色粉海洛因，或者買更多，花二十塊錢買兩包，或者三十塊錢三包，經濟專家把這稱作階梯式定價。

然而比利的定價顯然相當分散，就好像他販售的是五元一包、六元一包、十三元一包，還有十七元、九元一包的散裝。全方位服務，無論顧客要多少，當場稱斤論兩賣出。

可能性非常低。

因此他賣的或許不是一包包粉末，也許他是採大量進貨，為了便於零售，可以把龐大數量分散成小包，必要時甚至可以個別包裝，賣給那些手頭拮据的人，或者用剪刀剪成兩片、四片，賣給那些窮光蛋。

就像古早年代。

不可能。

他拿起桌上的電話，打到監獄。

他說：「我在等一個從奧克拉荷馬轉來的人，叫比利什麼的。」

電話裡的聲音說：「我們剛完成收容手續。」

「把他直接帶到訊問室，告訴他我有問題要問他，我幾小時內過去，讓他冒點冷汗。」

不想說就別說，李奇這麼保證，結果蘿絲・桑德森還真什麼都不想說，至少關於波特菲爾的事是如此。她只在帽兜裡微微點頭，彷彿事情就這麼搞定。

接著她說：「我姊姊說，你曾經問她長得美是什麼感覺。」

「沒錯。」他說。

「當時你已經猜到我的狀況了。」

「合理的推測。」

「相信她一定給了個矛盾的答案，她仍然很美，漂亮的人內心知道，別人會覺得他們總是要什麼有什麼，他們必須裝無辜，他們必須說漂亮讓他們自覺很膚淺。可是現在我可以告訴你，其實他們心裡可得意了，那種感覺就像帶槍參加刀劍競賽，有時候我只消把它舉起，砰砰砰讓他們一個個倒下，那是一種超能力，就像任意切換雷射槍的光束強度，要擒要殺隨你便，根本不必否認，這是演化上的優勢，就像你長得魁梧是一樣的。」

「我們應該來生小孩。」他說。

他聽見帽兜裡的鋁箔一陣窸窣，但願笑了，他想。

她說：「已經太遲了。」

「波特菲爾顯然不這麼想。」

「我們是朋友，如此而已。」

「床上有兩個凹痕。」

「你怎麼知道？」

「修屋頂那傢伙告訴一個人，那人告訴另一個人，那人又在酒吧告訴了我們。」

「那個修屋頂的人看了我的床？」

「妳的床？看來妳也同意他的說法。」

她說：「小西跟別人不一樣。」

他說：「要如何才能避免感染？」

「長期靜脈注射抗生素，這很平常，多數傷口都會感染，細菌會把自己隔絕起來，很難清除。」

「可是妳不想到醫院去？」

「我不喜歡，我會令人家難堪，我是每個士兵的最大恐懼，毀容的傷口。風光的是那些手臂和腿受傷的人，一堆科學器械等著他們，鈦金屬和碳纖維，有些義肢造價高達百萬元，看起來比新的腿還要好，他們會特意穿短褲炫耀，我不一樣，我只會是公關惡夢。」

「妳可以在家做靜脈注射，」李奇說：「只要能找到某一類醫生，妳姊姊會找到的。說到藥物上癮的問題時，會主張採用有如一條漫長、緩慢的下滑坡道的戒除方式的那類醫生，會在妳安頓下來的同時，讓妳目前的用藥習慣繼續維持至少一年的那類醫生。」

「我不相信她。」

「不相信她的決心？」

「不相信她做得到。」

「她有錢，我們說的可是全民醫療保健系統，她會得到她要的。」

「人家會看到我，那裡是郊區。」

「那裡是伊利諾州的森林湖市，妳可以在頭上套一個紙袋，人家會以為那是行動藝術，再過一年妳就可以開一個自己的電視節目。」

「我比較喜歡這裡。」

「因為史戴利送來的東西，更早是比利送來的東西，那只是一種反常的脫軌現象。這裡的毒品交易已幾乎絕跡了，妳正在最後僅存的一個小破口上，他們已經在大力掃蕩，比利已經被抓進牢裡，他們只差臨門一腳就可以斷了妳的貨源，從戰術的角度想想吧，我們非得馬上行動不可。」

她沒回話，只是呼吸有點急促，身體僵硬，即使距離一碼他都感覺得到。低緩的震動，透過台階木板傳過來。

她說：「我要進屋去了。」

他說：「抱歉害妳難過。」

「再過一分鐘我就沒事了。」

她站了起來，走上門廊。接著他聽見她轉身，等在那兒。他抬頭看她，她從帽兜深處回看他，若是在電影裡，這時她的眼睛應該會迸出紅光。

她說：「問題就在這裡，這東西必須無縫接軌，很不幸我真的需要它。就像現在，對我來說全世界最重要的東西是一條新的止痛貼片，在這節骨眼上它抵得上一百只戒指或十幾個姊妹，可是幸運的是我有新的貼片，我已經決定好好舔它一舔，我已經下了這決定，這會讓你難過嗎？」

「會，」李奇說：「有一點。」

「我也是。」她說。

他等藥物起作用等了十分鐘，可是她沒再出來。於是他起身，沿著林木線散步，直到看見幾個牛仔從林間小道走過來。三人組，和以往一樣由那個穿蜥蜴皮靴的帶頭，他們向李奇招呼的方式讓他感覺他們似乎很意外看見他，他對他們說他留了下來。

穿靴子的人說：「其他人不在？」

「幾小時後回來。」李奇說。

「你和蘿絲談了沒？」

「沒錯，」李奇說：「我和她談了。」

「她狀況如何？」

「她說波特菲爾死的時候她在場。」

「我相信這是事實。」

「當時你們在哪裡？」

「科羅拉多，這裡的春天來得晚，我們到那裡載運乾草打工。」

「你們回來時她怎麼說？」

「她向來不談這些。」

李奇沒說話。三人彼此對看，有點遲疑，有點嚴肅，像是突然起了怪念頭。穿皮靴的人說：「你要的話，我們可以帶你去看一下他被發現的地點。」

「在這附近？」李奇說。

「徒步約一小時，主要是上坡路。」

「有趣嗎？」

「走路很有趣，可以邊討論這事的爭議點，你會猜想什麼樣的人有能耐扛著屍體走那麼遠的路。」

「你說任誰都能這麼做。」

「我說任誰都會，這是不一樣的，居民中只有極少數人辦得到。」

「好吧，」李奇說：「帶我去。」

他們越過房子轉角的林間空地，朝著另一個樹林中的缺口走過去，可是穿皮靴的傢伙先繞回他們的雙排座貨車，帶著一把步槍回來。他說先別管真相如何，別忘了他們走這趟的原因，這裡是熊的棲息地。

37

小徑沿著樹林往上升，隨著坡度變得陡峭，林木也越來越稀疏。有些樹幹被大角鹿的叉角磨得傷痕累累，地上有麋鹿的足跡，沒有熊跡，還沒有。這讓李奇暗暗慶幸，那傢伙帶的是一把舊式M14型加蘭德（Garand）步槍，六十年前美軍的主要配備，笨重的武器，可是效能不錯，只是它裝填的是北約會員國的標準用彈，比起熊來相當細小，也許他們就只剩下這種彈藥了，也許其他的都賣光了，用來交換某種最近突然變得昂貴的東西。

聊勝於無，李奇心想。

他們往前走，空氣很稀薄，李奇感覺呼吸十分吃力。那三個牛仔可不一樣，看來正常得很，他們習慣了，在海平面的地方他們說不定還會因為氧氣過多而頭暈，說不定比舔貼片更爽。健行本身倒是沒什麼，但一路上充滿樹根、岩石和碎石，和之前他們開車經過的小徑相同，但是更窄小，坡度還算和緩，偶爾必須往上跨一大步，扛著重物會相當遲緩彆扭，但並非不可能，對居民中的極少數人——就像那人剛才說的——不是問題。

五分鐘後，他們來到一個開闊地帶，這裡有一棵被麋鹿推倒的小樹，有許多動物進出的足跡，有些相當大。

拿步槍的傢伙說：「就是類似這樣的地方。」

「類似？」李奇說：「但不是這裡？」

「那裡還要更遠。只是讓你感受一下，免得你想現在就往回走。」

李奇左看右看，又向前看著大片樹林。他不確定這裡有什麼可看的，不太像會有熊出現，有什麼好擔心的？

「我沒事，」他說：「繼續走吧。」

他們繼續往前，走著走著，周圍的樹林起了變化。不再有林間空地，因為樹林本身越來越稀疏，眼前的景色最終變成一種半森林、半空地的低密度混合地形，地面分布著矮灌木叢，可以通行的小路又直又開闊，視線拉得很遠，是非常理想的獵食動物棲地。

拿步槍的人說：「還好吧？」

李奇環顧四周，他的後腦袋攪動得厲害，它在告訴他最好盡早遠離這類地形，某種原始本能，他的前腦袋想著熊，不太可能，它告訴他。但縱使是一件或然率極低的事實，一種因數，還是值得被列入考慮，值得為之警惕。

他腦中響起西點的辛普森上將從電話那頭傳來的聲音：**不值勤的時間她也總是隨身帶著槍械。**

他又環顧了下周遭。

沒有熊蹤。

這裡沒有。

他說：「咱們回去吧。」

那人說：「為什麼？」

因為我想回樹林子裡，他心想。

他大聲說出：「現在我明白了。」

他覺得自己真的明白了，史戴利是新來的比利，這整個地區性小帝國的繼承人，包括那些不時會收到的語音電郵指示，史戴利一定是收到了一則新的。躲在樹後面對那個無敵浩克——或者隨便哪個被用來形容他的卡通人物——開槍。一切重新來過。訊息收到也理解了，只是史戴利不打算親自執行任務，他收買了外面的雇傭兵團，就在露營車外殼後面的那次重大商談中達成。遊說、出價、引誘、接受，說不定還握了手。

他會知道是因為那把槍，還有文化、習慣和簡單的常識判斷，一個懷俄明牛仔有沒有可能貿然進入一個公認的熊的活動地盤，卻不攜帶足以對付熊的步槍？這種事就像一大早穿上衣服，早該變成一種邏輯順序才對，帶錯槍表示這裡根本沒有熊，表示波特菲爾被發現的地點——據信有熊出沒——不在這一帶，也表示這三人是為了一個全然不同的目的，而把他帶到一個錯誤的地點，帶著一把肯定可以用來射殺人——或者轟掉人的肚子——的M14步槍，完事後根本不需要熊，酒吧裡那個喝著長頸瓶裝啤酒的傢伙是怎麼說的？有幾百種別的生物早就摩拳擦掌，排隊等著替你收拾善後。

他環顧周遭。不妙，林木稀疏，樹幹又細。

荒郊野地。

沒有目擊證人。

沒有證據，這是選擇這裡的最大妙處。

有那麼會兒他猜想著他們究竟收了多少酬勞，可是立刻把這問題打消，一方面因為這根本上是徒然，也因為答案太明顯了。據我了解，那真的是一種美妙的經歷，聽他們談論那種狀態，簡直幸福到了最高點，他們得到好幾箱可待因酮和吩坦尼貼片，就像在牢裡被操來換取一條香煙。生命很廉價，可是下一秒他又覺得自己遭到了背叛。他還以為他們一直處得不錯，他很用心，很客氣，接著他務實了點，用他們的觀點來看這件事，有些東西對一些人特別重要，重要到超過家人、朋友，超過任何一種和諧可靠的人生。

絕不能低估嗑毒快感的吸引力。

他希望他們每個人都得到好幾箱。

他們得要很辛苦才能掙到。

他轉身往回走，邊用眼角餘光瞄著那傢伙，第一道冷箭他倒是不擔心，因為多半會射偏。匆忙開火，沒瞄準，第二發就難說了，還有第三發，還有接下來的。M14步槍的彈匣有二十發子彈。他放慢腳步，讓那人走在前面，他打算一路這麼走回去，朝後腰部開一槍也同樣有效，子彈會貫穿身體，帶著一身髒污和血跡卡進十呎外的砂礫堆，永遠不會被找到，怎麼可能找得到？殺死他的那發子彈將不過是一片比許多國家還要大的荒涼州份境內的一個四分一吋寬的偶然的小點。

沒有證據，這是選擇這裡的最大妙處。

他又慢下來，無言的引領，客氣的你先請。於是拿步槍的傢伙往前走，他不急。他們正朝之前看過的那一片林間空地往回走，有棵小樹被麋鹿推倒的那個地點。**就是類似這樣的地方，大概是他們中意的地點吧，不然為什麼在那裡停下？**

他們走了一分鐘下山的路，有些地方成一列縱隊前進，因為樹林又逐漸變密了。李奇一如預先設想的，一路走在隊伍最後。

他掃視著前方，挑了一個位置。

以防萬一。

他說：「咱們從別的路回去吧，這裡的風景我已經看過了。」

這是戰術上的風險，他們並不曉得他知道，還不曉得。正式起衝突是到達那裡之後，而非之前的事。可是比起去到他們選定的地點，這麼做的風險算是小得多，這點毫無疑問，某個他們知道而他不知道的開闊地點。

拿步槍的傢伙停下，轉過身來。

他說：「沒有別的路了。」

「一定有。」李奇說。

「萬一迷路可就糟了。」

「我的方向感好得很，我大致上分辨得出哪一條路是往上走的。」

那人向前一步，這時他和李奇大約有十呎距離，在一條狹窄的路段面對面，步槍鬆垂著握在他身體一側。另外兩人比較近，距離五呎左右，分開站著，讓拿槍的那人可以透過他們之間的空隙看清楚，腳底下是許多樹根、岩塊和碎石，兩側是樹林。

再理想不過的地點。

李奇向前一步。

他說：「波特菲爾不是在這一帶被發現的。」

「你突然成了專家了？」拿步槍的人說。

「康納利警長做過徹底的調查。按理說，他起碼可以把這地區所有住戶的房子都搜過，可是他只搜索了波特菲爾的，因此波特菲爾是在他自己的土地上被發現的，也就是距離這裡四十哩遠的地方，自然生態不盡相同，有熊棲息。」

M14步槍的保險機關是位在扳機護圈前方的一個手動卡銷，往後推，在保險位置；往前推，準備擊發。

李奇仔細看著。

目前是在保險位置。

可是那傢伙的四根手指非常靠近。

李奇說：「把槍放下，咱們談談，不需要到這地步，也許我們可以找到兩全其美的法子。」

「什麼法子？」

「先把槍放下，咱們慢慢商量。」

那人沒動。

李奇說：「你得把眼光放遠點，今天史戴利跟你稱兄道弟，明天他搞不好就出局了。蘿絲的姊姊要帶她到芝加哥去，在郊區，不是城裡，一個很棒的地方，她可以把它變成慈善機構，你們可以跟著一起去。」

「我們在這裡過得很好。」

「他們把比利關進牢裡了，」李奇說：「只差兩步就可以斷了你們的貨源。」

話一出口他就知道自己說了蠢話，他們的反應和蘿絲・桑德森一模一樣，呼吸急促，姿勢僵硬，充滿恐慌地哼哼沉吟著，就他們來說又多了幾分急迫性，得決定接下來該怎麼做，就好像人家承諾他們的發薪日就要被奪走，李奇在他們臉上看見他說的斷了你們的貨源這句話立即轉譯成一種怒吼，在他們腦袋裡不停吶喊，再多掙一些，快快快。

那人舉起步槍，從右手換到左手再換到右手，笨重的舊玩意兒，將近十二磅重、四呎長。

他的手指繞到扳機護圈前面。

將保險卡銷向前推。

李奇冷不防撞向最靠近他的那人，接著利用反彈力，讓自己往一棵樹直衝過去。無法完全避開子彈的路徑，那是不可能的事，不過要搶先一步評估子彈可能的軌跡並且避開它，卻非常容易，而且別忘了牛頓第三運動定律說的，他所獲得的反彈力，那個人同樣也會得到，只是方向相反，朝著槍過去，作用力和反作用力，結果要了他的命。步槍發射，那人中槍，像是被曬衣繩絆了一跤那樣倒在地上，轟隆的槍擊聲減弱為清脆響亮的山谷回音，接著一聲低鳴，接著消失。拿步槍的傢伙怔怔看著，李奇脫離樹幹，朝他的頭撞過去並且奪走他的步槍。

他搖晃幾步，跪倒在地上。

第三個人看傻了。

李奇說：「去察看一下你的朋友。」

其實他遠遠地已經看出沒救了，那傢伙射擊角度很高，子彈貫穿那人的喉嚨，這位置普遍被認為效果和朝腹部開槍一樣好，甚至更好也不一定。子彈會落在一百碼外的泥地上，上面的頸部軟組織很快就會被噬光，受損的脊椎骨會被野獸挖出、咬碎，以便吸取裡頭的骨髓，一點證據也沒留下。

跪著察看屍體的那人抬頭，搖搖腦袋。李奇把槍口對著他，然後往他要他去的地方指了指，也就是穿皮靴那傢伙的旁邊。那傢伙正一手撐在地上，掙扎著想站起，最後總算爬了起來。

「帶路，」李奇說：「咱們終歸還是得走這條路。」

他們搖搖晃晃走在他前方，他跟在後面，一手提著步槍，他們沒有反抗的意思，全然地被動，彷彿認命了，也許是受了驚嚇，也許是癮頭來了，也許是一種牛仔作風。

他們比布拉摩和麥肯齊辦完旅館退房之後回來晚了兩分鐘到達。蘿絲・桑德森到門廊上迎接她姊姊。布拉摩站在車子旁邊，讓她們有多點空間，李奇和剩下的兩人正好從他們之間的樹林走出來，停下腳步。舞台中央，不需要交代情節，已經夠明白了。兩個，不是三個人，兩個都一副膽怯、落敗頹喪的模樣，被李奇拿步槍從後面驅趕著。

桑德森似乎認出了那把槍來，她轉過頭來，她的帽兜像潛望鏡那樣緩緩擺動。她注視著這場景，那兩人，步槍，李奇。他知道她在思考，像步兵軍官那樣思考。她在腦子裡播放軍事演練，像下棋電腦，像西點軍校校友。

她找到了說得通的解釋。

她說：「被史戴利收買了？」

他說：「沒錯。」

「真糟糕。」

「我也不怎麼喜歡。」

「史戴利跟你有什麼過節？」

「他主子看我不順眼。」

「可是你又不是來執行公務的。」

「我一路找他們碴。」

「什麼狀況？」

「一人陣亡，」他說：「有利的一槍，倉促中沒瞄準，目標移動，他的視線混淆了。」

「放他們走吧，」她說：「步槍留著，他們沒別的槍械了。」

那兩人拖著腳步走進他們的樹林小徑，兩姊妹走到門廊台階上和李奇、布拉摩會合，四人坐下來說話，桑德森又把帽兜拉上，只露出一條細窄的垂直縫隙，它轉過來對著李奇的臉，她說：「我代他們致歉。」

「不必，」他說：「沒有大礙，沒關係，戰術運用純熟，加上操作技巧卓越，克服了原先的工具缺乏。」

「你是什麼時候發現的？」

「第一個跡象是我們在一塊林間空地停下時，他們的態度有點怪。可是我猜那人不可能扣扳機，我猜他沒有經驗。」

「我代他們致歉，」她又說：「他們是我朋友。」

「不必。」他又說。

「可是這也怪不得他們，你絕對想像不到人家給他們的交換條件有多優厚。」

「其實我心裡有譜，光從因果關係就知道了，我是非常嚴肅看待的，相信我。我也沒有批判的意思，事情就是這樣，該做的就是得去做，對吧？」

「沒錯。」

「眼前妳該做的是進屋去，換一條新的貼片，因為接下來妳得要做的是作個抉擇。」

「什麼抉擇？」

「妳可以和我們冷靜討論下一步要怎麼做。」

「或者？」

「我留下你們，一個人繼續上路。」

38

桑德森進屋去換新貼片，門才在她背後關上，布拉摩的手機響了，他看了下螢幕，說：「是諾博特別探員，在丹佛辦公室打的。」

「別接聽，」李奇說：「他會問你是否已經找到蘿絲，可能只是順便問一下，也可能是要找她當證人，你不能告訴他蘿絲的下落，暫時不行，對他保守秘密會讓你不舒服。」

「也許他有消息要告訴我們。」

「他還沒退休，是只拿不給的，別接聽。」

布拉摩沒接聽。鈴聲靜下來，語音電郵傳來，布拉摩馬上把它調出，聽了會兒，然後說：

「他想知道我們找到蘿絲了沒。」

在他們背後，大門打開，蘿絲走了出來。嬌小、輕盈、優雅，帽兜的褶邊在前面帶頭，她在台階上坐下。

她把帽兜轉向李奇。

她說：「要什麼時候繼續上路，當然得由你自己決定。」

他說：「我沒有濟世救人的意思，我只是想知道事情真相。現在我已經知道了，不算是圓滿結局，我不想等到情況更惡化了還待在這裡，我不想看見妳突然被聯邦單位監禁起來，沒有醫療監控，連消毒藥膏都沒有。妳老姊則會因為被當作類似從犯的角色而搞得苦不堪言，只因為緝毒小子認為一個富有的白種女人可以在電視新聞中多少彌補一下主嫌曝光不足的缺憾，讓她為了不服控訴，打官司打到破產，讓布拉摩丟掉執照，不得不另闢事業第三春，我要趁這些事還沒發生前離開。」

她說：「你說得好像真的會發生。」

「他們已經把比利關進牢裡，而妳居住的地方又有個掛掉的牛仔，總會有人發現他的，就像當初有人發現波特菲爾。康納利警長會來搜索妳的房子，除非緝毒小子因為比利替他畫了張手寫註記地圖，搶先一步跑了來，除非在他們任何一人趕來之前，妳就被斷了貨源，這樣的話妳就得藉口牙痛一天跑五次急診室拿止痛藥，這些情況總有一件會發生的。」

「你認為貨源還有多久會中斷？」

最要緊的一件事。

「這是循環邏輯，」李奇說：「如果我留下你們，一個人繼續上路，我的第一站會是南達科塔州雷皮德市，我得去拜訪一下亞瑟蠍子，波特菲爾的事他對我撒謊，而且還前後要兩個人躲在樹後面對我開槍。他踩了紅線，當然絕不會有好下場，他會被塞進滾筒式乾衣機，我得花兩天到達那裡，花一天收拾他，我估計妳的貨源會在從現在起中斷大約三天左右。」

「你這是打鴨子上架，我得同意現在就走，不然你還是會逼得我非走不可，三天期限完全是你片面訂出來的。」

「有這種結果也是不得已的，從我的角度想想看，我當然不想在這裡眼睜睜看著事情越變越糟，而且我一旦離開這裡，當然也別無選擇，必須直奔雷皮德市。不然我還能去哪裡？這傢伙無端招惹我，要是有人從遠遠的建築物朝妳開火，妳會怎麼做？」

「我會請求空襲支援。」

「這就是我的空襲版本。」

「所以我只能在這裡再待上三天。」

「就當它是不得已的結果吧，我沒有濟世救人的雄心。」

她沒回應。

珍・麥肯齊說：「李奇，三天不可能。」

「咱們就挑戰一下妳的說法，」他說：「讓它變成可能。」

他們進了屋子。布拉摩在一張扶手椅坐下，麥肯齊在另一張坐下。桑德森說她喜歡盤腿坐在地上，李奇仰躺下來，一隻手臂枕在腦後，眼睛盯著天花板，聆聽著。他們先是把蘿絲會需要的東西列出一張清單，最容易的方法就是把她現有的東西列出來，包括寧靜、與世隔絕的住處，以及能夠取得醫療等級的類鴉片藥劑，她需要的每日劑量則是遠遠超過任何有醫德的醫師可以容許的範圍。

麥肯齊說，長遠看來這樣的住處一點問題都沒有，可是短期之內連個影子都沒有。她和她丈夫沒有海邊小屋或狩獵木屋，他們的馬棚旁邊有一棟原有的傭工房舍，不過需要加裝暖氣和一間新臥房。

李奇說：「妳有沒有客用套房？」

「兩間，可是都在房子裡。」

「屋子裡只有妳和麥肯齊先生，一個好人、好伴侶，他對這種種安排會不會有意見？」

「不會，他會欣然配合。」

「妳確定？」

「確定。」

「好，」李奇說：「那麼就讓蘿絲暫時住在客用套房，等待進一步消息，讓她住在面對湖泊的東側翼房，妳有六英畝大的院子，相信街道也是綠蔭濃密而且寧靜，絕不會像是住在時代廣場中央，我們必須盡速決定才行，不要為了追求完美，反而壞了事。」

麥肯齊看著蘿絲，蘿絲點了點頭，她同意了。未來的事對她沒差，反正不會到來，清單上的第二項意謂著他們可能永遠都做不到。

麥肯齊說：「關於醫生的事我們得實際點，我們甚至都還沒開始找呢，我相信這樣的人選非常稀少，網路或許會有幫助，但我們可能得等預約，而且我相信他們起碼還是得做做表面工夫，他們會要求進行初步的會診，要不就是我們要找的人現在正在安圭拉打高爾夫，你也清楚那些人是怎麼回事。」

「我不清楚。」李奇說。

「兩週，」她說：「我對這圈子很熟，相信我，感覺上這事非得兩週才能完成，這是最低限度。」

沒人答腔。

蘿絲從帽兜深處說：「你們全都非常客氣委婉，所以我就自己說了，我只會給大家添麻煩。你們要如何填補斷貨的缺口？你們要如何連著兩週每天源源不斷供應我？這當中還有不少時間是耗在路上的，每晚到不一樣的城鎮去買，你們辦不到的。」

還是沒人答腔，問題就這麼懸在那兒。**你們要如何彌補斷貨的缺口？你們要如何每天源源不斷供應我？**這是每個計畫的障礙，就像欄杆扶手上的一根尖刺，其餘的都不是問題，除了這點，李奇全都可以想像。需要的數量太大了，勢必得全天候供應。

為了打破沉寂，麥肯齊聊起了伊利諾州森林湖市的事，似乎是非常棒的地方，他們的房子是一棟宏偉的都鐸式老建築，有著古老石磚和彩色鑲嵌玻璃窗，還有一片長而平緩的草坡，還有一座停著條小船的石造碼頭，和前方那片大得像海洋的亮閃閃的湖泊。接著李奇了解到她不單是為了打破沉寂，或者炫耀她的房地產，她是在編織某種久遠以前孿生姊妹之間共有的綺想，她們憧憬的生活，以及生活中的種種，猶如一場美夢。他能夠理解生活在地處內陸的懷俄明州的女孩會多麼嚮往水岸生活，這時麥肯齊是在說，她把它實現了，就在眼前，唾手可得。她是在說，接下來就在妳的美夢中生活一輩子吧，有著濕潤草地、長了青苔的石磚的美夢，這真是不著痕跡的高明誘惑。李奇只能想像這在孿生子之間，在某種未知的親密層次中，還會發揮何等強大的力量。它是那麼動人、難以抗拒，值得為它犧牲，厲害的心理操控術。只不過，還是有幾個問題沒解決。

妳要如何填補斷貨的缺口？妳要如何源源不斷供應她？

在丹佛，科克・諾博一直忙著處理別的事，接著又被拉去參加一個完全不相干的會議，結果他讓比利冒了兩個多小時冷汗，將近四小時。他進了偵訊室，看著雙向玻璃，仔細而謹慎，他一向很得意自己觀察入微的能力，他一眼看出比利是個苦熬出身的鄉下孩子，四十歲左右，精瘦，神色鬼祟，就好像一隻狐狸和一隻松鼠生了孩子，花了一半時間讓牠在太陽底下烤曬，另一半時間拿棍子打牠。他沒有冒汗，沒有發抖，沒有不停點著腳趾頭或摳指甲，不碰毒品，連菸都不抽。

這樣的人什麼都不會透露，除非說溜嘴，狐狸和松鼠有不少優點，可是牠們沒有大學文憑。肯定有些弱點，有些罩門，也許是認同感，比利這類人恐怕很少得到。也許奉承兩句便可以讓他回想起他自豪的一些交易經驗，也許可以利用那些價格零散的小首飾做為看圖說故事的樣本，讓他回想每樣東西當初是怎麼得手的，他可能會說，是啊，有個小妞沒錢，所以給了我這個。

用來交換什麼呢，比利？

諾博派了個跑腿的到他辦公室去拿那只裝了首飾的鞋盒。

臨時會議中斷，李奇走到門廊上，布拉摩也跟著出來，李奇想像桑德森在他空下的扶手椅坐下，想像兩姊妹開始談話，希望不會太久，他想。

布拉摩說：「這事咱們解決不了。」

「總會有辦法的。」李奇說。

「等你想出了辦法，千萬記得通知我。」

「你真想知道？你的規矩比我多。」

「其中一條是說，要是我沒為我的客戶擬好B計畫的話，就算是失職了。起碼心裡先有個底，就這件事來說，我必須開始替蘿絲安排一些醫療優惠待遇，不是住進聯邦監獄，而是擁有一套我們屬意的私人設施，必要的話由我們自費雇請保全。顯然可以商量的對象就是人正在丹佛的諾博，他有決定權，我們已經打好不錯的關係，我應該好好維護，應該接聽他的電話才對，下次我真的得接聽了，未來可能還得靠他幫忙。」

「我們還不需要B計畫。」

「最好先有個譜。」

「如果這時候你接聽他的電話，勢必得告訴他蘿絲在哪裡，這麼一來等於直接跳到C計畫，也就是這整件事就此瓦解，或者你對他撒謊，但基本上這算是重罪。」

布拉摩沒吭聲。

李奇說：「可以幫我個忙嗎？」

「要看是什麼事。」

「去問問麥肯齊女士，她妹妹有沒有提到史戴利明天會不會再過來。」

「為什麼？」

「我想知道。」

布拉摩進屋去，可是一分鐘後出來的是桑德森，她在之前坐過的位子坐下，台階上，帽兜蓋上，距離一碼。

她說：「我姊姊給我錢，我要史戴利每天過來，直到我不痛為止，或者直到他手上沒貨了為止。」

李奇說：「他沒貨了會如何？」

「有時候他們會突然一天沒來，我猜他們大概到別的地方去取貨了，當他們又回來，我們真的好高興。」

「可以想像。」

「對不起。」

「別這麼說，我們都上過同樣的歷史課。」

她在帽兜裡點頭。

她說：「嗎啡是一八〇六年有的，皮下注射器是一八五一年，剛好為內戰提供了一個絕佳組合，而那場戰爭留下了成千上萬的藥癮者。接下來是一次大戰，也是同樣狀況。到了一九二〇年代，已經有了數百萬藥癮者。」

「軍隊很重視傳統。」

「一次大戰也開始出現大規模的顏面傷害，終戰時有好幾百萬人，法國人稱他們叫mutilés，殘疾人，形容得很好，因為確實就是這種感覺，也因為聽起來像mutated（突變人），這也是我們有的感覺，你會覺得自己變了個人。當時有早期的整形手術，可是他們大部分都戴著錫面罩，藝匠會配合他們的膚色製作，但實在沒什麼用。都市公園的椅凳漆成藍色，那裡的遊客已經學會把頭轉開，因為他們就坐在那裡，可是這些人絕大多數都不出門，絕大多數都再也不見天日，絕大多數都死於感染或者自我了斷。」

「妳不需要說服我，」李奇說：「我不在乎妳嗑什麼東西。」

「可是你沒辦法替我拿到，沒辦法連著十四天。」

「假定我辦得到，假定妳一輩子都不缺，妳會怎麼做？」

「你是說真的？」

「老實分析給我聽，我知道妳喜歡真相。」

她頓了一下。

「一開始我會盡情享受，」她說：「痛快極了，再也不必考慮劑量，再也不必把貼片剪小，我會直接泡在裡面。」

「太危險了。」

「天啊，我求之不得，除非你體驗過，你絕對無法了解那種感覺，再也沒有比躡手躡腳一路去到死亡大門更棒的感覺了，一路去到黑色的巨門，敲幾下，那是全然不同的領域。當我聽到有人因為施用了一批藥效超強的東西而死掉，我不會替他覺得難過，我會想，哪裡可以找到這等好貨？不是因為我想死，不是，正好相反，我想盡量活久一點，這樣才能每天過癮。抱歉，李奇，我已經不是以前的我了，我突變了，要是你找到的是別人的戒指就好了。」

「接下來呢，在妳過足癮頭之後？」

「我想最後我會收斂一點，也許改用靜脈注射，如果我可以在家做的話。」

「妳覺得妳收斂得了？」

她在帽兜裡點頭。「我真的愛死這感覺，可是畢竟還有相當部分以前的我存在，我很清楚，我靠它熬過了西點軍校的嚴酷訓練和九年的步兵團生涯，我當然也可以熬過這一段，只要我確定我不必完全捨棄，只要我知道供應不會斷絕，也許在週六晚上，如果我感覺這一週表現得不錯，我可以獎賞自己過一下癮。」

「然後呢？」

「然後我會藏身在我姊姊的房子裡，一直住到一百歲，到那時候大家都變得又老又醜，我也不會顯得那麼突出了，可是在那之前，我們不能太過樂觀，因為不會有那麼多接下來怎麼辦的問題需要考慮，我看不出有任何可能。」

「妳可以找個工作。」

「你顯然在狀況外。」

他笑笑。

「我偶爾也工作，」他說：「勞力差事，或者當夜店保鑣，有一次我在佛羅里達的西嶼市挖了一座游泳池，徒手挖，現在應該還在。」

「心理醫師曾經到醫院去看我，有一派新的主張，說要正面迎戰問題，沒有虛假的安慰。別忘了，我是04（少校），成熟的大人，應該承受得了才對。他們讓我看數據，帶有顏面損傷的員工會惹得顧客和同事極度不快，實際上，這些人有百分之百最後只能躲在後端辦公室單獨工作。」

「好吧，別去找工作。」

「接著我們談了一大堆關於我們的人格和長相的關聯，關於潛意識暗示和細微表情，非常根本的東西。後來我發現，所謂正面迎戰這會兒不適用了，他們變得非常含蓄，只是點到為止，他們是想告訴我，我的愛情生活結束了。」

「波特菲爾可不同意。」

「他不一樣。」

「他瞎了嗎？」

「他自己也有些問題。」

在他們背後，大門打開，麥肯齊走到門廊上，後面跟著布拉摩，麥肯齊看樣子似乎有話要說，可是布拉摩的手機響了。他把它拿出來，看了下螢幕。

他說：「是諾博探員，在丹佛辦公室打的。」

他看著蘿絲。

再看看李奇。

有事相求。

李奇說：「你要我扮黑臉？」

他接過手機，按下綠色鍵，把機子放到耳邊。

他說：「喂？」

39

諾博問，為什麼布拉摩的手機是由李奇接聽，李奇給了個含糊的回答，說布拉摩散步去了，可能有收訊不良的問題，所以沒把手機帶著。

諾博說：「布拉摩是麥肯齊女士雇的人，對吧？花錢請來的。」

李奇說：「是的。」

「可是沒雇請你。」

「沒有。」

「那我還是跟你談好了。麥肯齊女士這會兒可以聽見你說話嗎？」

「可以。」

「走遠點。」

李奇拿著手機走向山溝，邊假裝是為了收訊清楚些而移動。他到了那裡，站上一塊岩石，說：「什麼狀況？」

諾博的聲音傳來。「你們找到這位妹妹了。」

「為什麼？」

「你是說還沒找到？」

「我是問你憑什麼認為我們找得到。」

「會有多困難？反正她就在那一帶。」

「這地區非常大。」

「那是描述，」諾博說：「不是否認。」

「在一個散落著廢棄小屋的廣大森林地帶尋找一個躲藏的人，根本是辦不到的事。」

「這同樣是描述。」

「我可以說上一整天，」李奇說：「我待過陸軍。」

諾博說：「我需要蘿絲・桑德森。」

「為什麼？」

「為了情報，我得把一個案子結了。」

「你有比利可以幫忙。」

「就是因為比利我才需要找桑德森。我認為比利對我撒謊，他在吹噓，也許是為了好玩，害我做白工瞎忙，或者只是為了維持自尊，有些藥腳喜歡扯些關於如何拿到好貨的謊，會讓他們覺得很酷，覺得自己是大人物等等的。可是在我把案子結掉之前，我需要找個顧客鞏固證據，為了保險起見，算是一種自保之道。」

「比利是怎麼告訴你的？」

「他說他還在販售以前賣的那些東西，國產可待因酮和吩坦尼貼片，在國內打上商標、包裝。」

「他顯然在吹噓，」李奇說：「你說過這是不可能的。」

「是不可能，我可以證明，因為所有商品在運送途中的每個環節都附有條碼，真的是每一顆都有。所有資料我們都掌握了，目前沒有任何商品流出。」

「所以他確實在吹噓。」

「問題是他知道一些他不該知道的事，商品進行了包裝變更，他知道醫院包裝內層的新促銷訊息，這東西沒人看過。」

「所以他不是吹噓。」

「他當然是在吹噓，他們追蹤每一條輸送帶，每一件產品，還有出廠時的每一只紙箱，他們在卡車上裝了GPS，並且核對訂單和收到的貨款，只要有一點點不符，紅色警示燈馬上閃個不停，但這情況並未發生，沒出任何差錯。」

「所以到底是怎樣？吹噓或者不是吹噓？」

「我只想求個心安，無論如何我都要問一下蘿絲・桑德森她到底買了些什麼。」

「為什麼不往供貨源頭去找？批發商的證詞肯定會比顧客的有分量多了。」

「我不認得那些人，那是一個很隱密的網絡。」

「比利不肯說人名？」

「截至目前他口風守得很緊，僅有的一點情報都是我旁敲側擊問出來的，依他的說法，我勢必得從頭開始調查，我沒那時間，用這方式比較快。我們需要的不多，我們只是想把這案子結了，她只要說比利是滿口謊話的混蛋，一直以來他賣的只是普通的墨西哥棕色粉末。」

房子前，桑德森、她姊姊和布拉摩還在門廊上，三人談了很多，正在商量重要的事。

李奇說：「好的，如果有機會，我一定會把你的話轉達給她。」

諾博說：「你在哪裡？」

「這地區非常大。」

「是不是在她的住處？」

「很難標出確實位置。」

「你正在用手機通話。」

「透過位在一個足足有新澤西大小的巨大圓環當中的某個全向性天線。」

諾博說：「小市民和聯邦探員說話時得要遵守某些法律規定。」

李奇說：「抱歉，我在等著聽精采的。」

「你知不知道蘿絲・桑德森目前的住處？」

「小市民和聯邦探員說話時也受到另外一些法律的保障，主要是關於對一些無聊問話保持緘默這方面的權益。我知道一旦打起官司會如何，相信你也知道，通常不會太好看。因此你應該會有B計畫，這樣你的上司無論如何還是會看見你的輝煌業績，找任何人都行，可是你非要蘿絲‧桑德森留下買墨西哥粉的紀錄，只是為了保險起見，她就是你的B計畫。」

「她每天都在犯法。」

「你應該馬上把她忘了，真的，她會變成你捅的一個大樓子。她在阿富汗被炸傷了臉，你見過她姊姊，想想看，她們的照片會並列刊在全世界各大報上，電影明星和醜八怪，為國從軍的前後對比，而你竟然為了止痛藥找她麻煩？恐怕會引起不小的反彈聲浪，緝毒局將會成為笑柄，我這是在幫你免除一場公關災難。」

「你知不知道她在哪裡？」

「在懷俄明州。」

「你拒絕回答我的問題？」

「不，」李奇說：「我會回答你所有的問題，包括你還沒想到的那些問題，咱們就約定從現在起三天後再通電話吧，但是有兩個條件，在那之前你得閉嘴，還有你必須忘了你聽過蘿絲‧桑德森這名字。」

「為什麼是三天？」

「這問題屬於協議中閉嘴的部分。」

「我不會跟你談判的。」

「那就另外提個可行的方法吧。噢，對了，沒別的法子了，所以咱們就彼此擔待著點。別忘了，我當過軍警，和你一樣，只是制服不同，我無意找你麻煩，我是想幫你一把，這可是一個人久久才會遇上一次的那類好事，我只拿我要的一小塊，就是蘿絲‧桑德森，剩下的全部歸你，我保證這是大利多，這會替你贏得一面勳章，讓你變成大英雄。連布拉摩都認為這將被視為一次大勝利，為一則出色的地區性成功緝毒故事畫下完美句點，得來全不費工夫，諾博，間接損害的相反，我想漫畫書裡的少年偵探會接受這個交換條件的，他知道政府單位就是這麼辦事的。」

「你不是政府單位的人。」

「你很難離得徹底，」李奇說：「只要你是個人才。」

諾博沒說話，又被將了一軍。他沒得辯駁，不然就得承認，是啊，我們的公職人生全是個屁。

「三天，」李奇說：「放輕鬆，也許去看場表演什麼的。」

他按掉手機，回頭走向房子，布拉摩在半路上和他會合，李奇把手機還他。

「三天，」他說：「加上他會放過蘿絲。」

「幹得好。」

「謝了。」

「用什麼交換？」

「我們讓他收拾戰果。」

「什麼戰果？」

「相信總會有一些的。」

「你是說你現在就知道了？」

「心裡約略有個底，」李奇說：「我得問你一個問題。」

「什麼問題？」

「當初你在雷皮德市，為什麼要監看蠍子的自助洗衣店？你想有什麼發現？」

「起初是顧客，根據電話通聯紀錄，蘿絲曾經打到那裡一次。還有誰會打電話到洗衣店？除非是顧客，也許她在店裡遺失了什麼東西，也許想知道開店時間，我在想這或許表示她就住在那附近，或者曾經住過。」

「可是那裡根本沒有顧客。」

「只有一、兩個。」

「有沒有別的車輛進出？」

「完全沒有。」

「你監看過後面巷子嗎？」

「有幾輛單車。」

「可是沒有裝卸貨。」

「完全沒有。」布拉摩又說：「那裡不是卸貨區，只是普通的後門。」

「好吧。」李奇說。

接著麥肯齊走過來，說她想去找他們今晚可以睡的小木屋。顯然蘿絲告訴她附近有一片林間空地，裡頭有四棟圍繞著一片空地羅列的小木屋，相當通風而且屋況不錯。顯然長久以來蘿絲一直細心維護著那些房子，因為她覺得好東西荒廢了實在可惜。

他們找到通往那裡的小徑。和之前他們看過的其他小徑沒兩樣，包括片刻前穿皮靴的傢伙拿步槍指著他的那條。只不過這條路十分好走。過了一百碼，果不其然，他們來到一片林間空地，當中有四棟環繞在一片網球場大小的空地四周的獨房木屋。有如一座迷你村莊。房子由圓木搭建，造型各異，每一棟都蓋得非常講究，也都不比一間小車庫大。四棟木屋都沒上鎖。布拉摩隨意挑了一間，麥肯齊走向對面那間，李奇將就著選了朝南的那棟。

在城裡，這樣的房子叫獨房公寓，一間擺了床的起居室，或者擺了沙發的臥房，加上一組充充樣子的小廚房和一間小浴室，大概是供參加家族宴會的大群親友住的，他猜。在大房子裡吃喝玩樂，但是到這兒來過夜，也許是四對彼此認識的夫妻。

他把牙刷放在浴室玻璃架上，出來發現麥肯齊站在門口望著他。

她說：「我丈夫已經開始物色合適的醫生了，他向公司請了幾天假，他了解情況艱難。管家也開始整理套房了，布拉摩先生已經準備好開車帶我們所有人到伊利諾州，相信他的車子應該很舒適。」

「同意，」李奇說：「那是輛好車。」

「我想我要說的是，剩下的部分就由你全權處理了。」

「剩下的部分？」

「彌補缺口。」

「好，」李奇說：「聽來相當公道。」

「如果可以的話。」

「我正在努力。」

「會成功嗎？」

「一開始可能會有點吃緊，有點不保險，蘿絲可能得撐著點。但願她辦得到，她告訴我說有一部分以前的她仍然存在，起碼她腦筋還清楚，或者有自知之明，要我幫她保留戒指，她多少知道自己在做什麼，還能用以前的方式思考。在某種程度上她得要信任我們，我們也得信任她。」

「我們什麼時候動身？」

「明天。」他說。

他們一起吃了用雜貨店買來的食材做的晚餐，蘿絲亢奮、快活到不行。她動個不停，精力十足，在帽兜和鋁箔底下大笑、輕笑，周旋在眾人之間，又聊又聽又答的。麥肯齊和她一起大笑，有一半時候發散出源源不絕的活力和擁護，就像科幻電影裡的牽引光束，讓她妹妹可以依賴的穩固力量，另一半時候投射出對於自己新的處境的惶惑不安，她迷失了，有許多昔日的童話故事，漂亮姊妹帶著傷痕回家來，各種新仇舊恨一股腦湧上，最後以溫馨感人的情節收場。可是這不一樣，這東西沒有故事範本，她們兩個都是漂亮姊妹，她們原本是平等的，兩人之間也沒有積憤或宿怨，沒有可爭論的東西，她們是同一個人，幾乎是。李奇看著她們之間的氣氛起伏消長，有時將她們融為單一的有機體，就像白楊樹叢，有時將她們隔開，但多少總還牽連著，她們是一個單位，她們是單數的她們，以前是如此，未來也不會改變。然而兩人都不明白目前的故事版本是如何運作的，甚至也不清楚從局外人的角度看究竟是如何，她們該如何描述目前的自己？是否該變成我和她？而不再是我們？這都是她們從沒問過自己的問題。

接著李奇告訴他們，他認為明天會如何發展。只是梗概，粗略的輪廓，三個步驟，還有很多漏洞需要填補，麥肯齊嚇壞了。布拉摩別過頭，那樣子好像是說，這就是你的計策？蘿絲安靜下來，李奇感覺她的眼睛從帽兜裡盯著他看，感覺她在謹慎評估著。她是他的主要聽眾，她的利害得失最大，她曾經是職業軍人，她知道沒有任何計畫在和敵人初次交手之後還繼續管用的，在那之後全憑好運，或霉運，這點她非常清楚。

過後，李奇要布拉摩把他的車移到屋子後面，避開車道出口的視線，接著他走進那些牛仔的小徑，他猜大概是通往他們的總部所在的地方，他看見他們在一棟建造成舊式簡易工棚式樣的低矮圓木建物的門廊上，兩個人，不是三個，正小口啜著罐裝啤酒。他感覺他們看來有點不安，大概是震驚和罪惡感，和一種更為古老的羞辱感，尤其是穿皮靴那傢伙，想幹掉一個人卻沒成功，然後猛抬頭看見那人走了過來，某種深植於後腦袋的古老返祖情感，關於自己在梯子上的位階，從人類把樹木當梯子爬的遠古時代留下來的東西。

李奇說：「這世界瘋了。」

沒人回應。也許他們覺得他已經贏得一個人說個沒完的權利，像發表演說之類的。也許是牛仔的規矩。他很想對他們說別見怪，他了解他們的精神壓力，以及它會讓人一時失去判斷，可是他終究沒說，太複雜了，他只告訴他們該如何為他效勞。他詳細說明，一個接一個步驟，然後引導他們預演整個過程，然後把他們需要的東西給他們。他看出這比饒恕還要管用，他們的頭往上抬起一吋，眼裡多了幾分堅決，彷彿屈服於某種更久遠的法律系統，一個讓人可以藉由勞動或罰金贖回自由的系統。

李奇走回桑德森的住處，屋內亮著一盞燈，他察看布拉摩停放他的豐田車的地方，藏得非常隱密，就一個前調查局探員來說相當不賴，他走回他的獨房小木屋。小村莊，麥肯齊的木屋亮著盞燈，布拉摩的也是。各色人等，準備就寢中，各式各樣的準備工作和儀式進行中，也許相當冗長，也許布拉摩正像僕役那樣刷他的套裝，桑德森的例行程序，得用到藥物、軟膏等，無疑繁複得多。

麥肯齊的肯定也很複雜。

李奇上了床。圓木牆，圓木天花板，他可以體會它的魅力，它們是那麼堅實、碩大，讓他感到安心。

40

兩個牛仔天剛亮便起床，在那棟簡易工棚的門廊上，他們坐在搖椅上用錫杯喝咖啡。太陽從山脈後方升起，在平原上拉出長長的影子。蘿絲•桑德森還在大房子裡睡覺。她不是早起的人，多虧有吩坦尼貼片。布拉摩起床了，已經沖澡更衣，頭髮梳理整齊，領帶也打了。麥肯齊在床上翻動幾下，而後醒來，享受了片刻失去記憶、渾然不覺的快樂，接著她想了起來，半想要回頭繼續睡，半想要起床做點什麼，什麼都好，只要能感覺有點進展的，最後回頭繼續睡戰勝了。只有一下子，外頭很冷，因為在高山上，又是夏末的清晨。

一小時後，兩個牛仔往車道出口走過去，他們在那裡等著，和前一天早上，還有前兩天早上一樣，只不過這次是兩個，而非三個人，他們站著不動，有如風景的一部分，準備耐心耗下去，房子裡，蘿絲在床上翻動幾下而後醒來。

她一手伸向床頭桌，兩個貼片，還在。她吁了口氣，倒回枕頭上，可以安心起床了，布拉摩在他的小廚房沖了咖啡，這會兒正在門廊上喝最後幾口，麥肯齊在淋浴間，水嘩嘩沖下她的頭髮。

一小時後，兩個牛仔還在等。太陽升高許多，來到他們後方的山脊上方，為他們所在的樹木投下斑斑點點的樹蔭，也讓空氣暖和起來。屋裡，蘿絲正在淋浴，布拉摩還在門廊上，咖啡早就喝光，只是悠閒站著，他是個從生活中學會忍耐的男子，麥肯齊在她的木屋裡，坐在扶手椅裡，和丈夫通電話，談找醫生的事。

一小時後，兩個牛仔還在等，等著那個人，等著他們的需求能銜接上，等著他們的補貨，時間就這麼被揮霍掉，毒蟲生活的一部分。他們各自靠著樹幹，呼吸著輕柔、帶著松香的空氣。屋裡，桑德森已整裝完畢，穿上銀色運動上衣，拉上帽兜。她剪了一片新的鋁箔，在上面塗了新的藥膏，平滑地貼在臉上，她在起居室裡，窗戶打開，定位，準備就緒。五十碼以外的樹林裡，布拉摩也一樣，坐在一根圓木上，麥肯齊在另一頭的五十碼外，靠著一棵樅樹的樹幹，斑駁的陽光在她髮間跳躍。

一分鐘後，車道出口傳來吃緊的引擎聲和輪胎奮力轉動的磨刮、打滑聲。兩個牛仔退到一邊，那輛破舊的貨卡車駛出樹林，像烏龜那樣在後面載著它的露營車殼。駕駛座上的史戴利掃視前方。沒看見黑色豐田車，沒看見大塊頭，沒看見閒雜人等。

他緩緩停下車。

穿皮靴的傢伙走過去。

史戴利下了車。

他說：「進行得如何？」

那傢伙說：「你欠我們的。」

「為什麼？」

「大塊頭。」

「你處理好了？」

「昨天下午。」

「怎麼做的？」

「把他引誘到林子裡，然後用步槍射殺他。」

「帶我去瞧瞧？」

「沒問題，」那人說：「不過到他所在的深山裡得花一小時，我們不希望他太快被找到。」

「那我怎麼知道你們真的做了？」

「我們告訴你了。」

「我需要證據，我支付的可是一大筆酬金。」

「一人兩箱。」

「你們兩個平分。」史戴利說。

他又看了一下，說：「昨天你們是三個人。」

那人說：「病了。」

「什麼病？」

「喉嚨痛。」

「我需要大塊頭掛掉的證據，我們談的可是真正的交易買賣。」

穿皮靴的傢伙將手伸進口袋，掏出一本薄薄的藍色小冊子，銀色印刷字體，一本大約用了三年的護照，有點翹曲、彎折。他把它遞過去。史戴利把它打開，大塊頭的照片就在上頭，面無表情。他的名字是傑克・李奇，沒有中間名。

「從他口袋拿的，」那人說：「比他的頭皮乾淨些。」

史戴利把護照放進自己的口袋。

他說：「我要留著當紀念。」

「沒問題。」

「幹得好。」

「包君滿意是我們的宗旨。」

「可是這下我可糗了，」史戴利說：「生意太好，我快沒貨了。」

「這是什麼意思？」

「你們得等一等。」

「明明說好了。」

「你要我怎麼辦？對別人說沒貨，就為了萬一你們真的能成事？老實說我還真沒想到會這麼快呢，我總不能為了一個假想的理由，把東西扣著不給客戶啊。」

「這麼說你什麼都沒剩了？」

「不多。」

那人說：「讓我瞧瞧吧？」

「沒問題。」史戴利說。他沒有絲毫不樂意，減少的存貨本身也是一種廣告。現代商業環境，做生意講求的是速度。第一法則，他轉身朝後車門走去。

結果和護照上那個人碰個正著。

李奇早從樹林悄悄溜出來，躡手躡腳來到那人一碼距離外，他正要往那人的腰腎敲下去，可是就在這時那人突然轉身，朝後車門走過去，於是他改而敲擊他的腹部，力道剛好足以讓他痛得彎下腰來，他用同一隻手按住那人的肩膀，將他臉朝下壓在泥地上，然後搜索他的口袋，他在外套的一側口袋找到自己的護照，在另一側口袋發現一把九毫米手槍，一把點二二口徑手槍塞在一隻靴子裡，另一隻藏著把彈簧刀，那支九毫米槍是一把有著漂亮磨光木質槍柄的舊型史密斯威森三九型手槍，點二二口徑手槍是儒格，不是一把背心口袋槍，不過塞在靴子裡剛好，彈簧刀則是中國製的便宜貨，也許是玩具工廠製造的。

史戴利在泥地裡吁吁喘個不停，微微蠕動著，李奇認為就一個沒受什麼傷的人來說嫌誇張了點。

他察看貨卡車的駕駛艙，置物盒裡沒東西，可是在座椅邊緣底下，原來可能放滅火器的地方有一個裝配夾，只是這個裝配夾變造過，放著又一支九毫米木柄手槍，這支是春田P9型舊槍，除此之外就只有幾張舊加油收據和三明治包裝紙。

李奇回到史戴利躺著的地方，將那把舊史密斯威森高高平舉在胸前，他壓下按鈕，讓彈匣從五呎高落下，打中史戴利的頭，他大叫一聲，李奇把槍也丟下。史戴利又痛喊一聲，李奇將那把儒格比照辦理，彈匣和空槍，還有那把春田，彈匣和空槍。總共六次哀叫。

李奇說：「起來吧，史戴利。」

史戴利勉強撐著站起，身體有點彎曲，臉色有點蒼白，激動得不得了。揉著疼痛的頭，面對著兩個牛仔前一晚遇過的同樣的叢林法則，你沒能成功殺掉一個人，接著猛一抬頭，發現他就在那裡，這下你是否歸他管了？

李奇說：「把後車門打開。」

露營車殼的兩扇門是薄薄的塑膠，史戴利把它們整個掀開，然後退到一邊，李奇把毯子拉掉。只有一個箱子，差不多空了，裡頭只剩三塊貼片，每片都是獨立包裝，在一個偌大的空間裡滑來滑去。

不多。

李奇走開去。

「存貨似乎快光了，」他說：「在平常的交易情況下，你都怎麼處理？」

「抱歉，兄弟，」史戴利說：「他們要對付你，我沒得選擇，人家交代我這麼做的，沒有不敬的意思。」

「那個以後再說。」李奇說。

「有個傢伙，我必須照他的吩咐辦事，是他要我這麼做的，不是我自己的意思，你一定要相信我。」

「以後再說。」

「我實在沒想到這些人會真的動手，我只是想隨便敷衍一下，真的。起碼有個交代，說真的都該怪他們。」

「我問了你一個問題。」

「我不記得了。」

「你的存貨快空了，」李奇說：「接下來你怎麼做？」

史戴利眼裡一閃，像是腦子裡進行著某種思考過程。他抬頭看，接著往下看，一種連結，或者過渡，從一件事轉到另一件，從贏到輸，從期待到失望。到投降。

史戴利吐了口氣，彷彿戰敗的信號。

他說：「每次缺貨的時候，我就去補貨。」

「去哪裡補貨？」

「類似倉庫一樣的地方，開車進去，排好隊，一直在那裡等到半夜。」

「倉庫在哪？」

史戴利頓了一下。

「我們每個人都有一支拋棄式手機，」他說：「我們會收到簡訊。」

「你的拋棄式手機在哪？」

史戴利往露營車殼一指。

他說：「在後面的一只儲物櫃裡。」

李奇：「去拿來給我。」

史戴利走上前，彎身到車內。李奇聽見扣鎖喀啦一聲打開。事後他回想，這時他腦子裡瞬間迸出一團快速混亂的思緒，就好像他這一生的種種在眼前閃過，只不過那不是他的一生，而只是他在過去三十秒鐘當中犯下的錯誤，被解釋分析、揶揄誇大到了荒唐可笑的地步，到了他腦裡出現一個畫面，就是他的名字被列入心理學教科書的註腳，而這則關於確認偏誤的著名案例則是說，一個人看見另一個人的眼神變化，隨即用自己一直以來想要的方式去加以解釋。

史戴利沒有投降，非但沒有，他竭力思索了一陣，找到了出路，生命線。這人不是傻瓜，他的眼神變化是一種遠離挫敗、找回贏面的活動過程，從絕望回到希望。李奇完全解讀錯誤，完全顛倒，過度樂觀，過度想要從人生的光明面去看待一切。而這也使得他對槍枝的事產生誤判。他直覺地認為，你一旦拿走一個人持有的一把春田、一把史密斯威森和一把儒格點二二，大概就不可能再找到其他槍枝了，也因此他還有閒工夫把彈匣拆開，一個個丟在那人頭上取樂。

然而心理學教科書會說，一個持有三把槍的人當然也可能持有四把，尤其是一個習慣以物易物的毒販。

真蠢。

史戴利直起腰桿，轉過身來。

他手上多了把槍。

從露營車殼裡的儲物櫃拿出來的。

一把舊柯特點四五口徑手槍，磨損的金屬槍身，穩固得很，大約九呎距離，八呎，如果史戴利向前舉起瞄準，從那裡不可能射偏，人長得高大的壞處，突然出現的演化劣勢，軀幹部位太大了。

李奇注視著史戴利的眼睛，那人的腦子還在打轉。代價、獲益、優勢、劣勢，吃角子老虎嘩嘩跳出一整排櫻桃。短期來看，可以一舉解決眼前的麻煩，從長期來看，可以讓他成為令亞瑟蠍子刮目相看的一個辦事牢靠的人才，只消扣下扳機。此時此地，一下子就結束。唯一的缺點是地點，不能把屍體留在車道出口，必須移到樹林內一哩深的地方，可是他有兩個牛仔可以幫忙，他們會願意付出勞力來換取一片免費貼片，。如果是兩片，他們會把它一路扛到內布拉斯加州去。

李奇說：「別用槍指著我。」

史戴利說：「為什麼不行？」

「你會鑄下大錯。」

「怎麼說是大錯，兄弟？」

史戴利舉起柯特手槍。

左右手開弓。

他把槍口對準李奇的胸口。

像是瞄準穀倉大門。

他說：「到底為什麼說是大錯？」

「等著瞧吧，」李奇說：「沒有不敬的意思。」

史戴利的腦袋爆開。

先是發出一種類似西瓜從桌上滾落的濕悶重擊聲，緊接著是一顆超聲波的北約會員國標準用彈穿過半空的單調劈啪聲，以及一支M14自動步槍發射的老邁咆哮。史戴利的腦袋在一團瞬間迸出的紅色水霧中裂解開來，碎片跟著身體垂直下墜，有如隱身魔術，轉眼變成一堆衣服、四肢和沒有生氣的肉體。李奇回頭看屋子，看見蘿絲・桑德森在窗口，正在檢視發射方向，評估她的目標物，這一槍真漂亮，他想。她在一百碼外發射，讓子彈穿過他和兩個牛仔之間的空隙，命中史戴利的耳朵上方。用的是一把早在她出生前二十年就被陸軍淘汰的步槍。

了不起。

她走出房子，朝他們走來，帽兜拉上，單手提著步槍。布拉摩從右邊匆匆趕到，麥肯齊從左邊，對這場面一時難以招架。理論上她或許會對這樣的結果感到開心，不管是從實效上看或甚至從道德上來看，可是被一把高速步槍子彈轟成碎片的人腦可一點都不是理論空談。那是一團紫紅色的織物，在寒冷的山間空氣中隱約冒著熱氣，她回頭看著妹妹，她隨時可以動手殺人，我沒辦法。說是一回事，親眼看著事情發生完全是另一回事。

李奇說：「謝了，少校。」

蘿絲說：「他有多少東西？」

最要緊的一件事。

「不多。」他說。

「該死。」

她繞過史戴利走向貨車車尾，察看著裡頭，她把毯子扔在一邊，到處翻找，她的肩膀一沉，不盡然意外，但失望是一定的。沒有任何計畫在和敵人初次接觸之後還管用的，她回頭看李奇，彷彿是說，這次也未免落敗得太快了，你說是吧？

她說：「他都到哪裡去補貨？」

他說：「我們還沒談到那裡。」

「亞瑟蠍子那裡，對吧？」

「不是，」李奇說：「蠍子那裡沒有車輛進出，沒有裝卸貨的跡象。不管蠍子做的是什麼生意，他是採遙控方式。」

「史戴利到底是怎麼告訴你的？」

「他說有一間倉庫，他們開車進去然後排隊，一直等到午夜。」

「哪裡？」

「他說他都用一支拋棄式手機接收簡訊，說那支手機在那裡頭。」

他聽見扣鎖喀啦喀啦被扳開，許多儲物櫃的門打開然後關上的微弱砰砰聲。大約有十二只，露營車殼內塞滿了儲物櫃，簡直像住在船上一樣。

「這裡沒有手機。」她說。

「本來就沒有，」他說：「那只是個幌子，讓他可以去拿槍。」

「那我們怎麼知道該往哪裡去？」

「我們不知道。」

她呆立在那裡。那麼渺小、消沉、挫敗。她是毒癮者，剛剛殺死了她的藥腳。真要命，就像從高樓往下跳，這時的她正在半空中，迅速墜落，恐懼在耳邊嘶嘶地呼嘯。

她即將陷入恐慌。

李奇說：「別管手機了，手機是騙人的，他胡謅出來的，他們根本不可能用那種方式聯繫，一間可以開車進去並且排好隊伍的倉庫絕不會是流動慶典之類的東西，不可能是倉促的安排，那一定是永久地點，固定而且有保全的，在某個隱密的地方。」

蘿絲說：「可是到底在哪？」

布拉摩說：「他的常用手機呢？」

他彎下身，一攤血污中的一個短小精幹的身影。他在史戴利身上所有皺巴巴的口袋中翻找，最後發現一支約有平裝書大小的三星智慧型手機，螢幕有裂痕，沒有密碼。布拉摩又點又滑了幾下。

「他在三天前取代比利，」他說：「顯然得先跑一趟去取貨。」

沒有三天前的簡訊，也沒有電郵，不過有一通語音電郵，布拉摩把它播放，聽著，邊敘述著內容。

他說：「有一條通往一座車棚的便道，那座車棚是用來堆放鏟雪車和其他冬季機具的，有很多空間，他們可以全權使用，門口有一名警衛。」

李奇說：「在哪裡？」

「裡頭沒說。」

「一定有，史戴利是新手。」

「沒說，也許地點他已經很熟了，也許他們已經把大概區域告訴他了。」

「是誰留的語音？」

「聽起來像運輸隊長，對細節很熟悉。」

「有沒有電話區號？」

「被封鎖了。」

「這下可好。」

桑德森走回車尾。她探身到車內，拿出那三片獨立包裝的貼片，她給了兩個牛仔每人一片，念在舊日交情的份上，李奇心想，當作告別禮物。也有好軍官的風範，總是將手下照料得妥妥當當。她自己留了一片，她又從口袋掏出一片，昨天進貨剩下的。她把它們疊在一起，然後像一小副紙牌那樣成扇形展開，她數著，一片，兩片，然後又數一次，一片，兩片，好像會有神奇的變化發生似地。接著執拗地再數一遍，同樣的結果。

她說：「不太妙。」

李奇說：「能撐多久？」

「到晚上我又要開始痛了。」

「我們該上哪裡去找鏟雪車？」

「你在說笑吧？這東西到處都是，比利就有一輛。」

「放在他家，我指的是堆放在有棚車庫裡的大型機具。」

「機場？」布拉摩說：「像丹佛機場。」

李奇沒說話。

接著他說：「三天前。」

他跨過滲血的遺體，探身到貨卡車的駕駛艙內，三明治包裝紙，加油收據。他將包裝紙丟在駕駛座上，把那些收據堆在副駕駛座椅子上，然後察看地板和車門凹槽。

他說：「三天前的日期是？」

麥肯齊告訴了他，他細看著那些薄薄的紙片，察看日期。有的收據是一年前的，有的已經變脆發黃，他彎身，先檢查那些已經脆化的。

布拉摩說：「我來幫忙。」

最後他們把那堆紙片分成四份，所有人圍繞在引擎蓋四周，舔著大拇指，像一群銀行行員圍著桌子數鈔票數量那樣篩選著紙片。

「找到一張，」麥肯齊說：「三天前，晚上，不是加油站，可能是餐廳或小餐館。」

「這裡有一張加油站的，」布拉摩說：「三天前，也是晚上。」

他們把兩張紙片像違停罰單那樣夾在貨卡車擋風玻璃的雨刷上，繼續檢查剩下的，沒有新發現。

「好吧，」李奇說：「咱們瞧瞧。」

餐館收據是付費十三元找零的收據，結帳時間是晚上十點五十七分，三天前，加油收據是四十元整，很可能是在拿起油槍之前預付的，在加油站櫃台付了二十元現鈔。時間是同一晚的十一點二十三分。

李奇說：「他到一家夜間餐館用餐，十一點前吃完，然後開了二十分鐘車子去加油，十一點半以前離開，然後開車到那座秘密倉庫去，在那裡一直等到午夜。」

加油收據上方印有艾克森美孚（Exxon Mobil）字樣，可是沒有地址，只有地區代碼。那家餐館叫克林格，附有電話號碼，區號六〇五。

「南達科塔。」布拉摩說。

他走向山溝口，那裡手機收訊比較好，他撥了餐館號碼。不久他走回來，說：「那是一間家庭自營餐館，位在雷皮德市北邊的一條四線道公路上。」

麥肯齊、布拉摩和桑德森去把他們的行李塞進豐田車，李奇的牙刷已經在口袋裡，他的護照也拿回來了，放在老地方。他找到史戴利那支柯特，撿起另外三把退掉彈匣的手槍，他要兩個牛仔將史戴利抬進露營車外殼車廂，然後把車開到偏遠的地方。也許是一座廢棄農莊，他要他們把車停在穀倉裡然後走人。他想像再過個十年，史戴利將會完全風乾成木乃伊，偶然被人發現，連同他殘存的腦袋碎片被放進一只空的吩坦尼貼片紙箱，事件始末沒人知曉，一個永遠結不了案的懸案。

兩個牛仔開車離去，除了碎石地上的血跡、小碎骨和腦部組織之外什麼也沒留下。李奇心想等空地靜下來之後一小時，這些東西也會消失不見。有幾百種別的生物早就摩拳擦掌，排隊等著替你收拾善後。

布拉摩把豐田車開出來，兩個女人坐上後座。麥肯齊的旅行袋在後行李廂，和布拉摩的放在一起，桑德森除了一只帆布手提袋之外沒別的東西。她左右環顧著，豐田車又暗又厚的玻璃車窗已將她和住了三年的房子隔離開來，倒不是說她有多在意，沒什麼好留戀的。她的藥腳將有很長一段時間不會再來，這點可以確定。

她往後靠著椅背，看著前方，輕淺呼吸著。

李奇坐進布拉摩旁邊的前座，布拉摩發動引擎，把車開上車道，通過四哩長布滿樹根和岩塊的路程，接著轉進泥巴路。

41

葛洛麗・中村通過長廊走向副局長的角落辦公室，她是被召來的，不知道什麼原因，當她到了那裡，那人正盯著電腦螢幕。不是電郵，而是執法機關資料庫。

他說：「聯邦緝毒局扣留了一個叫比利的人和一棟地址在懷俄明州騾子叉口鎮的房子，他是在奧克拉荷馬闖紅燈被逮的，之前因為朋友警告他緝毒局在蒙大拿的掃蕩行動而逃到那裡，所以沒必要通知郡警局的兩個人或狗，比利已經不可能躲在樹後面對誰開槍了。」

原來不是李奇的事，她想。

不知何故她有點失望。

「不過事情是這樣的，」副局長說：「這些聯邦探員不了解蠍子這個人，從他們的報告可以看得出來，他們要求我們把比利的名字放到局裡的非機密檔案庫去交叉比對，幫他們找出他背後老闆是誰，他們還不清楚。」

「你會告訴他們嗎？」

「當然不會，我可不希望一群穿著時髦長褲的聯邦探員衝進來，把功勞搶走。蠍子歸咱們雷皮德市警局管，一直都是，我們會逮到他的。」

「是的，長官。」中村說：「我們知道蠍子已經把比利換掉了，雖然不能做為呈堂證據，可是確實出現了一名新手。」

副局長說：「系統上有另一則緝毒局的請求，看來似乎不相干，但我不認為是如此。是緊接著貼上來的，他們在問西部地區有沒有人發現有國產的處方可待因酮或吩坦尼，像以前那樣大量出現。」

「我以為那已經是過去式了。」

「是沒錯，每一輛離開工廠的卡車都在電腦上留有紀錄，而且用GPS追蹤，加上他們一開始就知道車上載了什麼東西，必要時他們可以一路追蹤出每一顆藥片。」

「那他們擔心什麼呢？」

「一定是哪個環節出了問題，不然就是蠍子比我們想像中聰明。無論如何，我們不能讓那些聯邦探子先逮到他。所以，妳手上正在進行的工作，我要妳用十倍努力去做，暫時把其他案子擺在一邊，我不要聯邦探子跑進來攪和。」

布拉摩的導航系統顯示，他們的最佳路線是走拉勒米到夏安的高速公路，接著沿著一條州公路直直北上。於是他們在騾子叉口轉彎，離開泥路，上了雙線公路，經過郵局，經過煙火商店，經過瓶火箭招牌，一路往北到了高速公路，在這裡往東轉。麥肯齊始終顯得十分焦慮，她已經和她妹妹一起從高樓跳下，兩人手牽手跳了下來，一頭栽進同樣的困境，一個從內，一個從外。桑德森則是別過頭坐著，望著窗外，雙手緊扣，為了止住顫抖吧，李奇心想，她正極力鞭策自己，她在限縮自己的需求，也許她設下了目標，例如再過一百碼，才能換一塊新的四分之一吋貼片，或者再經過五輛紅色卡車，或者到了休息站，或者遇見一輛油電混合車。

李奇檢查那些槍。史密斯威森39型，儒格點22，春田P9型和柯特點45。全都刮痕累累，耗損得厲害，不過或許都還管用。彈藥全都沒裝滿。史密斯有四發帕拉貝魯姆子彈，春田有五發。他比較喜歡史密斯，因此他把九發全填進去，八發裝在彈匣，一發裝在槍膛，他把空的春田丟進車門凹槽，將史密斯放進外套口袋。那把儒格是舊款，儒格標準型，製造日期或許可以一路回溯到一九四九年，這家公司推出它做為第一款產品的年份。裡頭只有兩發子彈，點22長步槍凸緣式底火子彈。不是李奇喜歡的口徑，因此他把它連同空的春田一起丟進車門凹槽。柯特則是一把軍用M1911型，從上面的刻字和標誌看來，很可能比儒格還要老舊。裡頭有三發子彈。他握著它的槍管，在座椅上半轉身，把它遞給桑德森。她坐在布拉摩後面，這時回頭斜斜對著他，因此他看見的她的左臉多於右臉。真是巧奪天工，之前布拉摩這麼說過，大師級演出。但實際上又十分蹩腳，李奇心想其實三種說法都沒錯。她的臉是由許多大約是普通信件郵票大小的皮膚縫合起來的，可想而知手術中耗費的技巧和心力有多麼巨大，長達數小時的精確作業，把神經和肌肉重新連接起來，但還是有些遺漏。有許多盲點，每片郵票大小的皮膚的邊緣都增厚而且結了疤，縫合的部分起了疙瘩。過程中對於什麼東西該縫在哪裡顯然有許多猜想，她的鼻孔附著在臉頰上的角度很怪。由於貼了鋁箔，他無法把它和另一邊的鼻孔作比較。

她回絕了槍枝，沒有開口，只是把緊握的雙手鬆開，然後舉在面前。他看見輕微的顫抖。不嚴重，但現在可不是犯癮頭的時候，他轉回去，把槍交給布拉摩。布拉摩也有他的問題，他的規矩比李奇多，而且拿的是伊利諾州發的執業執照，他想了一下，接過手槍，可是把它放進車門凹槽，而不是外套口袋，算是工作倫理上的一種妥協。

上午接近午餐時間，中村看見蠍子走進洗衣店後門。她把車停在對街，角度正好能看清楚，蠍子仍然讓門敞開，留下一吋門縫。又是暖和的一天，在歪斜電線杆上糾纏不清的大堆纜線的上方，天空無雲，電線和電話線，有粗有細，有新有舊，有的非常新，也許是光纖，網路通訊用的。

她拿出手機，打給她的朋友。

她說：「再察看一下那組信號，蠍子剛進辦公室。」

她朋友說：「這東西還不是正式的科技。」

「上次關於比利的事你說對了，組毒局發出了公告。」

「我看見了。」

「還有另外一則，緊接著發布的，關於處方藥劑的事。這很怪，因為他們一直在追蹤那些東西，所有卡車離開工廠都留有電腦紀錄，還用GPS追蹤它們的路線，而且核對出貨清單和付款數額，到底是哪裡有漏洞？」

「那是妳的工作，我只是小工程師。」

「所以我才一直找你，免得自己鬧笑話。」

「這次又有什麼驚人的點子？」

「工廠那些管電腦的人可以把一整車的紀錄消去，對吧？只要把它全部刪除就是了，他們可以刪掉它的出貨清單和GPS追蹤紀錄，就像根本沒發車一樣，就像那輛卡車當天在修車廠，或者在停車場。」

「這是暗示電腦人員涉及貪瀆，這話似乎不該由我來說。」

「可能嗎？」她說。

「這樣的話他們必須連發票一起銷毀才行，還有原始訂貨紀錄，他們必須更改工廠的生產紀錄，否則在數字上他們製造的藥劑數量會超過出廠的，得把所有紀錄都刪除了才能平衡，紀錄外的那些供貨就會像一批幽靈產品，悄悄流到某個地方。」

「他們辦得到嗎？」她說。

「當然可以，」她朋友說：「電腦只會照命令運作，結果如何完全由下指令的人決定。」

「有沒有可能是工廠外面的人？這種東西可以遙控嗎？」

「妳是說駭客？當然可以，只要攻破安全措施。這很難，因為畢竟是藥商和緝毒局，但也並非不可能，可以向俄國買軟體。」

「他會需要什麼設備？」

「其實說穿了只需要一台筆電，不過這牽涉到大量的高速數字運算，必須同時處理很多資料，起碼得要好幾架子的器材才辦得到，類似他自己的伺服器。」

「很熱，對吧？」

「我們這裡用的是Max AC主機板。」

「謝了。」她說。

她按掉手機，望著頭頂的大堆電線，和蠍子那道敞開的後門。

車子來到一個叫迪范恩的小鎮北邊時，布拉摩的手機響了，鎮上除了一家強鹿（John Deere）農機經銷商以外幾乎沒別的商店，布拉摩慌忙翻出口袋裡的手機，看了下螢幕，然後像剛才李奇把柯特給他那樣，把手機交給李奇。

螢幕上顯示西點軍校校長室。

李奇說：「它怎麼知道？」

「我設定的，」布拉摩說：「他第一次打來之後。」

「調查局小子轉大人了。」李奇說。

他接聽電話。

同一個女人。

她說：「我找李奇，謝謝。」

「女士，我就是。」

「辛普森上將要和你說話。」

校長上線，說：「少校。」

「上將。」李奇說。

「進度報告？」

「我們在車上。」

「她聽得見你說話嗎？」

「清楚又大聲。」

「她還好嗎？」

「勉勉強強。」

「我們還在設法了解路邊爆炸事件，那些檔案封存得相當嚴密，不過我們得到關於波特菲爾的新情報，透過海軍陸戰隊方面，他們有一份副本流到一個較低階單位的機密檔案庫。」

「你有什麼發現？」

「有一道針對他的拘捕令，在他死前一星期發出的。」

「誰申請的？」

「國防情報局（ＤＩＡ）。」

「你看過嗎？」

「看也沒用，DIA一直沒解釋原因。」

「感覺像重大事件嗎？」

「DIA一向只處理大事。」

「你在那單位有熟人嗎？」

「想都別想，」辛普森說：「我退休後想住佛羅里達，不想住聯邦監獄。」

「了解，」李奇說：「謝謝你，上將。」

他結束通話，把手機還給布拉摩。回頭時，他看見桑德森從帽兜底下盯著他，她知道有新進展。她問了，你有什麼發現？她不笨，她見過世面。

他什麼都沒說。

「咱們稍後聊。」她說。

然後她別過頭望著車窗外。李奇看著前方，布拉摩繼續開車。

42

一小時後，他們在一個鄉下小鎮停下來午餐，這裡有一座殼牌加油站和一家家庭小餐館。李奇看出桑德森很想待在外面，在吸煙長椅上辦她的事，可是她勉強自己先進去用餐，又急又狼狽地吃完後，她藉故離座，又偷偷溜到外面。

李奇跟著出去。他在她身邊坐下，距離一碼，柏油地面上的一張水泥長椅。幾乎一模一樣的女子，她拿著一塊剪好的四分之一吋貼片，捲得緊緊的，隨時可用。一片口香糖的大小，她把它塞進嘴裡，嚼了幾下，吸吮幾下。她咔嗒轉了下脖子，往後靠，仰望著天空。

她說：「真不敢相信你和校長通了電話。」

他說：「總得有人去做。」

「他對你說了什麼？」

「法院曾經對波特菲爾發出一道拘捕令。」

她吐出一聲帶著滿足和安心的長嘆，是吩坦尼，李奇猜想，不是因為憶起男友的死。

她說：「嫌犯死了之後拘捕令當然也就失效了，所以那已經是陳年往事了。你該把它全忘了，儘管我知道你不會。我姊姊說你仍然是警察思維，你會緊追不捨，也許你認為是我殺了他。你應該這麼想，真的。我們曾經是同居伴侶，統計數字不會騙人。」

「妳殺了他嗎？」

「某方面算是。」

「哪方面？」

「你還是別知道的好，不然你又會忍不住想插手了。」

「對一個喜歡緊追不捨的人說這話，不太明智。」

她沒回應，只是呼吸著，深長、緩慢地吸氣、吐氣，一切都那麼美好。李奇看過一份報告，說毒癮者的幸福感是無可比擬的。

她說：「小西的腹股溝受了傷。」

「很遺憾。」李奇說。

「不是光彩的部位，」她說：「事實上是軍人最害怕的受傷部位第二名，僅次於毀容性的顏面傷害，可是他們替他縫回去了，功能正常，他可以有性行為，只不過有一道接縫老是滲漏，在某些情況下會弄得一團糟。」

李奇沒說話。

「顯然這關係到大量充血的問題。」

「但願。」李奇說。

「加上他受傷那天留下的感染，他的制服長褲非常髒，離開加州之後他幾乎每天穿著它，子彈讓污穢衣料的細小碎屑埋得很深，這是常有的事，病菌接管了，然後你再也趕不走它們，它們肯定比我們聰明。」

「那是十二年前的事了。」

「他一開始看了不少醫生，可是他不喜歡他們，最後他只好自己來。」

「和妳一樣。」他說。

「是我和他一樣，」她說：「他教我照料傷口，他教我好多好多，他教我走向死亡的大門，醫生說那道滲漏的接縫幾乎隨時會爆裂開來，每晚他都可能會流血死掉。他說他已經學會和它共處，接著學會愛它，到後來我也一樣，大致上。」

「聽來似乎是很有趣的生活方式。」

「他說和我在一起覺得很安心，可是我一直不確定為什麼，他是否認為這是因為我是好人？還是他認為我得感謝他的照應，因為我比他更醜惡？我不能讓他有這想法，不然我也會這麼想，我將得承認我需要別人特別施恩給我，這是我以前從沒接受過的，為什麼現在得接受？」

李奇沒回答。她沉默許久，又嘆了口氣。極度滿足的一聲深長緩慢的震顫。她把兩隻手臂攤開在椅背上，右手很接近李奇的肩膀。她向後仰，望著天空。

她說：「女人的臉有多重要？」

「對我？」

「只是參考。」

「大概有一點吧。不過對我來說主要是看眼睛，看是有人在家呢，還是沒有，看你想敲她的門呢，還是不想。」

她坐直了，在長椅上半轉過來，整個人對著他。她解開銀色上衣的拉鍊，拉下大約三吋，然後將帽兜輕輕往後推，一直推下腦後，她的頭髮迸了出來，往前往下垂落。和她姊姊的一樣，但短一些，或許也灰一些，可是鬆垂的樣子相仿，圍擁著臉龐的樣子也相仿。

她有雙綠眼睛，溫暖濕潤中帶著夢幻般的深沉滿足，眼神發亮，有點朦朧，有如森林溪流上的閃爍陽光，帶著幾分辛酸的笑意。她在嘲弄他，還有她自己，還有瘋狂的世人。

他說：「我們軍階平等，所以我就直說了，我有點卻步，但得到默許了，我會敲妳的門。」

「你人真好。」

「是真的。我相信波特菲爾也是真心的，而且他絕不會是唯一的一個，人對事情的反應不盡相同。」

她將帽兜拉回原位，把頭髮塞進去。

他說：「妳應該用靜脈注射，就是那片鋁箔礙眼。」

「我得先熬過今晚。」

「康納利警長找到一只裝了一萬元的盒子。」

「小西不信任銀行，寧可用現金，他所有的錢都在那只盒子裡了，我在海外那幾年發生金融風暴，他其他的錢全沒了，也許因為這樣他才不信任他們。」

「一萬元能撐多久？」

她又嘆了口氣，無比滿足地。

「不久，」她說：「照我們以前的用法，我們偶爾也得買點吃的，而且他一天到晚付錢給那個修屋頂的傢伙。」

「為什麼他死後，妳就不再打電話給妳姊姊？」

「很簡單，」她說：「生活條件緊縮，我不得不賣掉手機。」

「是國防情報局的人把他的房子弄亂？」

她點頭。「他們晚了好幾步，等他們趕到，鬧劇已經結束，可是他們拿到了他們要的。」

「是什麼？」

她沒回答，只是手一揮避開問題，彷彿那一點都不重要。

中村的手機響起，她那位電腦犯罪組的朋友。他說：「蠍子正在打電話。應該說是我們研判是蠍子的那組信號，通話量和三天前差不多，打的是同一個號碼，之前傳了關於新比利的簡訊的那個。」

她說：「他還在辦公室。」

「他是用遙控的方式打的，對方就在北邊不遠的地方，我推測傳簡訊的那個人是他派駐在那個地點的。」

「我們能不能監聽他的電腦線路？」

「我們已經在監聽了，這東西叫網路。不過他設了防火牆，我們可以攻破，但是需要幾天時間。」

她說：「司機一定是他的人，那輛沒離開過工廠的幽靈卡車，問題是它離開了，那個司機一定知道該把車子開往哪裡。」

她朋友說：「我在想他們是否記得工作紀錄，他們勢必得更改那人的工作時數和里程數才行，也許可以從這裡著手。」

「我們沒有這方面的紀錄。」

「那就沒辦法了。」

「或許有，這事只有一半是紀錄和電腦，另外一半是現實世界。這是一輛真實的卡車，開在真實的道路上，車上載著真實的貨物，它要如何到達這裡？」

「從哪裡？」

「新澤西吧。」

「九十號州際公路。」

「離這兒北邊不遠，傳來簡訊的地方，那是哪裡？」

「九十號州際公路。」

「他可以在哪裡停車？」

「很多地方，離開公路出口十哩的一個偏僻加油站，或者某個地方的舊工業園區，到處是捲門拉上的空廠房的。」

她說：「今晚蠍子不會離開辦公室，對吧？」

「從來不會，」她朋友說：「除非回家。」

「好，我這就到高速公路去看看。」

她關掉手機，發動引擎。

他們已經開了一段相當於從紐約到波士頓的路程，可是卻還在懷俄明，而且目前只到達預定旅程的中途，大豐田車繼續往前奔馳。麥肯齊和桑德森在後座輕聲細語交談，用一種李奇猜想肯定是攣生子第二天性的快速、不成句子的簡略語言，桑德森幾乎維持了一整個小時的顛峰狀態，接著開始沒勁了，相當快速，她似乎縮回自己的世界，像在準備應付一場艱難的內在戰役，她似乎全身痙攣，很不舒服的樣子，她望著車窗外，也許在為自己設定新目標，和在高速公路上不同，也許是經過三群羚羊，或者兩群長耳鹿，或者防雪柵欄上的一個破口。

中村沿著四線道公路往北離開市區，經過克林格家庭餐館，工作中正好走這條路時，她也會在那家餐館用餐，她一路往前開，通過九十號州際公路匝道前的空曠路段，邊注意左右兩側有什麼可看的東西，不多。事實上，從卡車司機的角度來看，完全沒有，不算是偷來的車子，但也很燙手，或者該說很冷，零度。它不在路上，它不存在，這給了司機極大壓力，必須避免引人注意，不能有超速罰單，不能有怪招，不能被監視器拍下，完全不能曝光，高速公路以南感覺不太對，他不會往那裡走。

公路以北更糟。她沿著高架橋下方繼續行駛，來到一片荒僻的地方。沒有掩體，沒有遮蔽物，幾乎全是露天草坪，平坦的地表，遙遠的地平線。她開了十分鐘，然後在路肩停下，前方什麼都沒有。

公路以南感覺不對。

公路以北感覺不對。

所以那個人是一直待在高速公路上，一定是的，沒別的可能，他始終沒下高速公路，往東六哩有個休息站，佔地廣大，她曾經去過，有餐廳、加油站、州警大樓，後方有一家汽車旅館，堆了些高速公路管理局的機具，有太多可以藏身的角落和隱蔽處。

她逆向迴轉，開回高速公路，她上了匝道，加足油門前進。

他們在一座加油站再度停車，加油站的洗車機器旁邊有一家兩個桌位的咖啡館，麥肯齊到盥洗室去，桑德森又拿出一片四分之一吋貼片，她坐在外面的長椅上，小口喝著杯咖啡，一邊是無鉛汽油的氣味，另一邊是汽車清潔劑，李奇走出來，她迅速往後挪，像是空出位子給他，加上兩人之間的一碼距離。

一種邀約。

他坐下。

他說：「還好吧？」

「目前還好。」她說。

「告訴我死亡大門的事。」

她沉默好一陣子。

接著她說：「你的耐藥性越來越強，你需要越來越多的藥量，以便達到同樣的境界。很快地你服用的基本上就是致死劑量了，吸一口就足以讓一個正常人掛掉，接著你還要更多，這時你服用的實際上已經超過致死劑量了，你有膽子進入下一步嗎？」

「妳有嗎？」

「我在海外時也有同樣的感覺，熬過難關的唯一方法就是絕不後退，永遠要向前挺進，永遠要勇敢承擔，你必須目空一切，不然人家會說，你就這點本事？所以說，當然我跨入了下一步，還有下下一步。」

她嘆口氣，新的四分之一吋貼片開始生效了。

她說：「一步步走下去的妙處就在這裡，永遠有下個階段在等著你。」

李奇說：「理論上總會有最後一個階段的。」

她沒回應。

他說：「波特菲爾是做什麼維生的？」

「修屋頂的人沒告訴你？」

「他說波特菲爾老是在講電話，康納利警長說他經常開車到處跑。」

「小西是傷殘者，他不工作。」

「顯然他的日子過得挺充實，是嗜好？」

「為什麼你這麼關心小西？」

「只是職業習慣，他要不在別的地方遭到殺害，然後被棄置在樹林裡，不然就是被熊咬死，我從沒遇過一種狀況，足以顯示被熊咬死這種事是確有可能的。」

「還有第三種可能。」

「我知道，我也知道當時妳在場，妳告訴過我。」

她又沉默。

「咱們來個約定吧，」她說：「如果今晚我們贏了，我就把故事告訴你。」

「不太划算，」他說：「今晚會很辛苦，故事夠精采嗎？」

「不刺激，」她說：「但很哀傷。」

「那我們得把獎賞提高才行，我要連妳的故事一起聽。」

「關於路邊炸彈的事？我姊姊說你有些看法：一次造成美軍多人傷亡的失敗軍事行動。」

「最糟狀況。」他說。

她又嘆息，深而長，猛烈而滿足。

幾乎像貓的咕嚕叫聲。

她說：「比最糟狀況更糟，那是一次大災禍，但那不是我的任務，我只代表支援戰力，可是整件事實際上比這重大不知多少倍，是由非常高的層級策畫的。那個小鎮位在一個多山的國家，非常小，沒有圍牆可是防禦嚴密，那裡的道路從右邊彎進來，從左邊出去，長話短說，我們必須把小鎮拿下，可是那些書呆子要我們行動時不能殃及無辜的市民，在當時這等於是禁止空襲的代號，因此我們計畫用武裝步兵從兩個方向同時進攻，可是那些書呆子作了些高明的分析，說敵方會料到這招，而且有能力抵禦，因此我們應該採用第三條進攻路線，從不設防的山腰登上去，位置居中，這麼一來我們便可以進佔小鎮中央，當即把左右兩邊的防禦人馬隔絕開來。」

李奇說：「那裡的地勢有多糟？」

「這是每個人劈頭要問的第一個問題，那是任何軍隊都會特別留意的那類地方。他們說為了能夠一次看清楚地勢，我們應該到那裡去。他們非常刻板，可是他們又說別擔心，因為那裡在ＲＰＧ火箭筒的射程外，於是我們去了，死狗不偏不倚就設在那個位置，我方有三人死亡，十一人受傷。」

「有妳的人嗎？」

「幸虧沒有，只在向上進攻的時候，情況完全不同，可是問題就在這裡，這也是為什麼檔案會被封存起來，因為有些大人物出局了。這是一次intelligence的挫敗，是小寫（智力），不是大寫（情報）。不用說，我們的情報蒐集顯然輸給他們，我們又一次低估了他們，那些穿裙子的落腮鬍完全算準了我們會如何進攻，甚至算準了我們會在哪個據點擬定策略，以及我們會在什麼時候到達那裡，無論如何大概只消一天就能把我們給解決掉，可是出生四天的狗是他們的最愛，而結果也就是如此。軍事評論員會說這是他們的一次大勝利，我們有十四人傷亡，而他們只損失了一支手機和別人養的一隻狗。」

「好吧。」李奇說。

「你擔心我讓手下陣亡了。」

「我想這會讓妳很難過。」

「要是這樣我就不會在這裡了，」她說：「我絕對撐不過來。」

這時麥肯齊走出來，接著布拉摩，兩人以咱們走吧的姿勢站在那裡，於是桑德森終於站了起來，李奇跟著她回到車上。

太陽下沉時，他們正好到達雷皮德市南方的邊界。

43

車子穿過城區，在黑暗中從南直接北上，李奇認出之前看過的一些街景。他認出那條有許多連鎖旅館的街道，還有那家中國餐館，蠍子的手下開著輛破舊的林肯車在那裡接他上車。他們繼續往前，從城的另一頭離開，上了根據布拉摩的手機顯示可以通往克林格餐廳的一條四線道公路。果然沒錯，結果發現克林格是一家家庭自營餐館，燈火通亮，孤零零飄浮在一座廣大黑暗的停車場中，看來既衰落又氣派。

他們進去，吃了東西，因為正好是晚餐時間，能吃就盡量吃，李奇說。難保下一餐什麼時候來，桑德森贊同他的說法，就一個小個子來說布拉摩的食量挺大。麥肯齊說她沒什麼胃口，但最後還是點了一客，之後說很美味，李奇也同意。

他們問女服務生是否知道大約二十分鐘車程外有一座美孚加油站，女人眉頭一皺，好像知道，好像答案就在嘴邊。接著又像她一度知道，可是現在不清楚了，太平常了反而答不出來的那類問題。

接著她想了起來。

「高速公路上有一座美孚加油站，」她說：「在休息站那裡。」

回到車上，布拉摩察看他的導航螢幕，最近的一個休息站是在公路最近的一處上匝道往東六哩的地方，電腦系統說距離二十分鐘車程。布拉摩說藥廠大都位在新澤西，卡車應該會往西走，如果在九十號州際公路休息站內有一座秘密倉庫將會非常有利於作業，不分日夜隨時可以進貨或補貨，同樣地也可以不分日夜隨時替前來的訪客裝貨或補貨。

「可是並非如此，」李奇說：「史戴利說他們必須等到午夜，在我聽來正好和大倉庫相反，那裡沒有任何存貨可以讓人過去拿。正好相反，是一群人在那裡排隊，等著東西送過去，也許是在午夜送到。所以說，我同意，休息站是相當理想的地點，不過只是做為交際場所，但是做為聚集地點，有許多忙碌作業進行，一輛西向的流氓卡車進來，六輛、十輛像比利和史戴利這樣的人開的車裝好貨物然後出發，過程肯定非常倉促。就在九十號州際公路一座休息站的區域內，但是以一半空間堆了鏟雪車的車棚做為掩護。那通語音電郵說那些空間全部歸他們使用，想想應該沒錯，現在是夏天。」

布拉摩說：「所以史戴利在克林格餐館吃了晚餐，然後開了二十分鐘車到了休息站，在那裡加油，然後再開個一百碼繞進某個轉角，在那裡一直等到午夜，我們只要找出是哪個轉角，不會難到哪裡去，休息站範圍很小，只要找到一條通往鏟雪車庫房的便道就是了，那裡能有多少條便道？」

「一向都這麼容易嗎？」麥肯齊說。

「布拉摩先生英明。」李奇說。

桑德森沒說話，她是步兵，她了解那些書呆子和他們的紙上談兵是怎麼回事。

布拉摩發動車子，沿著四線道公路往北走，穿過黑暗的夜色，一直到了高速公路匝道，然後在這裡右轉，往東朝休息站前進，機器告訴他只有六分鐘車程。

機器說對了，整整六分鐘後，布拉摩緩緩駛入一座巨大的中心設施，東向和西向車道兜著一哩寬的大圈子通過它周邊的草坪，它本身就是一座城鎮，裡頭有好幾座通亮的美孚汽油柴油加油站，和五、六家亮著霓虹招牌的速食聯營店，還有一棟高速公路巡警大樓，一家連鎖汽車旅館，和一間備有地磅的公路管理局辦公室。

只差沒有鏟雪車，至少可見的範圍內沒有。李奇感覺一股火熱的步兵特有的懷疑從桑德森的帽兒底下傳出，麥肯齊很失望的樣子，也許畢竟沒那麼容易吧。

他們又巡了一遍，之後他們很有把握休息站範圍內沒有任何地方貯藏了鏟雪車，也沒有便道通往一半空間堆滿了各式冬季機具的有棚車庫。

一個問題緊接著出現，要不是這裡，那是哪裡？一定有一些冬季機具堆置在某個地方，數量龐大，在南達科塔州冬天是很大的問題，麥肯齊說大到他們得另外準備一座貯藏所來存放那些東西，她了解西部。

可是倉庫在哪？他們該問誰？這問題很怪，你知不知道州政府把鏟雪車存放在哪裡？沒人會曉得的，多數人只會當它是某種怪異的政治噱頭，藉此表達某種主張，或者揭露人們的無知，就像問人家知不知道他們的國會議員叫什麼名字。

知道答案的人目前都在別的地方，不管州政府把鏟雪車放在哪裡。

李奇說：「他在十一點二十三分預付油錢，就在這裡，和我們現在坐的地方非常接近。假設他花了兩分鐘從自動付款機走回來，準備加油，假設他在十一點二十五分開始加油，加四十塊錢的油得花多少時間？」

麥肯齊說：「在這裡可以加滿一只大油槽。」

「所以得花個幾分鐘，到他繼續上路可能早就過了十一點半。可是他是新手，他不想把事情給搞砸，他需要很大的誤差範圍，他一定是去了一個相當近的地方，最多不超過三分鐘車程，他一定會想要確保自己能及時趕到，或者提前，他一定會希望有充裕時間。」

「距離這裡三分鐘車程有什麼？」

「也許是那座獨立的貯藏所，放鏟雪車的，一座中心設施，從兩邊都可以到達的，在類似這樣的台地上，在東西向車道再度會合之前的路段。也許就在隔壁，原本可能是一塊閒置空間，那裡也許有一處不顯眼的小型下匝道，立著塊標誌，寫著高速公路管理局專用道，四周都是樹木，沒人會注意那種地方。」

「這樣的話兩個方向都有可能，剛才我們說不定曾經路過，這兩邊一定都有不少閒置空間，問題是該往哪一邊走。」

「我們並沒有經過，」桑德森說：「之前路上沒有不起眼的小匝道，那種地方我會注意到的，這表示我們困在這條路上了。可是敵方也沒辦法在前方安排伏擊行動，所以總地來說我很滿意，尾射手可以暫時輕鬆一下。如果妳的關於獨立貯藏所的說法沒錯，那麼它一定是在東邊，如果李奇關於史戴利焦急不安的說法沒錯，那它一定就在附近，近得可以馬上回到高速公路上，繼續上路。如果關於史戴利心焦的說法錯了，那個地方可能距離遠一些，但也不會超過十五哩或二十哩的範圍，因為就算這傢伙冷靜得跟冰塊一樣，他還是得趕在午夜以前到達他要去的地方，可是他不能用每小時一百哩的速度開車，這些人一旦闖禍就脫不了身了，他們絕不能惹人注目，我贊成往東邊去察看，萬一沒有任何發現，我們還是有充裕時間回來另想辦法。」

布拉摩越過肩膀看著麥肯齊。

他的雇主。

「要不要試試看？」他說。

「要。」麥肯齊說。

布拉摩開車繞過停車場，從整排鈉燈底下通過，邊尋找回到公路車道的路徑。從眼角，李奇似乎看見一輛淡藍色的車子從另一頭繞出去。一輛國產車，也許是雪佛蘭，不是時髦款，普通規格。

他又看。

不見了。

布拉摩找到出口，循著東向的蘇族瀑布市路標往前開，他像個好駕駛那樣看著前方的道路。桑德森、她姊姊和李奇一起盯著左側路肩，留意著東向和西向車道之間逐漸變得狹窄的空間。

結果發現史戴利果然急切，但不如李奇想的那麼嚴重，那是在超過三分鐘車程的地方，將近四分半鐘。他們看見一處不顯眼的下匝道，一塊白色小標示牌，上頭寫著禁止非作業人員進入。

「先別下去，」李奇說：「咱們得好好商討一下對策。」

44

葛洛麗‧中村開著車繞遍整個休息站。天色已黑，但這裡頭一片通亮，她想像一輛卡車開進來，也許不是半掛卡車，也許不是十八輪大卡車，也許只是一輛廂式運輸車，載滿家庭自營小藥局和郊區診所訂的小批藥品。福特爬山虎（Econoline）之類的車。也許是白色烤漆，也許經過高光澤的閃亮拋光，以便顯示健康安全、潔淨無菌的製藥品質，也許有一個帶有親切字體的平實商標名，漆成青草綠，或天空藍。

它會停在哪裡呢？

不會在州警大樓附近，理由很明顯，也不會在加油機附近，即使天黑也一樣。石油公司裝有監視器，以防沒付錢就落跑的。也不會靠近出入口，因為高速公路管理局也設有管制車流用的監視器，這輛貨車擔不起出現在監視錄影帶上，不能在南達科塔，因為大老闆的電腦已經把它變成新澤西某家藥廠的幽靈車，盥洗區和速食聯營店之間有一座共有的大停車場。

那裡非常明亮，但是也有監視器。為了業務責任吧，她想。免得萬一有人發生小擦撞，怪罪給漢堡攤位，也許是基於保險需求。

那裡有個地磅，旁邊是高速公路管理局辦公室，那棟建物只有黃褐色磚頭和金屬窗戶，緊閉著而且一片漆黑，可是它位在明處，太招搖了。她想像那輛運輸車，後車門敞開，卸貨給一排較小的車子，一群焦急等候的人，像是比利，還有新比利，還有其他坐在貨卡車、休旅車和舊轎車裡頭，和比利一樣的人，給車子裝貨，然後開走。

他們會在哪裡進行呢？

哪裡都不是，這休息站感覺不太對。

她又繞著停車場兜了一圈。從眼角，她看見一輛黑色休旅車從停車場另一頭繞出去。掛藍色車牌，她想，也許是伊利諾州，她再看一眼，可是它開走了。

往前走了一哩，在黑暗中，布拉摩在路肩停下車子。在這裡，東向和西向車道再度匯集在一起，之間隔著中央草坪分隔帶。穩當得很，萬一有州警察過來，他們可以說他們的引擎警示燈亮了，或者擔心輪胎出了問題，這裡沒什麼車流，車子一輛接一輛飛馳過去，接著是一輛半掛卡車，在一陣轟隆隆的呼嘯聲中駛過，豐田車被震得一陣搖晃。

李奇說：「下一個出口距離多遠？」

布拉摩察看導航螢幕。

「三十哩左右。」他說。

「浪費汽油，繞個大彎到對面路肩，直接從分隔道穿過去，蘿絲和我從貯藏所匝道下去，你和麥肯齊女士把車停在休息站，然後通過西邊的樹林走回來，我們在那裡會合，我們可以先觀察一下，想想該怎麼做。」

「你要我跟你一塊兒？」桑德森說。

「不行嗎？」

「我沒辦法，」她說：「我不太舒服。」

「妳應付得了。」

「我沒辦法，」她又說：「我只剩一片。」

「等會兒就有了。」

「有沒有還很難說。」

「妳遲早都得用上最後一片的。」

「我要知道我還有一片。」

「振作，少校。我需要妳一起行動，我需要妳到午夜仍然保持良好狀態，到時我還得靠妳接應。」

車內安靜下來。

接著麥肯齊說：「我們走吧。」

布拉摩一直等到兩邊都沒有來車。他轉動方向盤，橫越三線車道，直接從中央分隔道穿過去，分隔道成中凹形，像一條寬廣的排水渠。為了排放融雪吧，李奇猜想。鏟雪車總得找個地方把它倒掉，豐田車開下一段斜坡然後爬上另一段斜坡，在這裡進入西向車道，轉彎，朝著它剛才來的方向駛離。這時，他們和一輛從新澤西往西出發的貨車稍後走的是同一個方向，這輛貨車已經上路，已經行進了好幾小時，就在他們後方某個路段，這時已過了蘇族瀑布市，沿著之前李奇搭著那輛駕駛艙設有臥鋪的紅色大卡車走過的漫漫長路前進，那位駕駛是個老先生。**我老婆會認為你心中懷有某種愧疚**，她常看書，她很有想法。這時他們看見的也是那輛貨車不久後會看見的，也就是整整一哩路沒有任何東西，接著在左手邊的大燈邊緣看見一段不顯眼的下匝道，和一塊寫著**禁止非作業人員進入**的告示牌。

行進一百碼後，布拉摩把車停在路肩，李奇下了車，繞過車子走向桑德森的車門。她也下了車。靴子，牛仔褲，拉鍊拉到脖子的銀色運動外套，可是這次她把帽兜邊緣往後折，為了周邊視覺。為了狀況警覺，她準備好行動了，她的臉在顴骨前方的部分全露了出來，鋁箔紙在右臉，傷疤在左臉，變形的嘴巴，一邊眉毛沒來由短了半截，只是和它縫合在一起的不是眉毛。

「沒關係，」她說：「天黑了。」

布拉摩驅車離去。

他們在路肩等候。沒有車流經過。她拚命嚼著。不是口香糖，他想。她的最後一片四分之一吋貼片，或者它的一半，她可以用手把它撕成兩片，**到時我還得靠妳接應**。他希望她明白自己在做什麼，藥效顯然不如以前了，她沒有冷靜下來，也許最後一片四分之一吋貼片一向都沒什麼效果，怎麼可能有呢？這就像倒吊在高空鞦韆上，手一鬆，凌空飛向一片空無，巴望著有人能及時趕到，在你墜落以前把你接住。也許是新的不安全感的黃金標準，一個口袋空空的毒癮者，懸在無底洞上方，沒有一點存貨。

他們往回走一百碼，然後停下，和告示牌等高，**禁止非作業人員進入，沒有人車**。

李奇說：「準備好了？」

他們跑過交通車道，繞過告示牌進了匝道，他們在這裡停住，喘口氣，看著前方。他們在一條適合重載量卡車的重型工程道路上，這條路長長地消失在黑暗中，兩側種了樹木來美化它，但它終究只是產業入口。

桑德森說：「你有沒有手電筒？」

李奇說：「沒有。」

「相信布拉摩先生會借一支給我們，相信他有好幾支。」

「妳喜歡他嗎？」

「我覺得我姊姊找對人了。」

他們開始走過大片黑暗。月光帶著他們通過，加上偶爾有車燈從遠處投射過來，燈光像相機閃光燈那樣短暫照亮一切，讓他們可以在時空中找到定位，變得具體。這條匝道從頭到尾有半哩長，通向一座大得足夠堆放大型機具、可以開車進出的車庫。他們待在樹叢中，仔細偵察，這裡總共有四條路進來，兩側各有一條上匝道和一條下匝道，像是一隻細瘦的昆蟲長了四條長腿，全部通往車庫，車庫前後各有一道門，都緊閉著。四下沒半個人，沒有車輛，沒有動靜，只是一座夏末的鏟雪車棚子。

廢棄車庫。

「幾點了？」桑德森問。

「十點，」李奇說：「還有兩小時。」

「這事能成嗎？」

「看樣子應該沒錯，那通語音是這麼說的，有一條便道通往一座有棚車庫。」

「那是當時，今晚他們說不定換了地點。」

「像這麼好的地點？恐怕很難，這裡可說是一等一。」

「連半個人影都沒有。」

「還不到時候，我想重點就在這裡，他們快速進來，快速離開，這地點隱藏得太好了，誰會注意這種地方？任何人開車進來，就等於隱形了。」

他回頭看著後方，那輛從新澤西出發的卡車將會從東邊過來，他們剛才走過的同一條路，事後它會繞過車庫，從另一個方向離開，空車而返，史戴利應該會往西行，其他和他一樣的人可能會兵分二路離開。這是秘密的聚會，一氣呵成的高速公路隱密交換行動，一等一。

他們走上布拉摩和麥肯齊預定會穿過樹林走過來的地方，發現他們正好到達，一行人再度走下匝道。

麥肯齊說：「這問題好像不該由我來問，不過我們該如何行動？」

桑德森說：「就操作層面來說，上上策是在便道半路上突襲那輛進來的載貨卡車，在它下高速公路後，但還沒到達車庫前，一次行動，最多發射一枚子彈，最多敵方一人死亡，目標明確而有效。」

「我們要如何突襲那輛卡車？」

「我不知道我們是否該這麼做。」

「我不懂。」

李奇說：「我們不知道那是什麼樣的車子，不過它是從藥廠大門開出來的，所以可能是一輛正式的藥品運輸車，相信緝毒小子花了不少時間和藥商討論種種問題，開不完的會議和大量備忘錄，這輛卡車可能上了鎖，也許只有司機能打開，密碼鎖或者特殊鑰匙，妳妹妹不想節外生枝，到時必須用蠻力逼他交出來。」

「你會嗎？」

「這傢伙已經拿了錢，把車開往別的地點，顯然他是願意接受談判的，公平的條件交換不算搶劫。」

「所以做還是不做？」

布拉摩說：「到時可能有十個、十二個人來取貨，要把他們的東西全拿到手，我們必須一個一個搶，在他們離開這裡的途中，就像停車場收費亭那麼忙碌，十二次搶劫，一車接著一車，相距大約一分鐘，我不認為我們辦得到，我們沒得選擇。」

「蘿絲？」

「我說過，突襲是最佳策略，只能希望這輛卡車沒上鎖了。」

「還有第三種方法，」李奇說：「兩全其美。」

45

中村回到盥洗區，因為她實在想不出別的可能了，這地點很糟，但或許比任何地方都來得理想。她想像一輛白亮亮的廂式運輸車，它會停在哪裡辦事呢？當然，越遠越好，也就是停車場邊緣地帶的某處，深夜的停車場有很多排空位，大家喜歡盡量停在靠近大樓的位置。當然了，沒事幹嘛讓自己多走一大段路？

她開著她的淡藍色車子緩緩巡視，她想得沒錯，停車場西側邊緣空蕩蕩的，一排又一排車位全部空著，東側只停了一輛車，前進氣格柵緊挨著樹林停在那裡。

一輛黑色休旅車，掛藍色車牌。伊利諾州。

她撥打電話。

她說：「替我查一下別州的一個車牌。」

對方回以一陣嘶嘶的靜電雜音和一句口頭的「好」。

她報上車牌號碼，手機貼在耳邊，一邊把車開到黑色休旅車旁邊停下，那是一輛豐田。她下了車，前後察看，車子很髒，顯然在西部地區開了不少哩數，很難看清楚內部，因為車窗很高，而她很矮小，可是看來這些人似乎在旅行，車廂裡有一些行李。可是為什麼停在這裡？

她看著前方的樹林，判斷人可以從那裡頭通過，可是為什麼呢？要做不法勾當，在最後一排停車位也就夠穩當了，不需要躲在樹林子裡，另一頭什麼都沒有，到了那裡樹林逐漸變得稀疏，正常的中央分隔道又恢復了，基本上人可以從那裡一路踏著草坪一直走到下一個休息站，還是說這途中有一座高速公路管理局的維修站？她想不起來，附近一定有一座，那是你不太會注意到的那類地方。

耳邊一陣靜電雜音，一個聲音從她手機傳出。

「伊利諾州機動車輛管理局的資料說，這車牌屬於一輛黑色豐田大地漫遊者，登記在泰倫斯‧布拉摩名下，地址是一家芝加哥公司，這人自稱是私家偵探。」

桑德森走向她的啟動位置，李奇跟著過去，他要知道她還在嚼，如果沒嚼了，算是好現象或者不是。她還在嚼，情況不錯，他希望她別太早到達顛峰。她手上拿著儒格標準型手槍，點22，裡頭只有兩發子彈，浪費不得。布拉摩拿的是柯特點45，三發子彈。麥肯齊拿著那把空的春田，總比沒有好。是誰說過，世事有十之八九都只是擺擺姿態。

李奇說：「把我的故事準備好。」

桑德森說：「可能有一百個地方會出錯。」

「不會有一百個，」他說：「幾十個吧。」

「他的拘捕令根本是鬼扯淡，無論如何我要你知道這點，他們是想讓他閉嘴。」

「妳要我知道部分情節，但不是全部？」

「我要你起碼知道這個部分。」

「他想說什麼？」

「某件他不該說的事。」

「好吧，」李奇說：「保持警覺，剩下的待會兒告訴我，感覺還好吧？」

「目前還可以。」

「能撐到什麼時候？」

「現在幾點？」

「將近十點半。」

她在腦子裡估算了一下，沒說話。

李奇走回他自己的啟動位置，可是還沒到達，布拉摩拿著手機走過來，手機螢幕亮著綠色，上面顯示和西點校長辦公室通話中。

「找你的。」布拉摩說。

李奇接過手機。

「上將。」他說。

「少校。」校長說。

「我們正積極運作中，成敗在接下來兩小時內可以見分曉。」

「方便讓我知道細節嗎？」

「可能不太方便。」

「有多少勝算？」

「很難說，這是交戰原則的問題。」

「她的顧慮比你多？」

「她的顧慮應該不算少，不過有些事我不會去做，況且我們身邊還有平民。」

「歡迎來到現代陸軍，你可以再回來上課。」

「她告訴我波特菲爾的拘捕令是鬼扯淡。」

「你對這話有什麼反應？」

「她當然會護著他，不是嗎？」

「我也這麼想，不過看來她似乎沒錯。我有幾個南方的朋友看過這份檔案，沒什麼內容，肯定是假的，沒人知道是哪個法官發出的拘捕令。我們把他關起來，可是這案子唯一對得上的人名，是一個在海軍陸戰隊一支醫療隊的媒體辦公室工作的傢伙。」

「聽她的說法，她似乎覺得波特菲爾有正義要伸張，這樣的話肯定會留下不少紀錄。他是個每天必須換一次繃帶的失業退伍軍人，像他這樣的人一旦心裡有什麼不滿，一定會抓了人就說，他會在報上投書，每天打電話給他的國會議員，接下來是白宮、脫口秀還有他想得到的每個執法單位，他肯定會到處留下名字。我很想知道，她可能永遠不會告訴我。」

「她還好嗎？」

「總地來說，還算不錯。」

「她的態度還好嗎？」

「哪方面？」

「你方便說話嗎？」

「當然。」李奇說。

「我打這通電話的原因，是因為我們找到某個違反醫療倫理訴訟案文件的一份側面參考資料。一位陸軍心理醫師出版了一篇論文，他的罪狀是未能適當地保護他的病人的真實身分，那篇論文是關於一個臉部嚴重受創的女性軍官，在一次她原本沒被要求參加的現場偵察活動中發生的，她是代替另一名軍官去的，純粹是私下幫忙。這次行動根本不關她的事，她會參加是因為某個混蛋有其他任務，在調查過程中被發現這任務根本不值一提，訊問展開時那個人自殺了。結果發現，當全陸軍最美的女孩身負重傷的同時，他正在讓一個阿富汗妓女替他手淫，這篇論文寫的是她難以認為自己是在執行任務中受傷的心理掙扎。」

「這個女人是蘿絲・桑德森？」

「那是她還在住院的期間，她說事情被公開讓她很難過。」

「沒聽她提過。」李奇說。

「這事多少有影響，」校長說：「她感覺遭到了背叛。」

十一點，四下依然一片黑漆寂靜，李奇不意外。他估計鬼祟的集合大約會花去二十分鐘，接著是午夜的火速行動，接著恢復一片寂靜。所以他並不擔心，還不到時候。除非他的推測完全錯誤，這票傢伙另外找了個地方聚集，在數哩外，就在此時，彼此拍著肩膀招呼，打開他們的行李廂蓋和後車門，露出等著被塞滿的空間。

不無可能。

他等著。

十一點半還是一樣。黑漆漆，靜悄悄。仍然沒問題，仍然合乎推測，仍然說得通，仍然有希望，可是越來越逼近了，緊要關頭就要到來，精采場面，成敗見真章的時刻。這輩子頭一次，他細察自己身體的變化，他感覺內在的壓力逐漸攀升，同時感覺到某種機械性的反應，類似殘留的原始生物本能，將這股壓力轉換成凝聚力、力量和攻擊性，他感覺頭皮一陣陣刺麻，一股電流竄過他的雙手到達手指，他感覺自己的視覺變得犀利，感覺自己整個人變得更大、更強、更快、更健壯。

他知道桑德森也會有同樣的感覺，他在想多了吩坦尼會有什麼變化，希望她沒問題。

接著他看見便道上亮起車頭燈。

46

車頭燈暗淡昏黃，表示這是一輛舊車，燈的高度中等，間距普通，表示這輛舊車是中等大小，不是大型貨卡車，也不是大型休旅車。它一路開到了車庫。從它被大燈微微照亮的側面看來，這是一部開了二十年左右的轎車，形狀像一條蛞蝓，暗沉的烤漆，模糊不清的深顏色，沒有車輪蓋，彎折的天線。

它倒車，精準地停在門口側邊，一個人下了車。看來像五十歲，腰腹圓滾，油膩的頭髮緊貼著頭皮。他穿著藍色牛仔褲和印了一個字的灰色長袖運動衫，也許是商標名。他走向鐵捲門，拿鑰匙轉動著，接著他像起重機那樣蹲下，從底部把門拉起，鐵捲門喀啦喀啦往上升，越來越快，像是被平衡閥轉輪帶動著。

那人走進車庫，一分鐘後傳來類似的喀啦聲，另一頭的門也打開了。

車庫內，左邊是一列列巨大的黃色鏟雪車，右邊是大片空間，有人用粉筆在地上畫了許多斜線停車格，從一到十編號，一號在最遠端，十號最近。

穿運動衫的傢伙走回他的車子，彎身從副駕駛座拿起一塊夾板，夾板附有一支綁在線上的筆，清單之類的，那人走回車庫，在入口附近站好崗位。

門口有一名警衛。

那人拿出一把手槍，檢查彈膛。

晚上十一點四十一分。

四分鐘後，便道上出現更多車燈，比那傢伙的舊轎車燈光更高、更寬、更亮。一輛道奇杜蘭戈休旅車，它朝車庫門開過去，在守衛旁邊停下，車窗降下，駕駛說了不知什麼，守衛看了下夾板，揮手要那輛車進去，車子斜斜停在一個畫出的車格內。

一分鐘後，一輛雪佛蘭西維拉多（Silverado）開過來。車況比史戴利的舊車好不到哪裡，可是沒裝露營車殼，只在載貨平台上鋪了條黑膠墊子，接著一輛黑色舊四輪傳動車出現，兩輛車都停到了車庫裡。

到了距離午夜五分鐘時，十個車位有九個停了車子，只剩五號車格空著，穿運動衫的傢伙一點都不緊張，照著規矩走就是了，九個守在車旁等候的人看來也很開心，這麼一來可以配得更多了。

穿運動衫的傢伙看了下手錶。

他的手機響了。

他接聽。

他吆喝，「各位，還有兩分鐘，快來了。」

兩分鐘後，一輛白色廂式運輸車衝上便道，疾駛過來接著猛地煞住。它停在那裡等著，掛的是新澤西車牌，穿運動衫的傢伙朝它做了個手勢，然後跑進車庫，那輛廂型車轉彎，沿著車庫外緣前進，從前門一路開往後門，接著它再度轉彎，侷促而彆扭地，緩緩進了後門，方向和其他車子相反。它對準一號車格的車子停下，守衛跑過來和它會合，駕駛人下了車。

這使得他們的計畫整個被打亂，事後李奇很懊悔沒仔細研究地上那些用粉筆畫出的編號的意思。起初他以為那或許是代表地理區域，或者資歷深淺，這一行的傳統或特權之類的，或者沒有任何意義，也許他們編號只是為了好玩，用粉筆畫停車格，順便寫幾個號碼，看來專業些。

但實際上它們代表著優先順序，某種身分位階。也許一號那傢伙訂貨數量最大，就像每週業務冠軍，因此得到獎賞，包括有權最快落跑，最早裝貨，第一個離開，相當不錯的鼓勵。

李奇到了車庫前門。

他早料到守衛和廂式運輸車的駕駛會在整個過程一開始的時候聚在一起，他們的計畫是，等廂型車的駕駛一打開車門，毫不懷疑，心甘情願，沒有遭到毆打或任何形式的威嚇，也因此所有人都還無愧於良心，這時李奇會擊出一發九毫米子彈，讓它飛過他們的頭頂，直達後方的一整排人車擁擠地帶，來讓所有人靜止不動，宣示對那輛廂型車的所有權。緊接著桑德森會從後門翩然現身，他們會全部回頭，看見一個指著手槍的神秘人物，任何一點最初的反抗火苗將會當場被捻熄，只有行家才會注意到那把儒格是點22口徑，也只有目光銳利如X光的行家會知道那裡頭幾乎是空的，他認為計畫應該行得通，先對付守衛和廂型車駕駛，接著其他人，兩組不同類型的人馬，他覺得順序很重要。

問題是他站錯了車庫門。

整個反了過來。

這下他成了桑德森。

而她是他。

體內流著腎上腺素，和戰鬥荷爾蒙，和吩坦尼，或者藥效消退了一半的吩坦尼，還有疼痛不適，還有汗水和哆嗦，這時她想必正盯著那個廂型車駕駛，等著他打開車門。密碼鎖或特殊鑰匙，或者不需要，也許只是普通車門，這樣的話事情將會進行得快速許多，就槍械來說那把點22相當安靜，但還是比生活中的許多東西響亮。在有回音的空間裡，點22應該能發揮威嚇作用。

如果她能擔起他的責任。

如果她動得了手。

還沒有動靜。

仍然沒有動靜，也許是很長的密碼鎖，像電腦，一大堆字母，大寫小寫，加上數字和符號。

沒有動靜。

接著是一記巨大的槍擊爆裂聲，以及子彈擊中頭頂橫樑發出的暴戾的砰一聲。

所有人呆住。

在他們前方，她走上前來，說：「站著別動。」

原本他該做的。

在他們後方，他走上前去，說：「不許動。」

原本她該做的。

所有人朝他看過來。他把史密斯槍口放低，對著他們的腰部，他從經驗中學到這個角度會讓人害怕，某種古老的動物本能。

前方，她搖搖頭。他們是轉向他的，接下來的台詞該由他來說。

他用軍警的口氣說話。

他說：「把你們口袋、槍袋和藏在其他地方的手機和槍枝全部掏出來，把它們放在你腳邊的地上。別耍小聰明，等會兒我會一個個搜身，要是被我發現其他槍枝，我會用它射穿你的後膝蓋窩，要是被我找到手機，我會用我的槍射穿你的後膝蓋窩。我保證我的承諾就跟政府的財務狀況一樣嚴肅，我們不是警察或聯邦探員，這純粹是私人事務，對各位來說只是一點暫時的小妨害。所以衡量一下，你們下半輩子想要走路，還是坐輪椅，想想怎樣對自己最好。」

十一個人，十一支手機，十二把槍，守衛在腳踝藏了一支點38小手槍。麥肯齊過去把它們收集起來，一邊指著那把空的春田，那樣子就像一部午後電影。黑社會的美麗女王，所有人全盯著看，李奇要他們把槍和手機朝她踢過去。她把它們一支支全部撿起，放進一個她在廂型車內找到的袋子，上頭有個爽朗的商標，綠色和藍色，有如青草和天空。

李奇和桑德森將十一個人全趕進五號停車格。擠成一團，好像球賽結束後的觀眾席，被困在兩輛側板狹長的貨車之間，李奇和桑德森分別以四十五度角站開，面對他們，槍枝平舉，戰術上並非必要，他們當中任何一人都能達到效果，可是兩個人有種鎮定作用，能把輕舉妄動的念頭降到最低，因此也把傷亡降到最低。人道主義的資源部署方式，現代陸軍。

起初他以為這招管用。十一個人被壓制得死死的，他們一臉驚呆，無言、挫敗、莫名地顫抖，莫名地慌亂。

莫名地噁心。

然後他明白了。

桑德森的帽兜仍然垂在背後。

從眼角，他看見在他們後方，布拉摩將他的豐田車反向開進廂型車之前進入的車庫門，然後緩緩倒退到和廂型車成一直線，讓它的後門對著廂型車後門，他看見麥肯齊開始搬運紙箱，從一輛車搬到另一輛車。雪白潔淨的紙箱，數量龐大，布拉摩也出手幫忙，兩人一起奮力搬運，一箱接一箱，空間不足成了問題，他看見他們把幾只行李袋從行李廂丟進後座椅。

他後退一步，沿著整排車子左右察看，那輛道奇杜蘭戈最合他的意，它的車型普通，應該很容易上手。

他指著它。

「誰的？」他說。

有個傢伙動了一下。

李奇說：「鑰匙在裡面？」

那人點頭。

「這車可以走了。」布拉摩在後面大喊。

「好，」李奇說：「怎麼做大家都清楚了，按步驟進行，一、二、三，然後走人。」

步驟一是麥肯齊走遍所有車子，杜蘭戈除外，包括守衛停在外面那輛舊轎車，把所有的車鑰匙放進她的手提袋。這些車大部分都很舊，可以免鑰匙啟動，可是那輛藥廠廂型車是一輛嶄新的賓士，用的是晶片鑰匙，哪裡都去不了，很好。該讓緝毒小子看看它，孤零零困在那裡，動不了，被逮個正著，可憐巴巴。

步驟二是麥肯齊和布拉摩一起坐進豐田車，驅車離開。

他們照著做了。

步驟三是李奇走到他們面前，雙手握著史密斯，槍口放低，對準他們的腰部，或者更低的部位，接著桑德森退到後面，一步步謹慎地走向那部杜蘭戈，邊用一隻手在背後摸索車門把手，上車然後啟動，倒車退出斜線停車格，接著由於前方被廂型車擋住去路，因此她必須一路倒退著從車庫前門離開。

她照著做了。

李奇等著，獨撐大局，十一人被困在一角，他感覺到他們起了騷動，一絲怒火，先是衝著自己，十一比一，太可笑了，是什麼讓他們變成娘兒們？這種事只會越想越火大，他們會給自己惹麻煩的，這種狀況他見過，他遲早必須對其中一個人的腿開槍，讓他們學乖點，到時就怪不得他了。

從眼角，他看見在他背後，桑德森開著那輛杜蘭戈，從之前廂型車進來的同一道車庫門倒退著回來，這次她所在的位置正確，面對的方向也正確，距離他十碼，他聽見傳動裝置鏗啷一聲，從倒車檔回到前進檔。引擎怠速空轉著，腳踩著煞車踏板，準備走了。

他退開去，邊走邊把槍抬高一點，但是不多，同時隨意來回掃動，從左邊的傢伙到右邊的傢伙。接著回頭指著腰腹部，一邊走遠，一步步往後退，邊聽見杜蘭戈的副駕駛座車門在他背後吱一聲打開，桑德森無疑正在車內探身開門，他到達那裡，坐上前座，仍然平舉著史密斯，可是那些人早就放棄了。沒有槍械，沒有手機，車子又動不了。他們已開始往前看，想著該如何在災難臨頭之前離開這裡。

「走吧。」李奇說。

桑德森踩下油門，將方向盤轉動兩次，先往右，接著往左，車子到達西向匝道時，她已經飆到將近六十哩時速。

47

桑德森稍微減速，讓一輛隔壁線道的車子通過，接著她上了高速公路，將車速調回六十哩，四分半鐘後回到休息站。這輛車粗糙又嘈雜，布拉摩絕對看不上眼，不過或許比她原來那輛舊福特野馬好一點。

她說：「咱們到手多少？」

最要緊的一件事。

「超過兩週的量，」他說：「肯定有的，這下妳欠我一個故事了。」

「辛苦事都是我在做。」

「沒差，妳說只要今晚搞定，妳就會把真相告所我，不管誰做都一樣。」

「等我看見了再說，」她說：「等我看見有超過兩週的量再說。」

「比那多得多了。」

「我要直接泡在裡面。」

「應該的，今晚妳表現得很好。」

「謝謝。」

「妳現在感覺如何？」

「你有沒看見那些傢伙盯著我姊姊看的表情？」

「有。」李奇說。

「你有沒看見他們盯著我看的表情？」

「有，」李奇說：「我看見了。」

「那就是我現在的感覺。」

他們再度下了公路，開了一小段進入休息站，車子經過汽油柴油機、速食店、公路巡警隊和公路管理局的地磅，一路到了連鎖汽車旅館。布拉摩看中這裡的兩大優點。它的後方有私人停車場，可以避免豐田車不巧被人發現，加上這裡和犯罪現場實在太近了，不會有人想到過來察看。這裡是南達科塔，四周是大片大片的空間，人直覺上只會想到往半徑範圍的最外圍去搜索，而這範圍是以六十哩時速延伸開來的，沒人會想到在事發現場附近搜查。

桑德森把車開到旅館後方，發現豐田車已等在那裡，布拉摩和麥肯齊分別站在後車門兩邊，車門敞開著，他們已經把那批東西排列整齊。

真可觀。

好幾十個紙箱，堆成長寬高各一碼的方塊。上頭有商標名和圖片，數量非常多，有十片、二十片、五十片、數百片包的，成堆成堆的，一只箱子裡有二十盒二十片裝的。醫療用包裝，光這箱就有四百片。

「超過兩週的用量。」桑德森說。

她彎身拿起一箱，把它打開，抽出一個足足有一整盒紙牌大小的鋁箔包，二十片。她把它放進口袋。全世界最富有的女人，富裕的新黃金標準，一個不愁沒貨的毒癮者。

她回頭對李奇說：「現在我可以把故事告訴你了。」

「不急，」他說：「我得先去拜訪一下亞瑟蠍子。」

「我跟你一道去，」她說：「這故事蠍子也有一份。」

他們翻看麥肯齊的袋子，找到他們從車庫守衛那裡拿來的手機，有一堆三天前的舊簡訊，最後一通是守衛告訴蠍子：**今晚一切順利，包括新比利**。最近幾通就沒那麼開心了，而且非常地一頭熱。從午夜一刻開始，蠍子越來越頻繁地傳來要求說明的訊息，**究竟怎麼回事？務必請你馬上回覆**。

李奇說：「告訴他事情有點延誤，告訴他這傢伙，一有空就會趕到自助洗衣店去當面向他解釋，盡量模仿這傢伙的語氣。」

麥肯齊負責寫簡訊，她對此似乎非常熟練。

桑德森把她只剩一發子彈的儒格，換成布拉摩那把裝有三發彈藥的柯特。

接著她和李奇回到杜蘭戈車上，開車離去。

葛洛麗・中村躲在樹林後方目睹了所有經過，剛才在停車場，她推測那輛豐田車之所以停在那裡，和其他車子停在大樓附近是一樣的理由，沒事幹嘛讓自己多走一大段路？豐田車裡頭的人想要往另一頭徒步過去，不是朝盥洗室區走，而是進入樹林。裡頭什麼都沒有，除非維修站在那裡。一定是的，不然誰會往那個方向走？循環邏輯，可是她覺得說得通。

她跟了上去。

她停在十呎外。

她看見大腳怪，她看見芝加哥來的泰倫斯・布拉摩，那個私家偵探，曾經在早餐店佔去她的桌位的，兩次。她看見一個漂亮女人。她看見另外一個女人，嚴重毀容的。她立刻想到那就是戒指的主人，憑感覺。她曾經短暫試戴過的。West Point 2005，黑色寶石。

她觀察著，布拉摩和那個正常女人從樹林走回來，他們從距離她二十呎的地方經過，可是沒發現她，接著將近一小時沒有任何動靜。接著好幾輛車子陸續到達，最後是那輛白色廂式運輸車，掛新澤西車牌，開得又急又猛，果然不出她所料，走散的車子，基本上已經不存在的，從紀錄上被抹除了。

接著傳出一聲槍響，那輛黑色豐田又出現，開進去，又開出來，接著是一輛道奇杜蘭戈，接著恢復一片寂靜，直到十來個她沒看過的傢伙偷偷走出來，散漫地到處亂轉。一副畏畏縮縮的樣子。

她從樹林子走出去，一手出示警徽，另一手拿著槍。

那些人跑了起來，朝十一個不同方向沒命地逃竄。

她回報給局裡，但心裡清楚沒用的，高速公路屬於州警管轄，不是警局交通部門，況且在深夜，就算一大群人跑過三線道也不會被發現，接著他們可以越過路肩，往北或往南進入幾乎可說大到沒有止盡的空間。

追不回來了。

她察看那輛空的廂型車和八輛停在裡頭的車子，還有外面那輛舊轎車，接著她通過樹林走回去，開車回城裡，她想看看蠍子在做什麼。

桑德森和李奇把車開上那條經過克林格餐館的南向四線道公路，她一路上不停嚼著，還不到盡情狂歡或拿它泡澡的時候，她只是在維持現狀，讓自己到達她想要的水平，然後一直保持在那裡。他感覺他們從廂式運輸車拿到的大量補給讓她起了變化，他猜想身為毒癮者的苦處之一就是老處在焦慮之中，下一筆錢，下一劑，下一個小時，明天，這下她不再焦慮了，她將會有很長一段時間不再焦慮，說不定從此再也不會，如果她姊姊安排得成的話，所以她還算是毒癮者嗎？已經不同了，現在全是正面影響了，真的是只有快感，沒有低潮了。

看得出來那股快感果然很值得，她的表情沒有太多變化，沒那麼誇張。不過她的眼睛炯炯有神。還有身體，彷彿正處於人生的最顛峰。不是有致命危險的劑量，以前或許需要吧，用來忘卻沒有它的痛苦。可是再也不會了，這下她可以安心了，也許她終究會沒事。

以他的職業角度來看卻不然。

他說：「校長告訴我當年妳為什麼會出現在小鎮外的路邊。」

「我說過了。」她說。

「妳說妳是代表支援兵力，代表是漂亮字眼，如果是一個資深軍官派妳去參加的，或許妳可以這麼說。可是妳已經是少校了，我們不需要上校來決定該如何把人馬帶上山，所以根本沒有資深軍官，這也讓代表這兩字眼顯得很古怪。」

她沉默許久。

接著她說：「校長是怎麼知道的？」

「有個心理醫師寫了篇論文。」

「他看了？」

「他一直在找妳。」

「鬼扯。」

「他一直在到處央求人家幫忙。」

「為了我？」

「他說妳覺得自己遭到了背叛。」

「被那個心理醫師。」

「他是指當時的處境。」

她再度沉默下來。

她說：「我在醫院待了很長一段時間，認識了很多人，缺了一條胳膊或一條腿的。相信我，沒有一個人覺得好過，可是我討厭那些傢伙，他們老是穿短褲，他們可以利用它來炫耀，如果只是少條腿，我根本不會有問題。就算是為了幫朋友忙也無所謂。我五度到海外服役，遲早總會遇上衰事的，甚至少條胳膊。可是臉不行，你也看見那些傢伙看我的表情了。」

李奇沒說話。

她說：「他們的評估報告寫錯了，他們就只是在方框上打個勾。我從不覺得自己遭到背叛，老實說我只覺得很倒楣，這輩子頭一次有這感覺，起初我還搞不清楚怎麼回事，對我來說那是全新的體驗，感覺就像一輩子的霉運在一天當中全部降臨，倒楣透了。當然那個要我代班的傢伙當時是去找女人，一定是的，這種事難免。我只是很意外他不是去幹更嚴重的勾當。」

他說：「說說波特菲爾的事吧。」

她突然低頭，然後抬頭看著路標。

她說：「你知道這是哪裡嗎？」

他說：「我們先右轉了一次，接著在某個地方左轉。」

「我要停車。」

「為什麼？」

「把事情經過告訴你，然後再去找蠍子。」

中村在對街緩緩停車，接著再一點點往前移動，直到她的視線對準了，蠍子的後門敞開著，她可以看見門透出光來。

她關閉引擎。

她下車，朝那道門走去，最高法院說，如果確定在公共場所有犯罪事件正在進行，她不需要搜查令便可以介入，可是蠍子的店內辦公室不是公共場所。法院說，這麼一來她就需要具有同等效力的證據，像是槍響、尖叫或呼救聲。

巷子裡一片靜寂。

她悄悄走近。

她聽見蠍子正壓低嗓子說話。完整的句子，獨白，他正在留言，語氣充滿擔憂。他要對方給他回應。車庫守衛，肯定是，他安排的人。沒辦法回覆他，因為李奇拿走了他們的手機，雖然躲在樹林裡，她聽見他說了，當時她真的相信他會拿槍射穿他們的後膝蓋窩。

她悄悄走近。

蠍子已經結束通話，聽不見任何動靜，只有微弱的呼呼聲，也許是電扇。當然絕不是槍響、尖叫或呼救聲。

她悄悄走近。

她從門縫偷瞄。

角度不對。

她將手指放在門上，輕輕把它推開。

桑德森把車停在購物中心的停車場，她將排檔桿打到停車檔，可是讓引擎空轉。這輛杜蘭戈加滿了油，再遠的路程都不成問題。商務行程，愛達荷，或華盛頓州。

她說：「結果發現腹股溝有大量的神經。」

「誰想得到呢？」李奇說。

「小西無時無刻都很痛苦。當然，也有了藥癮，一開始海軍陸戰隊還提供他治療，後來他們不再開藥給他，沒給任何理由，起初他以為是為了用藥上的慎重，畢竟那是強效麻醉劑。可是他真的很需要，他去找他們理論，可是沒有用，於是他開始逛診所，開車到處找，接著開始自己買藥，發現根本容易得很，當時這類藥品的供應仍然非常充裕。這讓他很氣憤，其他管道都是暢通的，為什麼獨獨陸戰隊這麼謹慎？他回去找他們，發現他們的作業有疏失，結果根本不是為了用藥上的謹慎，他們的存貨清單亂得一塌糊塗，幾乎沒貨了。」

「有人竊取公物。」

「小西決定把這個人揪出來，為了他自己，還有陸戰隊的弟兄們，這工作非他莫屬，畢竟他已經開始買了，他已經進入販毒網，只要四處打探一下就行了。最後他查出來了，把它寫成報告然後寄給國防情報局。」

「為什麼找他們？」

「他有個想法。國防情報局橫跨各軍種，比起把報告寄給海軍陸戰隊來得妥當，陸戰隊可能會把它壓下。」

「結果呢？」

「我們等著，我們推測需要五、六天，從這裡寄信比較慢，可是他確信他們會馬上回覆給我們，結果我們足足等了六個月沒下文，接著他收到拘捕令。」

「那傢伙有靠山。」

「小西也是這麼認為，他立刻就放棄了。人生本來就有輸有贏，你沒辦法跟政府對抗，我們到山上的樹林裡，因為當時是初春，樹剛長出嫩芽，他開心得不得了。他是在東岸長大的，真的，個性相當拘謹，可是那天他玩得髒兮兮的，還拿起一根樹枝來嚼，假裝自己是高山漢子，我們躺在草地上，我們口袋裡有貨，像那樣的日子，我們心裡知道我們會追求一下刺激，我們會一路衝到底，我們是一對擁有共同嗜好的伴侶，我們要一起創造不朽。」

「結果呢？」

「他死了。」

中村把門推開。六吋，八吋，十吋，十二吋。她探頭看屋內。蠍子背對著她，他獨自坐在一張堆滿了呼呼作響的電腦器材的長桌子前。主機、螢幕、鍵盤和滑鼠。房間非常熱，一台電扇轉動著，她拿出警徽和手槍，把房門推到底。

蠍子聽見了。或者感覺到氣流，或者感應到她的出現。

他轉過身來。

「待在原位別動，」她說：「兩手伸到前面。」

他說：「妳這是擅闖民宅。」

「你正在犯罪。」

「妳這是在騷擾我。」

她說：「趴在地上。」

她向前一步，舉起手槍。

他說：「妳的笑話鬧大了，我是在結算這一天的營業額，這樣我才能繳稅付妳薪水。做小生意必須承受的許多負擔當中的一項。」

「你正在入侵藥廠電腦的防護系統，那些系統都是由聯邦政府監控的，他們會不會找到俄國的軟體？那樣的話你就麻煩大了。」

「我是經營自助洗衣店的。」

「未來的洗衣店裡頭簡直像ＩＢＭ總部，可是你的系統已經失效了。看一下你的ＧＰＳ，你的運輸車被困在一座鏟雪車車棚裡，李奇把它的鑰匙拿走了，還有車上所有的東西。」

蠍子沉默不語。

她收起警徽，拿出手銬。

接著情況大逆轉。

在她背後，一名男子端著兩杯便利商店買的外帶咖啡走進來。黑外套，黑運動衫，黑長褲，黑皮鞋。身高超過六呎，頸子有一道傷疤，她見過這個人。

蠍子猛敲她的後腦勺，她倒在地上，她的槍咔嗒滾開去，一時間她只覺得頭昏眼花，感覺自己被粗暴地攻擊、搬動，接著發現自己坐在地板上，手被銬在桌腳。用她的手銬。她的裙子翻起，她用單手把它拉下。她的公事包不見了，還有手機。

蠍子問她。「妳剛才說連同車上所有的東西，是什麼意思？」

她說：「整車的東西。」

黑衣男子說：「要不要我去察看一下？」

「我們一起去。」蠍子說。

他看看面對巷子的後門，看看屋內門，再看看中村。

「把車開到前門，」他說：「我從那裡出去，把她留在這裡。」

黑衣男子衝了出去，蠍子將後門上鎖，然後坐下來，盯著一個螢幕。

中村說：「你出局了。」

「不，」他說：「我永遠不會出局，重新來過就是了。一扇門關上，另一扇門打開，起起落落是很正常的事，我會在別處得到我要的東西，一直都是如此。」

他把她留在那裡，坐在地板上，手被銬在桌腳，他把燈關了，通過屋內門走到洗衣店，順手把門帶上，辦公室頓時一片漆黑。她聽見房門從另一頭被鎖上。緊接著她聽見面對街道的正門打開，不是蠍子走出去，沒那麼快，他還有三十呎才會到達那裡。是另外一個人進來了，大概是那個黑衣男，把車開來了。

可是接著她聽見一個模糊的人聲。

很耳熟。

那聲音似乎是說：「你口袋裡放了什麼東西？」

桑德森說：「後來我才發現他嚼的不是樹枝，或者不只樹枝，那只是為了掩飾他還嚼著別的東西，他提早狂歡作樂了，他打定主意要到達超劑量，我們上山的途中服了一劑，到達那裡之後又服了一劑，他痛恨自己的人生。國防情報局的事給了他些許動力，可是那件事已經結束了，他們要一些和他同軍階的人和他唱反調，他放棄了。這次他下了決心，他要敲死亡的門，如果門打開了，他會走進去。」

李奇沒說話。

「有何不可？」她說：「一切就此了結，他沒錢可以揮霍，這方面他運氣不佳，就像我走霉運是一樣的。我看著他走，一開始還不錯，他很開心的樣子，我想他應該準備好了。他仰躺在地上，四周充滿松木香，他的呼吸越來越緩慢，最後停止了，這就是事情經過。」

「很遺憾。」

「我當時也是。為我自己，也為他。我很快活，就像人家說的，這樣也好。我把他留在那裡，他很喜歡那些山丘，喜歡那裡的動物，我收拾好東西，開車回家。」

「他們到他住處搜索什麼東西？」

「那份報告的副本。放在書桌抽屜裡，任誰都會頭一個想到要搜那裡。」

「報告裡寫了什麼？」

「補給倉庫有人監守自盜，陸戰隊一支醫療隊的一名上校把東西賣給亞瑟蠍子，兩年前蠍子就幹這勾當，現在當然不同，可是當時小西得自己花錢買他原本可以免費拿到的東西，太怪了。我猜這個上校看見檢舉檔案，暗中使了些手段。」

「蠍子也知道小西的名字，」李奇說：「他告訴我的，當作轉移目標的幌子。」

「也許是這個上校告訴他的。」

「或者他告訴了這個上校，如果那個屋頂工人看見一些東西，那麼比利應該也會看見，也許比利告訴了蠍子，蠍子告訴了這個上校。收賄調查一直沒開始，這下更是石沉大海了，這個人用假造的拘捕令把它壓下，我想只有這樣在時間上才說得過去。」

「你是說蠍子把他出賣了。」

「我們該上路了，」李奇說：「該去拜訪他一下了。」

48

桑德森和李奇的車子駛過一片死寂的黑暗街道，緩慢但持續前進，一直到了便利商店轉角，在這裡，他們看見前方一輛黑色轎車正緩緩停靠在路邊。亞瑟蠍子的車，曾經在那家裝了鍍鉻電話機的餐館外面接他的那輛，裡頭坐著同一個人，李奇對這傢伙的最後印象是，他躺在洗衣店地上沒命地喘息。

桑德森把車子緊挨著那輛林肯的車尾停下，李奇在洗衣店外面的人行道上將那人攔住，給了他一拳，只是讓他鬆一下筋骨。那傢伙單膝跪倒在地上，搖著一隻手投降。原來他奉令把車開過來，準備前往一個高速公路管理局的維修站，去處理一個問題，蠍子先生很快就出來。

李奇把那傢伙塞進林肯車的行李廂，那裡頭大得足夠容納兩個他，老式的方正設計。接著他走向洗衣店門口，到達時正好看見蠍子走出辦公室，高大瘦削，五十歲左右，灰髮，黑套裝，白襯衫，沒打領帶。他隨手關了門，上鎖，轉過身來。

李奇走進店裡。

「你口袋裡放了什麼東西？」他說。

蠍子呆瞪著他。

沒回應。

「你要比利射殺我，」李奇說：「接著又要那個新手做同樣的事。」

沒回應。

「你也看到了，他們沒把事情辦成，」李奇說：「所以接下來呢？」

蠍子說：「我沒有不敬的意思。」

他說著瞄了下街道。

「你的人不會過來了，」李奇說：「現在只剩你和我了。」

「事關生意，換作是你會怎麼做？」

「你還出賣了波特菲爾。」

「這人很礙事，非除掉他不可。」

李奇聽見微弱的金屬碰撞聲，在辦公室裡，大概是機器吧，清點硬幣的。

他說：「那個上校叫什麼名字？」

蠍子沒回答。

李奇過去給了他一拳。

蠍子尖叫一聲。「貝特曼。」

像打噴嚏。

「謝了。」李奇說。

中村聽見蠍子說波特菲爾這人很礙事，非除去他不可，這話幾乎算是自白了，具有法律嚴重性，她陷入到底該大聲呼叫或者保持安靜的兩難。最後她採取折衷，讓手銬碰撞了下桌腳。沒有用，沒人衝進門來，接著蠍子尖叫一聲，聽來像是別來這套，接著就沒再說什麼，只有一陣咕噥和喘息，還有腳踝刮過地板的聲音。

接著是滾筒式乾衣機緩慢轉動的聲音，隆隆低吼著，一圈圈打轉，伴隨著某種沉重的物體咚咚碰撞的聲音。

桑德森把車子和黑色豐田並排著停下，將它遮蔽得更加隱密，她的旅館房間在李奇隔壁。她道晚安然後進了房間，他也進了自己房間，在床上坐著，他聽見她在牆那頭走來走去，接著聽見她出了房門。

有人敲他的門。

他把門打開。

她的帽兜還沒放下。

她說：「我想現在我對自己比較放心了，你可以把戒指還給我了，我會好好保存。」

「進來吧。」他說。

她坐在床沿，之前他坐的位置，他從口袋掏出戒指，金絲裝飾，黑寶石，小尺寸。對一件小物品來說，一段十分漫長的旅程。

她接過去。

她說：「再次謝謝你。」

「再次不客氣。」

她沉默好一陣子。

她說：「你知道像這種狀況，最詭異的一點是什麼嗎？」

「什麼？」他說。

「我是從內往外看的，我看不到自己，有時候我會忘記。」

「心理醫生怎麼說？」

「第一一〇特調組會怎麼說？」

「面對它，」李奇說：「事情都發生了，改變不了，大部分人都不會喜歡，骨子裡人類進入文明其實沒多久，不過有些人不會在意，妳總會遇上的。」

「你是其中一個嗎？」

「我告訴過妳，」李奇說：「我主要是看眼睛。」

她拉掉帽兜，她的頭髮鬆垂下來。

她說：「想不想看我拿掉鋁箔紙的樣子？」

「可以老實回答嘛？」

「說真話。」

「妳確定？」

「不必客氣。」

「我想看妳所有東西都拿掉的樣子。」

「這句台詞很管用?」

「還好。」

「有很多油膏。」

「但願。」他說。

「把它弄乾淨的最好方法就是沖個澡。」

「這個沒問題,這裡是汽車旅館,我們可以用掉一整塊肥皂,他們會再送來。」

她把他的房門關上,她站在床上吻他。她比他矮十五吋,體重連他的一半都不到。她的觸感纖細到了極點,鋁箔沙沙作響,藥膏不斷滲出來。

「沖澡。」她說。

他拉開她的銀色運動外套,她把它抖掉。他脫去她的T恤,解開她的胸罩,她的皮膚完全就像他想像中她姊姊的,摸起來結實、柔軟而涼爽,後腰脊的部位除外,那裡有點汗濕。她掀去鋁箔,紙張從她臉上滑落。底下是各種形狀的傷口,也許是刺入傷,不是出口傷。比較容易縫合,可是由於感染而泛紅。

他們花了二十分鐘沖澡,接著花了四小時在床上,多數時間在睡覺,但不是全部。一開始他很謹慎,不是因為她的臉,而是因為她的體型,她是那麼嬌小,他擔心會把她弄傷了。接著他又想,拜託,她在軍中出生入死那麼些年,這種事難得了她嗎?之後他們找到合拍的方式,他相信不如吩坦尼美妙,但是比阿斯匹靈好一些,這點他可以作證。

次晨七點不到，李奇端著咖啡回房的途中，布拉摩拿著手機把他攔住，又一通和西點軍校校長室連線中的電話。

可是布拉摩首先說：「我已經打了電話給諾博探員，緝毒局正趕過來取那批貨，我們得馬上離開這兒。」

「我沒問題。」李奇說。

他接過手機。

他說：「上將。」

校長說：「少校。」

「我們即將逃出敵人陣地，任務達成，我們已重新補給，準備離開了。」

「方便告訴我細節嗎？」

「不太方便。」李奇說。

「我們查出關於波特菲爾檢舉貪污行動的案子了，是被一個叫貝特曼的上校壓下的，可是國防情報局不喜歡這個人，他們把波特菲爾的報告副本留在他屋子裡一個月，期待警長能夠發現，外在壓力可以給他們些許掩護，可是這傢伙沒上鉤。最後他們只好回去把它拿回來，可是後來他們還是經由別的案子逮住了貝特曼，他栽了個大筋斗。」

「謝謝你，上將。」

「謝謝你，少校。」

李奇去找布拉摩還他手機，他正在豐田車四周忙得團團轉，搬東西，努力挪出空間來，麥肯齊也在一旁幫忙。

李奇說：「別急。」

他走回房間，桑德森在臉上貼了新的鋁箔，帽兜也蓋上了，鬆緊繩拉滿了。

他說：「校長告訴我說貝特曼上校後來還是伏法了，所以是兩個抵兩個，他還有蠍子。」

「這會讓你好過點嗎？」

「有一點。」他說。

「我大概也一樣。」

「我不跟你們一起走。」

「我想也是。」

「用靜脈注射。」

「會的。」

「祝妳好運。」

「你也是。」

他們沒親吻，因為鋁箔是新的，他們只是走到外面，桑德森上了車子。李奇和布拉摩、麥肯齊握手，然後看著他們開車離去，他走到汽油柴油加油站，找到另一個經營搭便車生意的街友，一塊錢服務費，和蘇族瀑布市一樣，大概是南達科塔的行情吧。只有三種選擇，因為向外延伸的車道就那幾條。

你可以走南向的州公路。

或者走高速公路朝東前往芝加哥。

或者走高速公路朝西前往西雅圖。

李奇付了一塊錢，選擇走南向的州公路，十分鐘後他坐上一位木匠的卡車，這人準備到堪薩斯州去做龍捲風的災後工作。

國家圖書館出版品預行編目資料

命懸一線 / 李查德 Lee Child 著；王瑞徽譯. --
初版. -- 臺北市：皇冠, 2019 .11[民108]. 面；
公分. --(皇冠叢書; 第4806種) (李查德作品；
22)
譯自：The Midnight Line
ISBN 978-957-33-3488-0 (平裝)

873.57 108015602

皇冠叢書第4806種
李查德作品22

命懸一線

The Midnight Line

作　　者—李查德
譯　　者—王瑞徽
發 行 人—平　雲
出版發行—皇冠文化出版有限公司
台北市敦化北路120巷50號
電話◎02-27168888
郵撥帳號◎15261516號
皇冠出版社(香港)有限公司
香港上環文咸東街50號寶恒商業中心
23樓2301-3室
電話◎2529-1778　傳真◎2527-0904
總 編 輯—龔橞甄
責任主編—許婷婷
責任編輯—平　靜
美術設計—王瓊瑤
著作完成日期—2017年
初版一刷日期—2019年11月

法律顧問—王惠光律師

如有破損或裝訂錯誤，請寄回本社更換
讀者服務傳真專線◎02-27150507
電腦編號◎509022
ISBN◎ 978-957-33-3488-0
Printed in Taiwan
本書定價◎新台幣380元/港幣127元